Libertino miliardario

MISHA BELL

♠ MOZAIKA PUBLICATIONS ♠

Pubblicato da Mozaika Publications, stampato da Mozaika LLC.
www.mozaikallc.com

Traduzione italiana: Martina Pompeo

Copertina di Najla Qamber Designs
www.qamberdesignsmedia.com

ISBN: 979-8-89796-009-5
Print ISBN: 979-8-89796-011-8

CAPITOLO 1

Jane

"Perché non aspetti in biblioteca?" mi chiede la mamma e, anche se stiamo parlando al telefono, riesco a percepire la preoccupazione sul suo viso gentile. "Pensavo che questo colloquio fosse importante."

Importante è un eufemismo. Questo impiego come bibliotecaria è l'Anello del Potere e io sono Gollum.

Stringendo più forte il cellulare, mi guardo intorno e osservo i pittoreschi dintorni di Central Park. "Sapevo che restare troppo a lungo in sala d'attesa mi avrebbe resa nervosa, così mi sono fatta una *promenade*." Non che mi sia servito a molto.

La mamma sussulta udibilmente. "*Promenade* è il modo in cui i giovani chiamano lo Xanax al giorno d'oggi?"

Quasi mi cade il telefono nelle placide acque del lago vicino. "Una *promenade* è una piacevole passeggiata in un luogo pubblico. Scusa, un'altra di quelle parole da romanzo storico."

"Ah." La mamma sembra fin troppo sollevata, considerando che non ho mai fatto uso di droghe. "Assicurati di sottolineare quanto ti piacciono quei libri."

Uhm. Affermare che mi *piacciono* meramente i romanzi storici è come dire che al personaggio di Glenn Close *piaceva* Michael Douglas in *Attrazione fatale*. O che Hannibal Lecter aveva un languorino di fegato umano con fave ne *Il silenzio degli innocenti*.

La sveglia del mio telefono suona, facendo accelerare il mio battito cardiaco. "È ora di avviarmi lì" dico alla mamma. "Ho solo dieci minuti prima che inizi il colloquio e ci vogliono cinque minuti a piedi per arrivare."

"Va', allora" mi esorta la mamma. "Sbrigati. Sono sicura che farai un figurone."

"Grazie." Riattacco e mi liscio la gonna del tailleur che ho comprato con i miei ultimi soldi (tailleur che dovrò restituire, se non otterrò il lavoro).

Ma lo otterrò, naturalmente. Questa biblioteca ha la migliore collezione di romanzi storici del mondo e io sono la più accanita lettrice di romanzi storici che ci sia. È un abbinamento creato nell'Inghilterra vittoriana.

La signorina Miller si stringe il corsetto soffocante, si sistema la cuffietta e solleva il mento. In momenti difficili come questo, una gentildonna deve mantenere il contegno.

Sì, così va meglio. Quando ho bisogno di calmarmi

o di tirarmi su di morale, spesso mi calo nei panni di una gentildonna del Diciannovesimo secolo: la signorina Jane Miller. È la figlia di un barone, che ne aveva ingravidato la madre fuori dal matrimonio ed era poi deceduto prontamente su una nave che stava andando a caccia di capodogli. Secondo i sopravvissuti, il buon barone fu ingroppato a morte dal pene di due metri della maestosa bestia (il che mi sembra una perfetta ironia della sorte per un inutile donatore di sperma).

Per rilassarmi ulteriormente, mi metto le cuffie e ascolto la colonna sonora della serie Netflix *Bridgerton*.

Con la coda dell'occhio, vedo apparire un'ombra bianca e minacciosa.

Mi volto e il mio cuore, già martellante, quasi mi schizza fuori dalla gola mentre mi blocco sul posto, con una dozzina di domande che mi si formano nella mente.

È una pecora? Se sì, cosa ci fa a Manhattan? Perché mi sta correndo incontro? Sta scodinzolando? Si può essere uccisi da una…

Uscendo dal mio stato di torpore, cerco di spostarmi dalla traiettoria del ruminante, ma è troppo tardi. La creatura massiccia è già su di me, si erge sulle diaboliche zampe posteriori e posa quelle anteriori sulle mie spalle con la forza del martello di Thor.

Volo all'indietro.

Il suolo mi sbatte addosso.

L'aria mi esce di colpo dai polmoni e faccio fatica a respirare.

Tutt'intorno a me, c'è un liquido denso.

Sangue? Cervella?

No, peggio.

È fango. Fango che, probabilmente, mi ha salvata da un infortunio, ma che ha distrutto le mie speranze di apparire presentabile.

Inspiro un po' d'aria e ringrazio Dio di non essere morta. In quanto a modi imbarazzanti di morire, l'essere uccisa da una pecora è al pari di essere sbranata da un criceto e leccata a morte da un gattino. Il fatto che morirei vergine a ventitré anni sarebbe solo la ciliegina su una torta di merda a strati.

La pecora è proprio davanti alla mia faccia, ora. Starà per mangiarmi le palpebre? O per masticarmi gli occhiali (che, per miracolo, sono ancora sul mio naso)?

No. Mi lecca la guancia.

Il suo alito sa di pollo e patate dolci.

Ma che diavolo?

Un momento! Il pelo di questa pecora odora sospettosamente di cane bagnato. Quasi come se…

"Mi dispiace tanto" dice la pecora con una voce profonda e intensa, dolce come il cioccolato fuso. "Il guinzaglio mi è scivolato dalle mani."

"Sei un cane?" chiedo alla pecora, con la mente ancora confusa.

"No" risponde l'animale (o chi per esso). "Io sono Adrian. Il cane è Leo e la sua voce suona così." La voce cambia, diventando più alta di un'ottava e accelerata, come se questa persona avesse mangiato uno scoiattolo sovreccitato dalla caffeina. "Hai un buon odore. Il fango è divertente. Mi dispiace di averti fatta cadere. A volte, dimentico che non sono più un cucciolo."

Il cane che non è una pecora (Leo) si sposta dalla mia visuale e, finalmente, individuo l'oratore.

La sua vista fa evaporare tutta l'aria che avevo recuperato.

Il volto dell'uomo (Adrian) è perfettamente proporzionato, con un naso aristocratico, un mento marcato e occhi color argento, che brillano maliziosamente. Sì, maliziosamente. Con le spalle larghe e i capelli scuri mossi dal vento, che gli arrivano sotto le orecchie, potrebbe essere copiato e incollato sulla copertina di un romanzo storico; basterebbe solo aggiungergli degli abiti d'epoca con Photoshop.

Presa dal Duca sarebbe il titolo di questo romanzo. Oppure *La sposa riluttante del Marchese. Il tuo nome è Conte. L'amante vergine del Barone. La timida fanciulla del Visconte furfante...*

L'uomo si inginocchia accanto a me.

Mi si stanno appannando gli occhiali? O le retine? Una bellezza così genuina dovrebbe essere segnalata con un cartello di avvertimento.

"Stai bene?" mi chiede.

Sto bene? Sono nervosa, scossa e fin troppo eccitata, considerando la situazione, ma, soprattutto, ho la sensazione di dimenticare qualcosa di estremamente importante.

Poi, mi viene in mente.

Il colloquio! Come ho potuto dimenticarmene,

anche solo per un momento? Ho forse dei mulini a vento nella testa?

"Sono in ritardo" annuncio e cerco di tirarmi su.

Per tutti i diavoli! Agito le braccia e schizzi di fango volano in tutte le direzioni (anche verso Leo, che li lecca avidamente, e verso Adrian, che li sopporta stoicamente).

"Sei sicura di essere pronta ad alzarti?" mi chiede Adrian, tendendomi la mano.

"Non importa se sono pronta." Afferro la sua mano e… quasi cado di nuovo a terra, in preda a una crisi isterica.

La sua pelle è calda come una fornace e quel calore permea il mio corpo, sciogliendo tutto ciò che trova sulla sua scia.

Oh-oh. La signorina Miller sente una brama nel suo posto più segreto. Un fremito ben poco signorile, che…

"Non credo che ti sia ancora ripresa" afferma Adrian mentre mi aiuta a mettermi in piedi. "Ti porto a sederti su quella panchina laggiù."

"Non posso" ansimo, togliendo la mano dalla sua prima di prendere fuoco. "Devo scappare."

La sua espressione si indurisce. "Potresti avere una commozione cerebrale."

"E di chi è la colpa?" Stringo gli occhi su di lui. "Sono in ritardo per un colloquio. Per il lavoro dei miei sogni. Puoi smetterla di intralciarmi?"

"Un colloquio?" Mi osserva da capo a piedi. "Conciata così?"

Abbasso lo sguardo e vorrei non averlo fatto. "Oh, no! Sono più sporca di un maiale."

"In realtà, i maiali non sono sporchi" afferma Adrian. "Usano il fango per rinfrescarsi, come protezione solare e come repellente per gli insetti."

La signorina Miller reprime l'impulso di schiaffeggiare il volto dagli zigomi alti del furfante.

"È una lezione di zootecnia davvero utile, grazie." Esco dal fango. Ho le ginocchia traballanti all'inizio, ma, ad ogni passo, mi sento sempre più me stessa (solo in una versione molto, molto più sozza).

"Aspetta!" mi grida dietro Adrian. "Lascia almeno che ti aiuti."

Non aspetto, ma lui mi raggiunge e mi prende per il gomito (come se stessimo per andare a fare una passeggiata prima dell'ora del tè).

Ancora una volta, il mio infido corpo reagisce al suo tocco con l'intensità più inappropriata.

Accidenti! Se, per miracolo, otterrò questo lavoro, dovrò spostare il progetto 'Grande Deflorazione' in cima alla mia lista delle cose da fare. Non aver mai fatto sesso per così tanto tempo mi ha chiaramente trasformata in una polveriera ormonale, pronta a esplodere col primo sconosciuto che incontro.

La signorina Miller trova quest'ultimo pensiero indecoroso.

"Ti lasceranno fissare un altro appuntamento?" mi chiede Adrian, continuando a tenermi il gomito.

"Ne dubito" rispondo. "Io non lo farei."

"È solo che io abito proprio dall'altra parte della strada" aggiunge. "Potremmo farti avere i vestiti lavati entro un'ora."

Arrossisco come la verginella che sono. "Stai provando a farmi togliere i vestiti?"

Il suo sorriso è presuntuoso. "Fare o non fare. Non esiste provare."

Divincolo il braccio dal suo. "Tieni Yoda dentro i pantaloni."

Un vero e proprio libertino. Avrei dovuto immaginarlo.

Accelerando, lo lascio indietro, almeno per un secondo.

"Aspetta!" Mi raggiunge, con Leo che ansima alle sue calcagna. "Intendevo l'offerta della lavanderia."

"E *io* intendo questo: anche se non avessi fretta, la mia risposta sarebbe 'no, col cavolo'."

Lui sospira. "Posso almeno…"

"Questa è la mia destinazione" annuncio senza fiato, fermandomi accanto alla biblioteca. "È stato un non-piacere conoscerti."

Sorride maliziosamente. "L'assenza di piacere è stata tutta mia."

Quando entro in biblioteca, l'odore dei libri rinfresca le mie guance in fiamme e mi calma un po', almeno fino a quando la gente inizia a guardarmi con compassione.

"Sono qui per il colloquio" annuncio tutto d'un fiato al tizio al bancone.

"La signora Corsica è lì dentro." Indica la porta alle proprie spalle. Trasalendo visibilmente, aggiunge: "Non sarà contenta del suo ritardo."

Quindi, oltre ad essere inappropriatamente eccitata e ricoperta di fango, sono anche in ritardo? E poi, cos'altro? Cacca di uccello sulla testa, così da puzzare come il mio aspetto suggerisce?

Mi affretto verso la porta dell'ufficio come se fossi inseguita da cavalli selvaggi. Mentre busso, cerco di controllare il mio ansimare frenetico.

"Avanti" dice una voce di donna, con un tono di disappunto che non lascia presagire nulla di buono.

Entro.

Affermare che la signora Corsica abbia un aspetto severo sarebbe un grande eufemismo. Con il suo abbigliamento formale, la postura rigida e i freddi occhi grigi, mi ricorda una malvagia duchessa madre che avesse appena incontrato un'eroina che considera molto, molto al di sotto della posizione dell'eroe.

Dio! Anche se fossi arrivata in orario e con un aspetto presentabile, mi sarei preoccupata delle mie possibilità con una selezionatrice del genere. Così come sono, tanto vale che mi dimentichi del lavoro.

"Quando pensava che dovesse iniziare questo colloquio?" mi chiede la signora Corsica.

Mi giro in modo che lei possa vedere il fango, poi le spiego: "Ho avuto un incidente venendo qui. Mi dispiace molto." Dubito che sarebbe utile se aggiungessi anche: "Il cane di un uomo molto sexy mi ha spinta a terra." Sembra una versione meno plausibile della classica scusa: "Il cane mi ha mangiato i compiti."

Annuendo con aria di disapprovazione, la signora Corsica mi chiede: "Le dispiace sostenere il colloquio in piedi? Quella sedia per gli ospiti è un pezzo d'antiquariato."

"Nessun problema" rispondo con finta allegria. In realtà, stare in piedi quando una donna più anziana è seduta mi sembra scortese, ma cosa posso farci? A questo punto, non ho alcuna possibilità di ottenere il lavoro; quindi, la cosa migliore che posso fare è vedere questa situazione come un'occasione per esercitarmi a sostenere un colloquio in condizioni estremamente difficili.

"Mi spieghi perché dovrei assumerla" mi dice la signora Corsica (e io riesco quasi a udire il suo tacito: "Niente di ciò che dirà a questo punto mi convincerebbe").

Questa è la parte più complicata del colloquio, perché io sono umile per natura e, quindi, vendermi mi risulta molto più difficile che rispondere a domande specifiche. Tuttavia, mi lancio nella tiritera che ho recitato nella mia testa per anni, sottolineando quanto sono organizzata e attenta ai dettagli, quanto sono brava con le ultime tecnologie di gestione bibliotecaria e quanto sono eccellente nello svolgere ricerche. Come colpo di grazia, spiego che amo leggere e che lavorare con i libri è il mio grande sogno.

Per tutto il tempo, l'espressione della signora Corsica è così illeggibile che comincio a chiedermi se abusi di Botox, se sia una campionessa di poker, o se sia stata rimpiazzata da una statua di cera quando ho sbattuto le palpebre.

"Sei focalizzata esclusivamente sui libri?" mi chiede. "Una bibliotecaria deve conoscere molti tipi diversi di media."

Le spiego che mi tengo aggiornata su film e programmi televisivi e la sfido persino a domandarmi qualcosa su uno di essi, se vuole.

Lei lo fa e, per la prima volta oggi, sono fortunata. La sua domanda riguarda *Ragione e sentimento*, che ovviamente ho visto e letto, dato che il mio nome viene da Jane Austen e che il film è uno dei pochi tratti da romanzi storici.

Poi, lei mi chiede della mia tesi di laurea e della mia esperienza lavorativa presso la biblioteca della Columbia University.

Mentre parlo, faccio del mio meglio per non spostarmi da un piede all'altro e per non pensare ad Adrian (entrambe imprese erculee).

Alla fine, la signora Corsica deve ritenere di avermi fatto abbastanza domande che l'educazione impone nel caso in cui non si abbia alcun desiderio di assumere realmente qualcuno (un po' come la mia conversazione con l'uomo con cui avevo un appuntamento l'altro giorno, dopo che lui si è rivelato più vecchio di almeno vent'anni rispetto a quanto sembrasse nella foto del suo profilo).

"Grazie" mi dice gelidamente la signora Corsica. "Avrà nostre notizie."

Traduzione: questo lavoro lo otterrai sopra il mio cadavere. Vattene da qui e, per l'amor del cielo, datti una ripulita.

CAPITOLO 2

Adrian

"L'assenza di piacere è stata tutta mia?" chiedo a Leo, scuotendo la testa, non appena la donna misteriosa scompare dentro la biblioteca. "*Tu* hai capito cosa intendevo?"

Leo inclina la testa.

Io sono più sottile di così e la mia idea di flirtare è annusare il culo di una cagna.

"Oh, beh" commento. "Magari le dirò qualcosa di più intelligente quando tornerà."

Leo si sdraia a terra e mi guarda con aria scettica.

Credevo che il pedinamento fosse la mia *specialità, ma fa' pure come credi.*

"Sei stato tu a trascinarmi in questa situazione" gli dico. "Il minimo che posso fare è offrirmi di comprarle dei vestiti nuovi per sostituire quelli che *tu* le hai rovinato."

Leo piagnucola, il che mi fa sentire come se avessi vinto la discussione immaginaria.

Mentre aspettiamo, non posso fare a meno di immaginare come dipingerei la donna misteriosa. O ne farei una statua, usando le tecniche di saldatura laser che ho imparato di recente.

Un sorriso mi incurva le labbra. Alcuni potrebbero trovarla goffa o simile a una bibliotecaria sexy. Potrebbero pensare che sia come l'eroina di *Kiss Me (She's All That)*: carina, ma che ha bisogno di togliersi gli occhiali e di rifarsi il look. Io penso che ricordi la Monna Lisa, con un viso che si avvicina all'ideale e gli occhiali che incorniciano magistralmente quella perfezione. Infatti, scommetterei un milione di dollari che, se misurassi il suo viso e ne dividessi la lunghezza per la larghezza, il risultato sarebbe il Numero Aureo. Lo stesso vale per le altre sue proporzioni: la lunghezza delle orecchie sarebbe esattamente uguale a quella del naso, la larghezza degli occhi identica alla distanza tra di essi, per non parlare...

Il mio telefono squilla.

È Bob, uno dei miei avvocati, esperto nel distruggere il mio buon umore. È il migliore nel suo lavoro, ma ha la fastidiosa abitudine di comportarsi come se l'udienza imminente fosse la cosa più importante della *sua* vita, anziché della mia. Come se *lui* avesse trovato *me* per aiutarmi e non il contrario. A volte, mi domando se creda a tutte le stronzate che i suoi avversari hanno intenzione di dire sul mio conto durante l'udienza (stronzate a cui, purtroppo, credono molte persone).

"Ciao" mi saluta Bob. "Hai avuto notizie dall'agenzia?"

Aggrotto la fronte. "Nessuna delle candidate che mi hanno proposto è valida."

"Sei sicuro di non essere troppo esigente?" mi chiede Bob.

"Ah sì?" Gli elenco i problemi delle candidate, che includono (ma non si limitano a): guida in stato di ebbrezza, sfogo razzista sui social media e ordini restrittivi da parte di tre uomini diversi.

"Mmm" commenta Bob. "Forse dovremmo trovare un'agenzia migliore."

Lo schernisco. "Tu credi?"

"Dobbiamo farlo il prima possibile" afferma. "La relazione deve durare da un po' per sembrare credibile."

La mia mascella si contrae. "Dimmi qualcosa che non so… e che sia una buona notizia, per una volta."

"Il giudice che abbiamo più probabilità di ottenere non ha grossi pregiudizi di genere" afferma Bob.

"È fantastico!" esclamo e il mio cuore si stringe per la speranza. Da quando ho visto la mia bambina appena nata in ospedale (o forse anche da prima), ho fatto tutto ciò che era in mio potere per riuscire a essere presente nella sua vita, il che richiede di ottenere l'affidamento congiunto. La verità è che prenderei in considerazione persino l'idea di sposare Sydney, la sua madre manipolatrice, ma non prima di aver esaurito ogni altra possibilità.

"Ho sentito anche la società che si occupa di ripulire

l'identità digitale in Internet" aggiunge Bob. "Il loro compito è finito. Assicurati solo di non dargli altro lavoro da fare e sta' alla larga dagli stupefacenti."

Sospiro. "Non tocco funghi da mesi. LSD anche da più tempo. Non c'è bisogno che continui a sollevare l'argomento."

"Scusa" dice Bob. "Sai quanto è importante quella parte."

Certo che lo so e non è con Bob che sono arrabbiato, ma con me stesso. In alcune interviste di un anno fa, avevo accennato a micro-dosaggi di allucinogeni per aumentare la creatività e Bob ha ragione di credere che la controparte potrebbe usare quest'informazione per sostenere che ho problemi di abuso di stupefacenti. Adesso, se dovessero seguire questa pista, rimarrebbero delusi qualora cercassero di ottenere una qualsiasi prova che io abbia detto quelle cose; inoltre, si dà il caso che mi sottoponga regolarmente a test antidroga per dimostrare che sono pulitissimo.

"C'è qualcos'altro che dovrei sapere?" chiedo a Bob.

Lui si lancia in un resoconto, ma devo interromperlo prima che abbia finito perché vedo la donna misteriosa uscire dalla biblioteca.

A giudicare dalla sua espressione sconfortata, le cose non le sono andate bene al colloquio e, se è così, le devo molto di più di un vestito nuovo.

"Ti richiamo dopo" dico a Bob e riattacco.

La donna scende i gradini, persa nei suoi pensieri.

Poi, quando ci scorge, stringe gli occhi fino a ridurli a due puntini d'ambra. "Mi stai stalkerando?"

Indico Leo e, con la "sua" voce, rispondo: "Ho combinato un pasticcio, quindi sto facendo in modo che il mio umano faccia ammenda."

Lei chiude la distanza tra noi e mi punta un dito sul petto. "Come ti ho già detto, non verrò a casa tua."

"Giusto" dico con la mia voce normale. "Però, qui vicino, c'è un negozio di abbigliamento. Che ne dici se ti compro un vestito nuovo?"

Sospira. "È il modo più rapido per sbarazzarmi di te?"

Annuisco, mentre Leo si erige in tutta la sua statura e scodinzola.

Lei sorride al cane e non è un sorriso da Monna Lisa, ma un ampio ghigno. "Il suo muso soffice mi ricorda qualcuno" dice. "Ma non ricordo chi."

"Oh, se lo sente dire spesso" replico con aria impassibile. "Ha una faccia comune, sai."

Il suo sorriso svanisce. "Dove si trova questo presunto negozio?"

Indico in direzione della Quinta Strada. "Non è lontano."

"Bene" brontola e inizia a camminare.

La raggiungo e, con la massima disinvoltura possibile, le chiedo: "Come ti chiami?"

Lei si ferma. "Non è un'informazione che divulgo a dei perfetti sconosciuti."

Le tendo la mano. "Solo per ricordartelo, il mio nome è Adrian. Adrian Westfield." Tiro fuori la mia patente e gliela porgo. "Vedi? Ora non sono più un perfetto sconosciuto."

Aggrottando la fronte, lei scatta una foto alla mia patente con il suo cellulare. "Ora l'ho salvata nel cloud" afferma. "Se mi mangerai, la polizia avrà delle domande da farti."

Mangiarla? La parte della mia anatomia che lei ha soprannominato Yoda sente un grande disturbo nella Forza, come se milioni di vagine avessero improvvisamente gridato in estasi.

A giudicare dal suo rossore, deve aver colto il doppio senso.

Quando mi riprendo la patente, le mie dita sfiorano le sue ed è come essere colpito da quel fulmine della Forza che i malvagi Sith possono sparare dalle mani. L'energia fluisce dritta verso Yoda e, a differenza del suo omonimo cinematografico, il mio uccello non la assorbe in modo innocuo. Al contrario, sento che Yoda potrebbe esplodere.

"Jane" si presenta lei e, per qualche motivo, le sue guance assumono una tonalità di rosa ancora più deliziosa. "Jane Miller. Mia madre è una grande fan di *Orgoglio e pregiudizio*."

Mentre riprendiamo la passeggiata, le chiedo: "Il libro o il film con Keira Knightley?"

"Il libro" risponde Jane bruscamente. "Mia madre non può avermi chiamata così per quel film, perché è uscito dopo che ero già nata."

"Non ci casco" dico a Leo con aria cospiratoria. A Jane, dico: "Voglio chiarire che non stavo cercando di scoprire la tua età… Anche se, avendo visto la mia patente, tu sai già che io ho ventisette anni."

"Che gentiluomo" commenta lei, roteando gli occhi udibilmente. "Dato che muori dalla voglia di saperlo, ho ventitré anni. Inoltre, prima che tu me lo chieda, peso cinquanta chili."

"Non te lo chiederei mai." Mi domando se dovrei dirle che pesa esattamente quanto Leo.

"Inoltre, sono alta un metro e sessanta" continua. "Il che rende il mio IMC pari a diciannove e mezzo."

"Davvero, non serve che…"

"Il mio colesterolo è centocinquanta" prosegue. "Sono del segno dello Scorpione. La mia pressione sanguigna è di 115/75 nella maggior parte dei giorni. Il mio numero di scarpe è trentasei. C'è qualcos'altro che vuoi chiedermi? Se ho dei nei? Che aspetto ha la mia cacca sulla scala delle feci di Bristol?"

"Non ti ho chiesto niente di tutto ciò e lo sai." Comunque, alcune di queste informazioni mi saranno utili se farò una statua a grandezza naturale di Jane (ma non lo menziono, perché lei potrebbe rigirare la frase in qualcosa che solo un cannibale direbbe).

"Siamo vicini al negozio?" mi chiede.

Indico una boutique dall'altra parte della strada. "Lì."

Lei guarda, poi si ferma e scuote la testa. "Non possiamo entrare lì dentro."

"Perché no?"

Jane non mi sembra il tipo che viene inserito nella

lista nera per taccheggio, a differenza di una delle candidate che mi aveva mandato l'agenzia.

"Vendono i vestiti più costosi di Manhattan" risponde. "Non lasceranno entrare il tuo cane e snobberanno me, come nella scena di *Pretty Woman*."

Sogghigno. "Se lo faranno, noi faremo acquisti altrove e poi gli rinfacceremo tutte le commissioni che si sono persi, come ha fatto Julia Roberts."

Per la prima volta, Jane mi sorride. "Hai visto quel film?"

"Sono un fanatico del cinema" dichiaro mentre attraversiamo la strada. "Ho visto di tutto. E tu?"

"Sono più una lettrice di libri." Si spinge gli occhiali più in alto sul naso grazioso. "Comunque, guardare film è una cosa che faccio con mia madre ogni volta che posso, quindi ne ho visti molti."

Provo una fitta al petto. Darei tutti i miei soldi per poter guardare di nuovo un film con mia madre, per quanto schifoso.

"Che genere di libri ti piace?" chiedo a Jane prima che lei, in qualche modo, capti i miei pensieri e tiri fuori un argomento di cui non vorrei parlare.

Arrossendo ancora una volta, entra nella boutique invece di rispondere.

Prima di seguirla, guardo Leo. "Devi comportarti bene lì dentro."

Leo inclina la testa.

Quante probabilità ci sono che abbiano un gatto che mi sfidi a inseguirlo? O uno scoiattolo? O la mia coda?

Sospirando, tiro fuori il portafoglio e mi assicuro di

avere la mia Amex Black Card, in modo da poterla esibire se dovesse sembrare che rischiamo di essere cacciati via. Poi entro e vado a sbattere contro Jane, che sembra voler scappare.

"Te ne vai così presto?" le chiedo.

"Non hanno i cartellini dei prezzi" sussurra a voce alta.

Chiamo una commessa vicina con un cenno della mano. Visto il modo in cui sgrana gli occhi, sospetto che sappia chi sono.

"C'è stato un incidente" esordisco. "Dobbiamo sostituire il vestito di Jane." Indico un paio di manichini. "Proverà quelli, per cominciare."

Le addette alle vendite sciamano intorno a Jane come cavallette fashioniste.

Prima che me ne accorga, Jane esce dal camerino indossando un tailleur italiano in gonna, con un aspetto così professionale che potrebbe ottenere qualsiasi lavoro desideri, sia che si tratti di amministratrice delegata, banchiera d'investimento o impresaria di pompe funebri.

Allora, mi viene un'idea. Un altro posto in cui starebbe benissimo con quel tailleur è al mio fianco durante l'udienza.

Leo mi guarda con la lingua a penzoloni. Senza dubbio, sente il mio battito cardiaco accelerare.

Ottima idea! Ora, va' a fare pipì intorno a lei, o qualsiasi cosa facciano gli umani per marcare il territorio.

Più ci penso e più sono entusiasta. Finora, da quel poco che so di Jane Miller, è anni luce avanti alla maggior parte delle candidate che l'agenzia mi ha mandato.

Ciò che più mi piace di lei è che ha un'aria da brava ragazza della porta accanto, che contrasterebbe bene con la bellezza glaciale di Sydney.

È single? Etero? Non fumatrice?

Se la risposta è sì a tutte e tre le domande, è fatta: Jane Miller diventerà mia moglie.

CAPITOLO 3

Jane

"Quanto costa questo?" chiedo alla commessa bionda accanto a me, sussurrando, e ci vuole tutta la mia forza di volontà per non lamentarmi di quanto sia fastidiosa l'assenza di cartellini del prezzo.

So che mia mamma mi rimprovererebbe per essere parsimoniosa anche quando è qualcun altro a pagare, ma non posso evitarlo.

La commessa nomina un numero.

Restando a bocca aperta, aspetto che rida e mi dica di aver solo fatto una battuta.

Non lo fa.

"Non posso permettergli di pagare quella cifra" le sibilo. "Il vestito che il suo cane mi ha sporcato costa un centesimo di questo prezzo."

"A lui non importerà" sussurra con aria sicura.

"Come fa a saperlo?" le chiedo, stringendo gli occhi.

Ora è lei a guardare *me* come se stessi facendo una battuta. "Quello è Adrian Westfield."

"Come fa a conoscerlo?"

Che lui se la sia portata a letto? Quando si tratta di libertini, questa è l'ipotesi di base.

La commessa aggrotta le sopracciglia perfettamente curate. "È un miliardario, nonché lo scapolo più ambito in…"

Ignoro il resto.

Un miliardario.

Lo scapolo più ambito.

Ora che me l'ha detto, mi sembra che avrei dovuto accorgermene. C'è qualcosa di ineffabile in Adrian, qualcosa che va oltre il suo aspetto fuori dall'ordinario. Se fossimo nell'Inghilterra vittoriana, avrei pensato che lui fosse un duca o un altro membro del ceto più elevato della società, quindi ha senso che sia un equivalente americano moderno. Se a ciò si aggiunge il fatto che porta a spasso il cane così vicino a Billionaires' Row e che mi compra dei vestiti in un posto che sembra aggiungere degli zeri a caso ai prezzi, il tutto sembra elementare.

"… non li legge i tabloid?" mi chiede la commessa, riportandomi alla realtà della boutique.

Scuoto la testa. "Perché leggere i tabloid quando posso leggere i libri?"

Lei fa spallucce. "Desidera provare qualcos'altro?"

Lancio un'occhiata ad Adrian. "Qual è il vostro tailleur meno costoso?"

Anche se lui può permetterselo, non mi sembra giusto accettare qualcosa che costa così tanto.

La signorina Miller approva. Un regalo dispendioso da parte di un gentiluomo è indelicato, perché ha tutta l'aria di voler corrompere l'affetto della gentildonna. Se il gentiluomo insiste per un regalo, dovrebbe essere qualcosa di deperibile e, pertanto, non lasciare in alcun obbligo chi lo riceve. Vanno bene cose come fiori, oppure frutta e verdura (purché non siano di forma indiscreta, come i cetrioli).

"Questo è uno dei tailleur più economici che abbiamo" replica la commessa. "Al massimo, posso mostrargliene un altro di prezzo simile."

Wow. I ricchi vivono nel loro piccolo mondo.

Vado verso Adrian. "Dobbiamo andare in un altro negozio."

"Perché?" mi chiede. "Stai benissimo vestita così."

Lo guardo sbattendo le ciglia. La frase "l'adulazione ti farà arrivare ovunque" si riferisce alle mutandine, vero?

La signorina Miller considera il calore al bassoventre una violazione del galateo.

"Questo è troppo" dico. "Non posso accettarlo."

Lui sospira. "Mi sento in colpa per quello che è successo al tuo vestito. Mi faresti un favore ad accettare."

Anche se la mia determinazione vacilla, scuoto la testa. "La tua coscienza dovrà farsene una ragione."

"Che ne dici di una cena, allora?" mi chiede. "E la possibilità di lavarti il vestito?"

La cena prevede beni deperibili, quindi andrebbe

bene persino in epoca vittoriana, giusto? Inoltre, adesso che so che lui è famoso, non devo più temere per la mia sicurezza… così tanto.

La signorina Miller pensa che la sicurezza della propria virtù sia una cosa di cui una gentildonna dovrebbe preoccuparsi molto. Una cena senza chaperon è molto più audace di un regalo dispendioso.

"Ok" mi sorprendo a rispondere. "Verrò a cena con te, ma niente lavanderia. Per quanto ne so, potresti essere un pervertito che annusa la biancheria sporca."

Scommetto che la commessa di prima ha sentito quest'ultimo commento e sta impiegando tutta la sua forza di volontà per non intervenire, probabilmente in difesa di Adrian.

"Soltanto una cena" conferma lui. "Qualche preferenza?"

Faccio spallucce. "Non sono troppo esigente."

I suoi occhi brillano d'argento. "Cosa ne pensi del sushi?"

"Può andare" rispondo. La verità è che sono davvero entusiasta di questa scelta. Ho una gran voglia di sushi, ma, siccome mia madre non ne va matta, è da un po' che non lo mangio.

"C'è un posto fantastico qui vicino" mi informa Adrian e mi dice il nome, ma non mi suona familiare (né tanto meno potrebbe, dato che il mio ristorante di sushi di fiducia è vicino a casa mia, a Staten Island).

"Sei proprio sicura di non volere il tailleur?" mi chiede lui, guardandomi da capo a piedi con aria di apprezzamento.

"Affermativo." I miei stracci si saranno asciugati ormai, giusto?

"Posso almeno procurarti un'auto che ti porti a casa?" mi chiede.

"Pessima idea. Così, scopriresti dove abito."

Aggrotta la fronte. "Non lo scoprirò comunque quando verrò a prenderti per la nostra cena?"

"Non se ci vediamo direttamente al ristorante."

Lui abbassa lo sguardo su Leo, come se gli stesse chiedendo aiuto. "Non mi piace l'idea che tu vada in giro sporca."

Mi sento certamente sporca in questo momento, ma non nel senso che intende lui. "D'accordo. Puoi prenotarmi un Uber. Economico. Non una limousine. Né una carrozza con cavalli… o qualsiasi altra cosa tu possa avere in mente."

Lui tira fuori il telefono e preme sullo schermo un paio di volte. "Uber. Giusto. Ho sentito dire grandi cose su quell'app."

Non mi sorprende che un miliardario non abbia mai usato Uber. Quello che mi sorprende è che porti a spasso il cane da solo. Non dovrebbe avere un elegante dog sitter per questo?

"L'applicazione richiede il tuo indirizzo per funzionare" afferma.

Mmm. Ha fastidiosamente ragione, quindi gli comunico qual è il mio indirizzo. "Ma ci vedremo comunque al ristorante."

"D'accordo, ma almeno scambiamoci i numeri."

"Astuto" commento, stringendo gli occhi.

"Suppongo che tu mi abbia lasciato poca scelta." Gli strappo il telefono dalle mani, mi invio una faccina sorridente e rispondo con:

Questo è il numero di Jane, la donna che hai costretto a venire a cena con te.

Quando lui si riprende il telefono, sorride, il che mi provoca ogni sorta di sfarfallio nello stomaco.

La signorina Miller avrebbe schiaffeggiato il libertino sulla guancia, prima di cedere.

Vado a cambiarmi e, quando indosso i miei indumenti sporchi, pezzi di fango secco si staccano e finiscono sul pavimento immacolato del camerino.

Grrr. Quasi mi pento di non aver accettato il regalo.

Quando esco, vedo Adrian rimuovere la sua carta di credito da un dispositivo di pagamento che una commessa deve avergli allungato.

"Che cosa hai appena comprato?" gli chiedo.

Lui si gira verso di me. "Il tailleur che hai provato."

"Perché?" Lo guardo con disapprovazione. "Non l'ho indossato abbastanza a lungo perché tu possa divertirti ad annusarlo." Almeno, spero di no.

Il suo sorriso è presuntuoso. "C'è sempre la possibilità che accetterai il regalo dopo la cena."

Roteo gli occhi. "C'è anche la possibilità che un biglietto vincente della lotteria mi cada in testa, ma le probabilità sono piuttosto basse."

"Vedremo" replica lui, mentre il suo telefono emette un suono. Dopo aver controllato, afferma: "Il tuo Uber è qui."

Già. Un'auto accosta lungo il marciapiede.

"Ti apro la porta" mi dice Adrian e, prima che io possa fermarlo, gioca a fare l'usciere, prima facendomi uscire dalla boutique e poi aprendomi la portiera dell'auto.

Che meschino! È come se sapesse che godere dei gesti galanti è l'unico vizio della signorina Miller.

"Grazie" gli dico, esitando a entrare in macchina per qualche motivo.

Lui si sporge in avanti, come per fare un inchino, ma rimane lì, con le labbra a pochissima distanza dalle mie. "Non c'è di che" mormora.

Col battito che accelera, fisso quelle labbra.

Lui fissa le mie.

Una forza ultraterrena sembra tirarci l'uno verso l'altra. Vedo le curve sensuali delle sue labbra, così maliziose, eppure così stranamente attraenti; le striature argentee dei suoi occhi; la linea forte e aquilina del suo naso... Le nostre labbra sono a un soffio di distanza, quando si sente un forte abbaiare provenire dall'interno della boutique, seguito dal rumore di qualcosa di grosso che si infrange sul pavimento.

"Dannazione!" Adrian si raddrizza bruscamente. "Non avrei dovuto lasciare Leo lì dentro da solo."

Ho il viso che brucia e il cuore che batte come i tamburi a Waterloo mentre faccio un passo vacillante indietro, poi mi giro e salgo barcollando nell'auto. Con mano instabile, chiudo la portiera dietro di me e guardo Adrian precipitarsi verso il negozio per affrontare le conseguenze di ciò che Leo ha combinato.

Mentre l'auto si allontana, inspiro, cercando di rallentare il mio battito frenetico.

Me lo sono immaginato o ci siamo quasi baciati?

Se è così, era lui che stava per baciare me o ero io che stavo per baciare lui? Ha importanza?

La signorina Miller pensa che abbia molta importanza, perché è la differenza tra una vera gentildonna e una donna di cattiva reputazione.

Mi appoggio al sedile dell'auto e chiudo gli occhi.

Credo di aver commesso un terribile errore ad acconsentire a questa cena.

CAPITOLO 4

Adrian

Dal momento che Leo ha combinato un gran disastro, compro altri vestiti della taglia di Jane per placare le commesse. Sono sicuro che mi torneranno utili in futuro.

Dopodiché, porto Leo a casa e, lungo il tragitto, prenoto la cena e un'auto per andare a prendere Jane.

Per pranzo, entrambi mangiamo gli avanzi dei miei esperimenti culinari dell'altro giorno: melone affumicato con anguilla per me, ventrigli di pollo in salsa di arachidi per Leo. Mentre mangio, valuto se parlare a Bob di Jane, ma decido che sarebbe prematuro. Devo scoprire di più su di lei, cosa che farò alla nostra cena imminente. Ripensandoci, dato che l'ho quasi baciata, potrebbe anche darmi buca.

Quanto sono stato stupido? Proprio quando incontro una donna che potrebbe essere la candidata perfetta per aiutarmi a ottenere l'affidamento di Piper, il mio Yoda potrebbe aver rovinato tutto in pochi minuti.

Il cibo mi si inacidisce nello stomaco.

No, non posso pensarci ora. Devo tenermi occupato.

Lasciando i piatti da lavare alla mia governante, mi dirigo nel mio studio per comporre un po' di musica. Mi vengono in mente alcuni riff di basso, che potrebbero diventare una canzone per la band metal di cui faccio parte. Poi scrivo un jingle per un video che ho creato e che potrebbe diventare una pubblicità per una delle milioni di aziende che ho ereditato.

La mia mente sta ancora vagando, cercando di tornare all'argomento Jane, perciò mi metto al computer per lavorare alla storia per bambini che spero di leggere a Piper quando sarà abbastanza grande. Per ora, mi limito a scrivere le rime perché sto ancora pensando a come disegnare al meglio le illustrazioni.

Dannazione! Jane si insinua ancora nei miei pensieri.

Prendo un libro sulla strategia del poker. No. Vado online e gioco una partita a scacchi contro un tizio che sostiene di essere un gran maestro, ma, dato che lo batto entro la prima ora, sono scettico sul fatto che sia così alto in classifica come afferma.

Inoltre, la mia mente continua a tornare alla cena.

La buona notizia è che non ricevo alcun messaggio in cui Jane mi dia buca.

Forse, non l'ho spaventata troppo.

Mi rimetto al lavoro. Rivedo alcuni investimenti, rispondo ad alcune email e intervisto un candidato per la posizione di amministratore delegato di una delle mie fondazioni. Poi, compongo qualche altro brano e scrivo un altro paio di rime, prima di smettere.

Come faccio spesso alla fine di quella che è la mia giornata lavorativa, cerco dentro di me quale sia l'attività con cui mi sentivo più affine e, come al solito, non trovo nulla.

È vero, il libro per bambini è un'opera d'amore, ma è alimentato dai sentimenti che provo per la mia bambina. Senza di essi, non sono sicuro che scrivere e illustrare sarebbe la mia vocazione.

Sospiro. Anche se mio padre non è più qui a criticarmi, posso facilmente immaginare il suo cipiglio e le sue parole pungenti. "Bravo a fare un po' di tutto, ma specialista di niente" era la versione più gentile del suo solito rimprovero, con parole come "non focalizzato" e "privo di ambizioni" non molto distanti.

E aveva ragione. Ho ventisette anni e ancora non so cosa voglio fare della mia vita.

Quanto patetico è?

Leo mi si avvicina e mi punzecchia con il suo naso umido.

Non dobbiamo prepararci per una cena a base di sushi?

CAPITOLO 5
Jane

"Com'è andato il colloquio?" mi chiede la mamma appena entro in casa.

Mi giro in modo che possa vedere lo stato dei miei vestiti. "È stato un disastro."

"Raccontami tutto mentre pranziamo" mi dice e così faccio, compresa la parte sull'incontro con Adrian.

Non appena menziono i tabloid, lei tira fuori il cellulare e inizia a fare una ricerca.

Sospiro. Da un po' di tempo a questa parte, io e la mamma siamo più amiche che madre-figlia, nel bene e, a volte, nel male. Lei ha solo trentanove anni, quindi è ovvio che mi abbia avuta quand'era troppo giovane e, dato che siamo così vicine di età, abbiamo problemi piuttosto simili: appuntamenti, ricerca di lavoro, eccetera.

L'ho vista fare da madre a mia sorella minore, Mary, e, a volte, mi sento un po' gelosa.

"È sexy!" esclama la mamma.

Sospiro. "Non hai sentito la parte in cui non ho ottenuto il lavoro?"

Lei mi liquida con un cenno della mano. "Sei intelligente. Ci sarà un'altra biblioteca. Probabilmente, non ci sarà un altro bel miliardario che ti cadrà dritto in grembo."

Sono felice che Mary non sia qui per questa perla di consiglio materno. "Quella biblioteca sarebbe stata perfetta."

La mamma mi guarda stringendo gli occhi. "Non sei stata pungente con Adrian, vero?"

"Pungente?" Porti a casa un ragazzo un'unica volta e ora devi subire queste accuse assurde.

"Hai sentito bene" ribadisce. "È come se non avessi mai superato la fase in cui prendi in giro i ragazzi che ti piacciono."

"Lui non mi piace" affermo con una sicurezza che, in realtà, non provo. "E non ho mai preso in giro i ragazzi che mi piacevano." Più che altro, ero troppo timida per parlare con loro.

"Certo, non ti piace" dice la mamma. "Per questo hai accettato di andare a cena con lui."

Roteo gli occhi. "Sono troppo vecchia per emanciparmi da te?"

Lei mi lancia un segnalibro. "Dove ti porterà?"

Glielo dico.

I suoi occhi si allargano. "Il locale di quel famoso chef giapponese?"

Annuisco, ma una sensazione di sospetto si insinua nel mio stomaco.

La mamma cerca sul suo cellulare per qualche altro secondo, poi esclama: "Il loro omakase costa cinquanta volte più di quello che fanno pagare per il buffet all-you-can-eat del nostro ristorante di sushi preferito."

"Fammi vedere" esigo.

Santi numi! È vero. È come se si ripetesse daccapo la faccenda della maledetta boutique.

La signorina Miller pensa che il gentiluomo si aspetti qualcosa di sconveniente dopo una cena del genere.

Prendo il mio cellulare per mandare un messaggio ad Adrian, ma la mamma me lo strappa dalle mani. "Non osare non andare!"

"Ma costa troppo" ribatto con tono implorante.

Lei allontana il telefono quando cerco di afferrarlo. "È un miliardario. Potrebbe costargli di più perdere il tempo necessario per trovare un altro posto dove portarti."

Mmm. Che abbia ragione? Cerco sul mio telefono e scopro che alcuni miliardari famosi guadagnano fino a ottomila dollari al minuto, il che, se fosse vero nel caso di Adrian, darebbe ragione alla mamma. Forse, non vale la pena infastidirlo per il costo di questa cena. Forse, nemmeno per il vestito. Non che lo ammetterò con lui.

La porta al piano di sotto si chiude sbattendo, perciò aspettiamo che Mary entri di corsa nella stanza, traboccando di entusiasmo come sempre.

"Ciao, tesoro" la saluta la mamma. "Tuo padre ti ha già dato da mangiare?"

Pur assomigliando al mio clone di dieci anni, Mary

è la mia sorellastra e ha un padre che ha scelto di rimanere nella sua vita, a differenza del donatore di sperma che ha generato me.

"Abbiamo mangiato insalata" risponde Mary. "Mi sono assicurata che lui finisse la sua."

Questa è Mary, la bambina che fa mangiare le verdure agli adulti (e lo fa anche con me e la mamma).

"Come ti è andato il colloquio?" mi chiede Mary.

Faccio un'espressione triste.

"Oh, no!" esclama lei. "Quella biblioteca sarebbe stata perfetta per te."

"Visto?" guardo la mamma con aria significativa. "È quello che avresti dovuto dire tu."

La mamma si irrita. "Non ti hanno mica detto che non hai ottenuto il lavoro."

Mary mi guarda stringendo gli occhi. "Non ti hanno scartata? Allora, perché pensi di non aver ottenuto il posto?"

Spiego che ero ricoperta di fango, che sono arrivata in ritardo e ho dovuto affrontare una selezionatrice che si è trasformata in Meryl Streep ne *Il diavolo veste Prada.*

"Ma Anne Hathaway non ha forse ottenuto il lavoro in quel film?" mi chiede Mary.

"In effetti" rispondo timidamente.

Mia sorella allarga le braccia in un gesto della serie: "non ho altro da aggiungere."

La mamma sorride con orgoglio. "L'ho già detto e lo ripeto: questa bambina un giorno governerà il mondo."

La sveglia del mio telefono suona.

"È un promemoria" spiego. "Devo prepararmi per la stupida cena."

Mary guarda da me alla mamma e viceversa. "Quale cena?"

"Jane ha un appuntamento" afferma la mamma in tono cospiratorio.

Mary fa una smorfia. Anche se, per la maggior parte delle cose, ha dieci anni e va verso i quaranta, pensa ancora che i ragazzi siano disgustosi (e, a volte, mi chiedo se sia più saggia di me e della mamma a questo proposito).

"Mi aiuti a truccarla?" le chiede la mamma.

Gli occhi di mia sorella si illuminano. "Un restyling?"

"Niente restyling" dico severamente. "Ma potete truccarmi un pochino."

"Certo" replica la mamma e strizza l'occhio a Mary. "Solo un pochino."

Sì. Certo. Si accontenteranno di un pochino... dopo che mi avranno anche venduto il ponte di Verrazzano.

CAPITOLO 6

Adrian

Guardo severamente il mio cane. "Amico, non esiste che tu venga con me alla cena."

Lui mi fissa con occhioni da cucciolo e guaisce.

Ma Jane ha un profumo così buono. Portami. Portami. Portami. Devo ricordarti che, se non fosse stato per me, non l'avresti mai incontrata?

"Tiffany sta venendo a stare con te" gli dico e questo sembra farlo sentire meglio, perché gli piace la sua ex addestratrice, che ora è la sua dog sitter occasionale. "Ti porterà a fare una passeggiata. Ovunque tu voglia."

Con un tempismo impeccabile, Tiffany arriva proprio in quell'istante e la lascio con Leo mentre vado a prepararmi per la cena.

"Non so a che ora tornerò" dico a Tiffany, uscendo.

Lei si stringe nelle spalle. "Non ho impegni. Quando Leo crollerà addormentato, me ne andrò."

"Sei la migliore" le dico.

Sorride. "Tu sei davvero elegante. Posso chiederti dove vai?"

"Puoi chiedere" replico. "Ma mi appello al quinto emendamento."

"Legittimo" ribatte lei. "Divertiti."

Quando scendo al piano di sotto, la mia limousine mi sta già aspettando.

Chiamo Jennifer, che fa parte dei miei autisti a rotazione, ma che, al momento, sta fingendo di essere un'autista di Uber. Seguendo le mie istruzioni, ha noleggiato una versione blindata della Toyota Camry, quindi Jane dovrebbe essere ignara di quanto sia più sicuro il suo viaggio rispetto a una corsa Uber a caso.

"Pronto?" risponde Jennifer. Dopo una pausa, aggiunge: "No. Ha sbagliato numero."

Ok. Ottimo. È un codice per dire: "Siamo per strada e siamo in orario."

Mi sento come se il mio petto si stesse espandendo, cosa che solitamente accade solo dopo un buon allenamento. Credo di essere impaziente di rivedere Jane, ma solo per rispondere al quesito sulla moglie, ovviamente.

Il romanticismo non è nei miei pensieri.

E non lo sarà finché non avrò ottenuto l'affidamento di Piper al cinquanta per cento.

CAPITOLO 7

Jane

Quando entro nel ristorante, sussulto udibilmente e non per l'incredibile arredamento (una combinazione di temi giapponesi con tocchi di arte moderna). Né per gli aromi appetitosi, che mi lasciano senza fiato. Non è nemmeno per il fatto che il ristorante sia completamente vuoto all'ora di punta della cena.

No. È la vista di Adrian in giacca e cravatta a interferire con il mio respiro. Ha i capelli ben pettinati e…

"Ciao." Si alza dall'unico tavolo al centro dell'ampia sala e tira infuori una sedia per me. "Sei bellissima."

E così, in un attimo, perdono la mamma e Mary per avermi assillata con il trucco. Quasi.

"Accomodati" mi dice Adrian. "Per favore."

Mi tiene la sedia finché vado a sedermi, così inalo il profumo della sua acqua di colonia, che ha note di legno, miele e mandarino, oltre a qualcosa di virile che lo contraddistingue in modo unico.

Con le ginocchia che traballano, piombo sulla sedia offerta e, non appena lui si accomoda di fronte a me, gli chiedo di botto: "Dove sono tutti gli altri commensali?"

Ovviamente, ho un presentimento.

"Itamae-san mi ha lasciato prenotare l'intero locale" risponde Adrian, confermando i miei sospetti. "Così non saremo disturbati, se era questa la tua preoccupazione."

"Oh, non ero preoccupata di essere disturbata. È solo che non riesco nemmeno a immaginare quanto possa costare prenotare un ristorante che ha la reputazione di servire il cibo più costoso di Manhattan."

Accidenti! Questo era un esempio di ciò che la mamma ha definito essere "pungente"?

La signorina Miller ritiene il rimprovero giustificato, malgrado parlare di soldi sia poco elegante in circostanze normali.

"Se può servire, non ho prenotato il ristorante a tuo beneficio" afferma Adrian. "Quello di cui voglio discutere con te è una questione privata e io non bado a spese quando si tratta di tale questione."

La signorina Miller sospetta che questo gentiluomo (termine usato impropriamente) stia per farle una proposta disonorevole.

"Di cosa volevi discutere?" Provo una sensazione di freddo alla bocca dello stomaco e non ho idea del perché.

Adrian apre la bocca, ma, in quel momento, si avvicina al nostro tavolo un signore anziano, con in mano un tagliere che sembra un quadro astrattista fatto con i doni del mare.

"Niente salsa di soia, per cortesia" dice con un pesante accento giapponese.

Con mia grande sorpresa, Adrian gli risponde in giapponese e i due vanno avanti a conversare amabilmente, finché lo chef (presumo) se ne va, lasciandoci con il suo capolavoro.

"Conosci il giapponese?" chiedo ad Adrian.

Lui scuote la testa. "So soltanto parlarlo. La parte difficile è padroneggiare i kanji, cosa che non so ancora fare."

"Certo, *quella* è la parte difficile" commento con un sorriso. "Ci sono altre lingue che sai 'soltanto' parlare?"

Lui si stringe nelle spalle. "Parlo fluentemente il mandarino, grazie alla tata Hua. Me la cavo con l'hindi, grazie a un lungo viaggio in India. Lo stesso vale per l'arabo e il russo. Oltre a questi, so leggere, ma non parlare, l'italiano e sto imparando il…"

"Non credo a niente di tutto ciò" sbotto.

Lui inarca un sopracciglio, poi dice qualcosa in ciascuna delle lingue appena menzionate (o, almeno, così presumo).

Con uno sbuffo, tiro fuori il cellulare e apro il sito web gazzetta.it. Mia nonna mi ha insegnato un po' di italiano, quanto basta per navigare in quel sito di notizie e trovare un articolo senza fotografie. Spingo il telefono in faccia ad Adrian. "Se sai leggere l'italiano, cosa c'è scritto qui?"

Lui dà un'occhiata alla pagina. "Parla di uno scandalo sessuale in cui è rimasto coinvolto il loro presidente."

Mmm. Dato che non mi fido del mio scarso italiano, uso Google Translate per controllare e, accidenti, ha ragione. "Le lingue ti riescono senza sforzo o hai dovuto studiare, come noi comuni mortali?"

Lui si stringe nelle spalle. "Quand'ero bambino, i miei genitori mi hanno fatto imparare l'intonazione perfetta con il metodo Eguchi e quello è stato il mio primo approccio alla lingua giapponese. Ma, soprattutto, l'intonazione perfetta aiuta a imparare le lingue, in particolare quelle tonali."

"Wow." La cosa più vicina a una formazione musicale che ho avuto io da bambina è stata quando la mamma mi regalò un fischietto da suonare in caso di sconosciuti pericolosi. "L'intonazione perfetta significa che sai stabilire quali sono le note di una canzone dopo averla ascoltata?"

Lui annuisce. "Un'abilità piuttosto utile per un musicista."

"Aspetta, sei anche un musicista?"

Sorride. "Sono molte, molte cose."

Un po' presuntuoso? "Del tipo?" Prendo le bacchette e afferro un boccone dal glorioso piatto, ma non lo metto ancora in bocca.

Lui prende un pezzo di sushi. "Quanto tempo hai?"

"Così tante?" gli chiedo, combattendo l'impulso di essere pungente. "Perché non mi racconti quelle più salienti? Per esempio, i talenti che hai utilizzato oggi?"

Sorridendo, lui mi racconta la sua giornata e più parla, più resto impressionata.

"Oggi, non ho avuto tempo di dipingere" conclude alla fine. "Ma, di solito, lo faccio ogni giorno."

"Sei un autentico uomo del Rinascimento" affermo, senza scherzare minimamente. Devo ammettere che questo lo rende ancora più sexy. Mi ricompongo prima di iniziare a sbavare. "Hai qualche esempio della tua arte da mostrarmi?"

"Ecco qui." Tira fuori il cellulare e mi mostra un quadro che raffigura il cuoco di sushi che abbiamo visto prima (solo che, qui, l'anziano sembra profondamente immerso nei propri pensieri, probabilmente intento a riflettere su come preparare il miglior sushi del mondo).

"Straordinario" commento e, finalmente, mi ficco il pezzo di sushi in bocca.

Senza volerlo, gemo di piacere.

Adrian socchiude gli occhi. "Delizioso, vero?"

Diventando più rossa del salmone sul tavolo, annuisco.

Adrian si infila in bocca il proprio sushi e non so se mi stia prendendo in giro, ma anche lui chiude gli occhi e grugnisce, esattamente nello stesso modo in cui lo immagino fare mentre viene.

La signorina Miller non può credere che una gentildonna osi intrattenere un pensiero del genere.

"Assaggia il Kinmedai" mi esorta Adrian quando riapre gli occhi, per poi indicare con le bacchette un pezzo identico a quello che ha appena mangiato.

Faccio come dice e, stavolta, controllo i miei gemiti, ma a malapena. Questo pezzo ha un sapore leggero, con una punta di dolcezza e un'ineffabile squisitezza, che significa una di queste due cose: o lo chef sta usando qualcosa tipo l'eroina come condimento, oppure ha stretto un patto col diavolo.

A proposito di patti simili, non posso credere di aver dimenticato quello che Adrian ha detto pochi minuti fa: che mi ha convocata qui per un qualche scopo ignobile.

Il Kinmedai assume improvvisamente il sapore della paglia (un crimine contro tutto ciò che è sushi).

"Di cosa volevi parlarmi?" chiedo dopo essere riuscita a ingoiare il boccone. "Qualcosa di privato, hai detto?"

La sua espressione si fa seria e, mentre raccoglie i pensieri, afferra con noncuranza un'altra creazione culinaria. "Cos'hai letto sul mio conto?" mi chiede, dopo aver ingoiato un pezzo che non sembra piacere neanche a lui.

"Niente. Non mi sembrava giusto." Tuttavia, sono stata *fortemente* tentata.

"Capisco." Le sue labbra si schiudono (facendomi venire voglia di mordicchiarle). "Suppongo che dovrò essere io a dirtelo." Fa una smorfia. "Secondo i tabloid, sono andato a letto con chiunque possedesse due cromosomi X."

La signorina Miller pensa che la parola "libertino" esprima quel concetto in maniera molto più sintetica.

"E non è così?" gli chiedo.

Lui sospira. "Non sono mai stato così terribile come mi dipingono e, in realtà, recentemente sono stato casto, il che non ha fermato quegli stupidi articoli."

Mmm. "Se si tratta di infrangere la tua presunta castità…"

"No" replica lui con enfasi (un po' troppa enfasi per non risultare offensivo, secondo me). "Il sesso non farebbe parte dell'accordo, te lo assicuro."

Stringo gli occhi. "Quale accordo?"

Lui geme. "Sto mandando tutto all'aria, vero?"

"Non ne ho idea" rispondo con aria significativa. "Non so ancora di cosa stiamo parlando."

"Ho una figlia" dichiara.

La signorina Miller inizia a sospettare che questo gentiluomo stia cercando una governante.

"È ancora una bambina" continua. "Ti piacciono i bambini?"

Un sorriso sciocco si allarga sul mio viso. "Ho una sorella molto più giovane di me e, da quando è nata, sono ossessionata dai bambini. Soprattutto annusarli, coccolarli e semplicemente tenerli in braccio."

"È fantastico." Tira fuori il telefono, lo scorre e me lo porge.

"Wow!" sussulto quando vedo la bambina in questione. "È adorabile. E non lo dico solo per essere educata. Potrebbe fare la pubblicità del latte artificiale o recitare in un reboot di *Senti chi parla*."

"Grazie." Adrian sorride con tanto orgoglio che fa leva su qualcosa nel mio cuore di orfana di padre e accresce la mia stima nei suoi confronti. "Allora... in base alla tua esperienza con tua sorella, sei brava a prenderti cura dei bambini?"

"Sono una professionista." Dovrei forse menzionare che sono troppo qualificata per fare la tata (che è la direzione in cui sembra puntare la conversazione)? Ripensandoci, un miliardario può permettersi di assumere qualcuno con un dottorato in fisica nucleare per quel lavoro. "Non capisco cosa c'entri tua figlia con la tua reputazione di libertino" non posso fare a meno di dire. "A meno che tu non abbia deciso di diventare un buon esempio per lei? Ma no. È ancora troppo piccola per interessarsi a ciò che fai. O forse... stai cercando di non fare altri figli?"

L'ultima parte lo fa trasalire. "Non stavo cercando di fare figli quando *non* ero casto. La madre di Piper, Sidney, mi aveva detto di avere la spirale. Inoltre, ho sempre usato il preservativo."

Afferra un pezzo di sushi con sopra del pesce giallo e lo mastica piuttosto rabbiosamente.

"Sembra che Piper sia un miracolo" affermo con dolcezza. "Io ho la spirale e il medico mi ha detto che è efficace al novantanove per cento."

Gli occhi di Adrian si allargano.

Merda! Era un'informazione troppo personale?

La signorina Miller pensa che questo argomento di conversazione non sia mai adatto tra persone educate. Mai.

Arrossendo a livelli da aragosta bollita, concludo

con: "Il preservativo è meno sicuro, ma quei due elementi combinati dovrebbero rendere impossibile una gravidanza." Ciò che non menziono è il motivo per cui mia madre mi ha fatto mettere la spirale: per evitare che io finisca per diventare una mamma adolescente come lei. A sua discolpa, la mamma non ha mai detto che avermi avuta le abbia rovinato la vita, ma credo si possa affermare che la questione della spirale lo sottintendesse fortemente.

L'ironia del fatto che io sia rimasta vergine fino ad ora non è sfuggita né a me né a mia madre, ma anche questa è una cosa che non condividerei con Adrian.

In realtà, se ci fosse un modo per farlo con delicatezza, la signorina Miller si assicurerebbe che il gentiluomo fosse consapevole della sua virtù intatta.

Adrian si guarda intorno nel ristorante vuoto, poi sussurra: "Detto tra noi, poi ho scoperto che la storia della spirale era una bugia."

"Ti ha mentito?" Lo fisso a bocca aperta, mentre l'enormità di ciò che ha detto scuote il mio cervello di vergine.

"Sì e, anche se non ho alcuna prova che abbia bucato il preservativo, spero che tu capisca perché potrei sospettare anche questo."

"Perché l'avrebbe fatto?" chiedo, incredula.

"Come è emerso in seguito, vuole che stiamo insieme" risponde lui con un sospiro. "Ma spero che tu sia d'accordo che quello non era il modo di procedere. Soprattutto perché siamo così poco compatibili."

"Non so bene cosa pensare" affermo. "Vuole i tuoi soldi?"

Lui scuote la testa. "È un'ereditiera. Credo che le piaccia solo la percezione che tutti avrebbero di lei se mi sposasse."

"Capisco" dico, anche se non è così. Non del tutto. "Ancora non vedo cosa c'entri tutto questo con me." A meno che non si tratti di un lavoro come tata, nel qual caso lui sta condividendo decisamente troppe informazioni.

"Sydney non voleva lasciarmi vedere Piper a meno che non ci sposassimo" afferma Adrian. "Da allora, ho dimostrato la mia paternità e posso vedere Piper in misura limitata, ma voglio l'affidamento paritario. Spero che questo ti sembri ragionevole."

"Certo" rispondo con il più grande eufemismo di tutti i tempi. Io avrei dato qualsiasi cosa perché il donatore di sperma che era mio padre avesse desiderato la stessa cosa. "Ancora non capisco…"

"I suoi avvocati faranno di tutto per farmi apparire inadeguato all'udienza imminente" prosegue. "Il mio cosiddetto 'comportamento promiscuo' è una cosa che probabilmente useranno contro di me… ed è qui che entreresti in gioco tu."

"Sono ancora confusa." Vuole che io gli insegni a *non* andare a letto con chiunque? La mia qualifica è che sono vergine?

"Se io mi sposassi e apparissi beatamente innamorato agli occhi del mondo… questo mi darebbe un'aria di stabilità" conclude Adrian.

No.

Non può dire sul serio.

Lui posa le bacchette. "A giudicare dalla tua espressione, hai capito cosa sto cercando" afferma, con la voce piena di preoccupazione. "E adesso c'è del disgusto sul tuo viso."

Arrossisco di nuovo. "Non è disgusto. È mortificazione."

Le sue spalle si afflosciano. "Non è molto meglio."

"Non sto rifiutando... non che tu mi abbia ancora chiesto qualcosa."

"Oh." Si raddrizza, con gli occhi che brillano di speranza. "In tal caso, permettimi di chiedertelo formalmente." Si alza dalla sedia e si inginocchia. "Jane Miller, mi faresti l'onore di fingere di sposarmi?"

Già. Avevo ragione, ma, finché lui non ha pronunciato quelle parole, c'era la possibilità di un malinteso.

Ora le cose sono chiarissime.

Dovrei avere un matrimonio di convenienza... con un libertino.

CAPITOLO 8
Adrian

È ufficiale. Le emozioni sul volto di Jane sono più difficili da distinguere di quelle sul volto della Monna Lisa.

Sentendomi improvvisamente stupido per essermi inginocchiato, torno a sedermi e faccio del mio meglio per gustarmi un pezzo di tonno rosso mentre Jane raccoglie le idee.

"Senti" mi dice, con le bacchette che aleggiano sopra un pezzo di tonno Ahi. "Penso che sia ammirevole che tu voglia far parte della vita di tua figlia…"

"Ma?" le chiedo con un sospiro.

"Ma perché mai vorresti sposare *me*?" Chiude le bacchette sul pezzo di sushi e lo posa sul proprio piatto. "Una modella famosa non sarebbe più realistica in un ruolo del genere? Quelli come te non hanno qualcosa come un moglificio?"

Moglificio? Suona come un luogo dove si fabbricano spose.

"Quando ti ho vista indossare quel tailleur nella boutique, ti ho immaginata nell'aula di tribunale e ho pensato che saresti stata perfetta" dico sinceramente. "C'è qualcosa di rispettabile in te. Qualcosa di corretto. Qualcosa che non gridi 'sta con lui solo per i suoi soldi'."

"Grazie?" chiede. "Suppongo."

Ho di nuovo parlato a sproposito? "Era assolutamente un complimento" la rassicuro. "Sei il tipo di donna con cui non sono mai stato prima, quindi convincere la gente che mi sono sistemato con *te* dovrebbe essere più facile che nel caso di una modella o di un'attrice."

"Ancora una volta, non mi sembra del tutto un complimento." Lei separa distrattamente il pesce sul suo sushi dal riso e io spero che lo chef non si accorga del sacrilegio, altrimenti potrebbe bandirmi.

"Di nuovo, te lo assicuro" dico. "Intendo tutto questo come un complimento. Lo giuro."

"D'accordo." Si mordicchia il labbro. "Non vorrei sembrare indelicata, dato che c'è in ballo l'affidamento di tua figlia, cosa che mi rende solidale e tutto il resto, ma... perché *io* dovrei sposare te per finta?" mi chiede e, finalmente, si infila in bocca il tonno Ahi che ha torturato.

Va bene. Ora siamo nel mio territorio. "Mi sposerai perché ti pagherò dieci milioni di dollari."

Credevo che la gente sputasse il cibo soltanto nei film, ma Jane lo fa davvero e il pesce masticato le ricade nel piatto.

Se lo chef vedesse *questo*, potrebbe davvero commettere harakiri con il suo yanagiba più affilato.

"Chiedo scusa" borbotta. Si infila di nuovo il cibo in bocca e lo ingoia senza masticare ulteriormente. "Mi hai colta di sorpresa con quella cifra oscena."

Mi stringo nelle spalle. "So che ti sto chiedendo di fare una follia, che richiederebbe tre anni per sciogliersi, per giunta."

"Ah" commenta lei.

"Già" replico. "Tre anni in cui non potrai frequentare nessuno."

"Ah." Prende l'acqua e ne beve un sorso.

"Per questo motivo, se vuoi indicare una cifra più alta, mi sta bene."

Vedo che sta quasi per sputare di nuovo, ma si ferma in tempo. "Quella cifra sarà sufficiente" dice. "Ammesso che siamo d'accordo su cosa intendi per 'fingere' nel contesto di questo matrimonio."

Oso sperare che stia prendendo in considerazione l'idea? "Come ho cercato di dire prima, non ci sarebbe alcuna intimità" mi affretto a precisare. "A parte, forse, qualche effusione occasionale in pubblico per creare una traccia digitale."

Dannazione! Sta arrossendo di nuovo. Probabilmente, avrei dovuto lasciare la parte delle effusioni per dopo che mi avesse detto di sì.

"Dovremmo concordare in anticipo quello che faremo o non faremo" afferma.

Fiù! "Naturalmente. Sto pensando che dovremmo

avere due contratti. Uno segreto, che definirà questioni come le effusioni in pubblico, e un accordo prematrimoniale standard di cui tutto il mondo possa essere a conoscenza, che stabilirà che, se dovessimo divorziare dopo tre anni di matrimonio, tu te ne andrai con dieci milioni di dollari. Il motivo del nostro divorzio sarà qualcosa che sembrerà plausibile, come, ad esempio, valori diversi in materia di allevare figli o qualcosa del genere."

"E il tuo affidamento di Piper non cambierà se divorzeremo?" mi chiede.

Scuoto la testa. "Una volta che la bambina si sarà abituata a stare con me, i tribunali non rovineranno gli equilibri. Bob, il mio avvocato, ritiene che un paio d'anni basterebbero, ma io ho deciso di farne tre per sicurezza."

Lei arrossisce di nuovo. "E, tanto per chiarire… non potremo frequentare nessuno in quel periodo?"

Accidenti! "Scusami tanto. Mi sono completamente dimenticato di chiederti se sei attualmente single. Se non lo sei e vuoi vedere il tuo fidanzato di nascosto, questo sarebbe effettivamente un problema; quindi, se è così…"

"Non si tratta di questo" replica lei. "È il contrario, in un certo senso."

Osservo il suo volto con aria confusa.

Il colore che chiamiamo rosso è, in realtà, una radiazione elettromagnetica con lunghezza d'onda compresa tra 625 e 740 nanometri; le guance di Jane sembrano attraversare l'intero spettro prima che dica con voce strozzata: "Ho ventitré anni e non l'ho mai fatto."

Wow! Sono senza parole (a parte le soluzioni estremamente inappropriate che arrivano da Yoda, come: "Risolvere il problema, io posso").

"Quindici milioni?" è la cosa migliore che mi viene in mente da dire.

Sembra che Jane non mi senta. Con le guance che entrano nel territorio degli infrarossi, aggiunge: "Fra tre anni, ne avrò ventisei e spero di avere già avuto la mia GD."

"Suppongo che tu non ti riferisca al gadolinio, l'elemento chimico delle terre rare con il numero atomico di sessantaquattro?" Cosa? Perché scomodarsi a parlare quando si dicono sciocchezze del genere?

Jane arrossisce ancora un po', il che è una strana reazione al mio sproloquio di chimica da nerd. "GD sta per Grande Deflorazione" sussurra. "Non è un simbolo della tavola periodica."

Accidenti a me! Yoda si sta trasformando in Hulk. "Venti milioni?" azzardo.

"Non posso credere di averti appena parlato della mia GD" dice Jane. "Non ne parlo mai con nessuno. Mai."

"Guarda il lato positivo" dico. "Parlarne ti ha appena fatto guadagnare dieci milioni in più."

Lei scuote la testa. "Non posso accettare tutti quei soldi. Non quando tu stai solo facendo il bravo padre."

"Non accetterò il tuo aiuto senza ricompensarti

adeguatamente" dichiaro con fermezza. "Venti milioni per me sono come tre mesi di stipendio per una persona media."

"Ma per me è un patrimonio" ribatte lei ostinatamente.

"Questo mi farà sentire meglio nel privarti della tua GD per i prossimi tre anni, oltre che per gli altri grattacapi imprevisti che questo accordo porterà con sé."

Lei se ne sta seduta lì, immersa nei suoi pensieri, e afferra distrattamente un pezzo di sushi con sopra del salmone Chinook (che, per coincidenza, corrisponde alla tonalità attuale delle sue guance in continuo cambiamento).

"Ok" dichiara quando ha finito di deglutire.

"Ok… nel senso che accetti la mia proposta?"

Sorride debolmente. "Non ti inginocchierai di nuovo, vero?"

"Lo farò, se può servire." Mi alzo in piedi, pronto a mettermi in posizione.

"Non ce n'è bisogno" dice.

Mi siedo di nuovo. Poi, per capriccio, allungo il braccio, prendo la sua mano sottile e la tengo in aria davanti a me mentre le chiedo solennemente: "Jane Miller, vuoi farmi l'onore di diventare mia moglie?" Questa volta, mi ricordo di tirare fuori dalla tasca sinistra la scatola, quella che contiene l'anello di fidanzamento che mio padre regalò a mia madre ventotto anni fa.

Alla vista dell'anello, gli occhi di Jane diventano

lucidi, il che mi provoca un senso di colpa per aver messo una donna innocente in questa situazione. "Sì" risponde tutto d'un fiato.

Le infilo l'anello al dito e, come segno dell'universo, le calza perfettamente, come se fosse stato fatto su misura per lei.

CAPITOLO 9

Jane

Fisso il mio dito, stupefatta.

Sono fidanzata.

Io.

Con un miliardario.

Chi ci crederà? È plausibile quanto una sguattera che si fidanza con un principe.

La signorina Miller soffre di palpitazioni.

"Cosa dirò alla gente?" chiedo, con gli occhi ancora puntati sull'anello, che sembra uscito da una favola.

"Ottima domanda" dice Adrian. "Dobbiamo concordare il nostro retroscena e poi attenerci ad esso."

Finalmente alzo lo sguardo. "Retroscena?"

Lui fa un sorrisino. "Per quanto la gente mi ritenga un buon partito, potrebbe insospettirsi se dicessimo che hai accettato di sposarmi lo stesso giorno in cui ci siamo conosciuti."

"Non ne sono così sicura" affermo, con le guance in

fiamme. "Ma il contrario non è certamente altrettanto plausibile."

Nel migliore dei casi, un membro dell'alta società farebbe di una sguattera la sua amante, non sua moglie.

Adrian aggrotta le sopracciglia. "Ti sottovaluti."

Mi sento il petto leggero e fluttuante. "È così che agiscono generalmente i libertini come te? Non c'è da stupirsi che funzioni."

"Come mi hai appena definito?" mi chiede con una risatina.

Lo schernisco. "'Libertino' è un termine dei romanzi storici. È un po' simile a 'puttaniere', ma con più stile."

"Ah. In tal caso, i miei giorni da libertino sono finiti ormai." In contrasto con le sue parole, sorride lascivamente e si passa la mano tra i lunghi capelli scuri altrettanto lascivamente. "In realtà, sapevo già cos'è un libertino" aggiunge.

Già. Certo. Figuriamoci se lo sapeva. "Torniamo al retroscena." Prendo le bacchette e afferro un boccone dal tagliere gigante del sushi, sentendomi orgogliosa del fatto che le mie mani non stanno tremando... molto.

"Giusto." Anche lui prende un pezzo di sushi. "Ci siamo conosciuti nel modo in cui ci siamo conosciuti oggi (per renderlo più facile da ricordare), però sei mesi fa. A causa degli stupidi tabloid, tu volevi uscire con me in segreto fino a quando hai capito che ero veramente cambiato e che le cose tra noi erano serie. Adesso, però, usciremo allo scoperto, dato che ci siamo fidanzati e tu stai per venire a vivere con…"

"Io cosa?" Le bacchette e il sushi mi cadono sul piatto con un rumore metallico.

"Beh, sì" conferma lui. "Se ci sposeremo presto, ha senso cercare di vivere insieme. Mi dispiace, ho dato per scontato che abiteremo a casa mia, ma…"

"Non è il luogo a essere sconvolgente" affermo. "È il fatto che vivremo sotto lo stesso tetto. È una cosa piuttosto folle."

Lui inclina la testa. "Pensavi che ci saremmo sposati ma avremmo vissuto separati?"

Sospiro. "Suppongo di non aver pensato così in là."

Mi guarda con aria preoccupata. "Il tuo compenso è ancora negoziabile."

Stringo i denti. "Puoi smetterla di ripeterlo? Non ti sto piantando in asso, sto solo elaborando la cosa."

"So che è un grosso impegno" dice. "Ma, per quello che vale, la mia casa è molto bella e l'edificio è dotato di ottimi comfort."

"Il sontuoso appartamento di un miliardario è bello? Che sorpresa!" Per giunta, non riesco a credere di essermi rifiutata di andare a casa sua stamattina e, ora, sto per trasferirmici senza averla vista.

"Puoi venire a vederla oggi" mi propone lui, come se mi leggesse nel pensiero. "Per assicurarti che *quello* non sia un impedimento."

Scuoto la testa, ma non serve a schiarirmi le idee. "Pensi davvero che la gente crederà che siamo una coppia?"

"Perché no?" mi chiede. "Dobbiamo solo fare le cose necessarie: imparare tutto quello che c'è da sapere l'uno dell'altra e definire i dettagli del nostro 'corteggiamento segreto'."

"A questo proposito" dico, massaggiandomi le tempie. "Ti aspetti che menta alla mia famiglia?"

Parlando di famiglia... lui sarà anche abbastanza pazzo da volersi sposare con una persona così al di sotto del suo status sociale, ma ai suoi genitori probabilmente verrà un colpo.

Si stringe nelle spalle. "Pensi che se la berrebbero?"

"Assolutamente no" rispondo. "Mia madre è la mia migliore amica e ci raccontiamo tutto, anche se vorrei che non lo facessimo."

"Dev'essere bello." Il suo sguardo diventa distante. "Allora possiamo dirle la verità, ma prima fammela conoscere, per vedere se mi sembra affidabile quanto te."

"E i tuoi?" gli chiedo.

Il solito bagliore malizioso scompare dai suoi occhi d'argento. "Sono morti in un incidente."

Oh, mio Dio. Come ho potuto essere così inopportuna? I segnali c'erano, ora che ci penso. La cosa peggiore è che provo un momentaneo sollievo per non dover affrontare la disapprovazione dei suoi genitori crème de la crème, ma quel sollievo è seguito da un'ondata di senso di colpa che abbatterebbe un cavallo da corsa. "Mi dispiace."

"Non sei stata tu a far salire i miei genitori su quel maledetto yacht" dice con voce piatta.

"Comunque, mi dispiace molto che ti sia successo questo" ripeto e gli copro la mano con la mia con un gesto automatico.

"Smettila di dispiacerti" mi dice con fermezza. "È una cosa che dovevi sapere per imparare a conoscermi. I miei genitori se ne sono andati da cinque anni. Mi hanno avuto piuttosto tardi; quindi, ipoteticamente, sapevo che li avrei persi prima di chi ha genitori più giovani, ma non mi aspettavo che accadesse così, né così presto."

Gli accarezzo delicatamente la mano. "Non sei tenuto a continuare a dare spiegazioni in questo momento."

Lui scuote la testa. "Sono figlio unico e lo stesso valeva per i miei genitori. I nonni, da entrambi i lati, morirono di vecchiaia quando ero troppo piccolo per capirlo. Piper è la mia unica parente in vita."

Provo una dolorosa stretta al cuore. Adrian non sta solo cercando di essere un buon padre per Piper. Vuole avere accesso a ciò che resta della sua famiglia.

"Farò tutto il necessario per aiutarti a riaverla" dichiaro solennemente. "Qualsiasi cosa."

CAPITOLO 10
Adrian

Ci vuole tutta la mia forza di volontà per non fare qualcosa di stupido, come cercare di nuovo di baciare Jane. Do la colpa alla tristezza che provo quando parlo dei miei genitori e alla morbidezza della piccola mano rassicurante di Jane. Senza contare le sue parole sincere.

Sono felice di avere autocontrollo, però. Baciarla, o fare qualsiasi altra cosa del genere, annullerebbe tutti i risultati che ho ottenuto qui oggi. Ogni volta che ho frequentato qualcuna, ci siamo lasciati non appena la donna in questione ha cominciato a conoscermi e così andrebbe con Jane, ma una rottura in questo caso sarebbe un disastro.

Senza contare che sono presuntuoso nelle mie fantasie. Probabilmente, Jane non mi vorrebbe nemmeno in quel modo. La parola "libertino" non era un complimento, dopotutto. Inoltre, anche se le piacessi adesso, perderebbe interesse per me una volta scoperto che sono poco focalizzato sull'avere un progetto di vita. Al contrario di me, lei era super-focalizzata sul fatto di voler lavorare in quella biblioteca, il che significa che questa è una qualità che, evidentemente, apprezza.

In ogni caso, non sono nella giusta dimensione mentale per frequentare nessuna fino alla conclusione positiva della saga con Piper, soprattutto non una donna che vuole una Grande Deflorazione. Non posso essere l'uomo giusto per questo. Un tale onore spetta a qualcuno di cui lei si innamorerà e che la ricambierà.

"Ti va di imparare qualcosa su di me?" mi suggerisce Jane, riportandomi sulla Terra.

"Sì, ti prego." Districo delicatamente la mia mano. "Parliamo della tua famiglia. Finora, hai menzionato tua mamma/migliore amica e tua sorella molto più giovane."

"Giusto" conferma lei. "Ho anche una nonna, la madre di mia madre, che vive in Florida. Mio padre non è affatto presente, quindi non posso dirti nulla di lui o di quel lato della famiglia."

"Capisco." Dovrei aggiungere che penso che suo padre sia un idiota?

"Il lato positivo è che ci saranno meno bugie" prosegue. "Mary, mia sorella, crederà che ci siamo frequentati in segreto e anche mia nonna. A mia madre puoi far firmare un accordo di riservatezza. È terrorizzata dagli avvocati e, quindi, terrà la bocca chiusa." Aggrotta la fronte. "Mi stupisce che tu non ne abbia fatto firmare uno a me, prima di rivelarmi tutto il piano."

"Sembri affidabile" le dico, facendole l'occhiolino. "Inoltre, pensavo che non avresti firmato niente senza una spiegazione. È stato un miracolo che tu non sia scappata quando hai visto il ristorante vuoto."

Sorride. "Nessuno mi crederebbe se dicessi che vuoi sposarmi."

Sospiro. "Continui a sottovalutarti."

Lei agita l'anulare. "Suppongo che la gente mi crederà quando annuncerai a tutti che siamo fidanzati."

"Ok, hai vinto" dico. "Il nostro contratto segreto avrà una sezione di non divulgazione."

"Grazie" replica con sarcasmo. "Dovresti anche minacciarmi con i tuoi costosi avvocati."

"Dire che i miei avvocati sono degli squali significa farli sembrare più carini e teneri di quanto siano in realtà" dichiaro con aria seria. "E non farmi parlare di Bob. Lui assomiglia letteralmente a un tasso del miele."

"Splendido. Poi mi dirai che puoi permetterti anche un assassino."

"Perché disturbarmi, quando i miei avvocati possono farti desiderare un assassino?"

Lei ridacchia, ma nervosamente; perciò, aggiungo: "Ti darò un milione prima che venga firmato qualsiasi contratto. Così, potrai assumere un avvocato-squalo a tua volta per sottoporgli il tutto."

Lei rotea gli occhi. "Scegli sempre la soluzione più costosa, vero?"

"No" replico. "Avrei potuto comprare un'isola

privata per la cena di oggi e farti arrivare con un jet privato, acquistato apposta per l'occasione. Non ho fatto nulla di tutto ciò."

"Oh, che sforzo dev'essere stato trattenerti" commenta lei, stringendosi delle perle inesistenti.

Proprio mentre apro la bocca per ribattere, si sente un tonfo alle porte del ristorante e, quando si aprono, Leo corre dentro, con il guinzaglio che gli penzola dietro.

Ma che diavolo?

Avvistandomi, Leo corre verso di me e cerca di farsi accarezzare… da sotto il tavolo.

Sono così felice di vederti. No, estasiato. No, fervente. Mi fa letteralmente male la coda per tutto questo scodinzolare.

Cazzo!

Il tavolino si rovescia, il tagliere si schianta a terra e il sushi vola ovunque.

Jane balza in piedi, indubbiamente preoccupata che Leo possa atterrarla di nuovo.

Non c'era motivo di preoccuparsi, però. Quando Leo vede il sushi, si dimentica di lei e di me e inizia a banchettare come se non mangiasse da un mese.

"Come sei arrivato qui?" gli domando.

Leo interrompe il suo compito estenuante e alza lo sguardo, cercando di sembrare innocente (un'impresa ardua, quando si ha il muso ricoperto di riso e pesce, che si ha appena rovesciato).

Passavo di qui. Ho sentito il tuo odore. Ho pensato di venire a salutarti.

"Ti eri dimenticato di dargli da mangiare?" mi chiede Jane.

"Certo che gli ho dato da mangiare" replico. "E anche la sua dog sitter, ne sono sicuro."

In quel momento, Itamae-san esce di corsa dalla cucina e la furia sul suo volto mi ricorda le maschere di menpō che i samurai indossavano per incutere paura ai loro nemici.

Alla vista di quell'espressione, Leo smette di mangiare, guaisce e si nasconde dietro di me.

Non ho fatto niente. Sono stato incastrato da un gatto: ecco il perché di tutto questo pesce.

"Te l'ho detto tante volte: non puoi portare un cane nel mio ristorante" grida Itamae-san in giapponese. "Non mi interessa quanto sei ricco!"

"Non l'ho portato io" replico. "Lui…"

"Basta!" urla Itamae-san. "Prendi la tua bestia e vattene!"

CAPITOLO 11

Jane

"Dobbiamo andare" mi dice Adrian, dopo che lo chef ha smesso di gridare.

Sentendomi in imbarazzo anche se non è stata colpa mia, mi dirigo verso l'uscita e vado a sbattere contro una donna abbastanza bella da fare la modella.

Avvistandola, Adrian stringe gli occhi. "Avevi un unico compito: sorvegliare il cane."

Questa è la sua dog sitter? Significa che è spesso nei paraggi? Non me lo chiedo perché sono gelosa. Mi sembra solo un'informazione di cui una futura moglie dovrebbe essere a conoscenza, no?

"Mi dispiace" replica la modella. "Potrebbe essere stato un colpo premeditato. Mi ha condotta qui e poi mi ha strappato il guinzaglio di mano."

Lo chef urla qualcosa con un tono ancora più arrabbiato, così Adrian ci fa uscire tutti. Una volta fuori, guarda Leo con aria severa. "Questo è il mio ristorante di sushi preferito. Ora, probabilmente, sarò bandito."

Leo ha l'aria intimidita e assomiglia a una pecora (più del solito).

"Scusami tanto" dice la bellissima donna. "Io…"

"Jane, ti presento Tiffany" dice Adrian. "Tiffany, Jane è la mia fidanzata, da oggi." Guarda la donna con aria significativa.

Tiffany sussulta. "Questa era la tua cena di fidanzamento?"

Provo una sorta di soddisfazione possessiva quando le mostro la mia mano con l'anello, il che è sciocco, considerando che il fidanzamento è finto e che non ho idea se lei abbia qualche mira su Adrian.

"Mi dispiace tantissimo" ripete. "Se l'avessi saputo, non l'avrei nemmeno portato fuori a passeggio."

Adrian sospira. "Non fa niente. Va' a casa. Lo terrò io da qui in poi."

"Sono licenziata?" chiede lei.

"No" risponde Adrian. "Ma mi sentirai lamentarmi parecchio se Itamae-san non mi lascerà più tornare qui."

Lei sfoggia un sorriso smagliante. "Mi sembra giusto." Si gira e si allontana tacchettando, lasciandomi a chiedermi perché una persona sana di mente dovrebbe portare a spasso un cane indossando i tacchi alti.

"Ebbene" dice Adrian quando restiamo soli. "È successo."

"Lo so" replico. "Soltanto un miliardario si farebbe cacciare via dal ristorante di sushi più costoso del mondo."

Adrian si gira a guardare la porta del ristorante con aria nostalgica. "Forse sarò costretto a comprare l'intero edificio e poi farò leva su questo per convincere Itamae-san a lasciarmi almeno prendere il cibo da asporto."

"Vedo già un grosso problema nella nostra relazione" dichiaro. "Non ho idea se questo fosse uno scherzo."

Adrian sorride e poi guarda Leo con un'espressione severa. "Hai intenzione di fare il bravo per il resto della serata?"

Leo guarda il suo umano con occhi così innocenti da far pensare che sia stato il suo gemello cattivo (o una pecora ribelle) ad aver quasi distrutto il ristorante un secondo fa.

"Farò il bravo" dice Adrian/Leo con quella voce più acuta e accelerata. "E congratulazioni, Jane. Quando ho sentito il tuo odore stamattina, ho capito che tu e Adrian sareste stati una coppia perfetta."

Rabbrividisco al ricordo. "Che razza di cane sei?" chiedo a Leo, poi mi sento sciocca e mi rivolgo ad Adrian.

"Sono un Wolfoodle" risponde 'Leo'.

Ridacchio. "Non può essere una razza vera."

"Mia madre era un levriero irlandese (Wolfhound)" prosegue 'Leo'. "E mio padre era un barbone (King Poodle). Ecco perché non mi piacciono gli inglesi e mangio enormi quantità di patate… *au gratin.*"

"Ah" commento, "pensavo che la razza 'Cockapoo' fosse l'incrocio dal nome più divertente. Evidentemente, mi sbagliavo."

La signorina Miller pensa che parole come "cockapoo" (cazzo-merda) *non siano appropriate nella bocca di una gentildonna.*

"Non credi che Bossi-poo (*capo-merda*) sia peggiore?" chiede Leo. "O Peekapoo (*pipì-cacca*), o Sheepadoodle (*pecora scarabocchiata*)?"

"Penso che, se c'è qualcuno che dovrebbe essere chiamato Sheepadoodle, quello dovrebbe essere Leo" affermo. "Visto che assomiglia proprio a una pecora."

"Il mio preferito è Doodleman (*uomo scarabocchio*)" mi interrompe Adrian. "Suona come un supereroe che combatte il crimine con i suoi scarabocchi."

Sorrido. "Il mio è Huskypoo (*grossa cacca*). Suona come una cosa che succede quando si è molto, molto stitici."

La signorina Miller ha appena avuto una crisi isterica.

Lo stomaco di Adrian brontola.

Il mio sorriso si allarga. "Dovremmo procurarci qualcos'altro da mangiare."

"Ti va di venire a casa mia?" mi chiede Adrian. "Ho degli avanzi di una cena che avevo preparato l'altro giorno."

"Certo" mi sorprendo a rispondere. "Andiamo."

La signorina Miller ritiene che andare a casa di un

gentiluomo non sposato senza essere accompagnata da uno chaperon equivalga ad accettare un lavoro in un bordello.

"Adoro l'architettura di New York." Adrian si guarda intorno con un'eccitazione che mi aspetterei di vedere sul volto di un bambino in un parco giochi.

"Ah sì? Come mai?"

"È una delle migliori al mondo" risponde con riverenza. "Come quell'edificio." Indica il grattacielo alla nostra sinistra. "È stato costruito subito dopo la Seconda Guerra Mondiale ed era la prima volta che venivano utilizzate alcune di quelle tecniche."

"Quali tecniche?"

Lui me lo spiega, ma io non capisco granché, perché quel poco che so di architettura l'ho imparato leggendo *La fonte meravigliosa* di Ayn Rand ai tempi della scuola. Ovviamente, ero molto più concentrata sulla sottotrama romantica del libro che su qualsiasi altra cosa.

Tuttavia, dato che ad Adrian piace spiegare, annuisco e lo lascio parlare, ascoltando solo per metà.

La sensazione che sto cercando di scrollarmi di dosso è quella di andare a casa di un ragazzo al primo appuntamento.

Voglio dire, con le mie parti razionali (il cervello), so che questo non è un appuntamento e che Adrian non è un ragazzo qualunque. Tuttavia, il resto di me (il mio bassoventre?) sente ancora che stiamo andando verso la mia GD, cosa che non potrebbe essere più distante dalla verità.

Per tutti i diavoli! Parte del motivo per cui non ho ancora perso la verginità è che sono troppo intelligente per fidarmi degli uomini. Questa diffidenza vale doppio per i libertini in generale, ma soprattutto per quelli che trovo attraenti, come Adrian. I libertini sono ciò in cui i romanzi storici e la realtà differiscono maggiormente. Nei romanzi, quelli che si ravvedono diventano i mariti migliori, ma, nel mondo reale, scompaiono dalla vita delle loro figlie per non farsi mai più sentire.

"Scusa" dice Adrian. "Ti sto annoiando con tutte queste curiosità sull'architettura?"

Scuoto la testa. "No. In realtà, è interessante. Sei un architetto?"

"Se con questo intendi qualcuno che ha progettato alcuni edifici e si è assicurato che venissero costruiti, allora sì" afferma Adrian. "Se, invece, intendi qualcuno che si guadagna da vivere progettando continuamente per l'edilizia, allora no."

"Lingue, pittura, musica, ventriloquismo" guardo Leo, "e, ora, architettura. Che altro? Nel tempo libero, fai il giocoliere? Allevi sanguisughe medicinali? Mungi serpenti?"

Lui ridacchia. "Mungere un serpente è un eufemismo per alludere a qualcosa?"

Inondata da immagini sconce di Adrian che si impugna l'uccello, arrossisco fino a diventare cremisi. "Qual è il tuo edificio preferito?" gli chiedo di botto per cambiare argomento.

"Il Seagram Building" risponde senza esitazione. "A meno che non ti riferissi alle mie opere."

Mi guardo intorno. "Dove si trova?"

"Il Seagram? A Park Avenue" risponde lui e tira fuori il telefono. "Ecco com'è."

"Ah" commento, senza curarmi di celare la mia delusione. "L'avevo già visto. In cosa è diverso dagli altri grattacieli?"

Lui me lo spiega, ma, ancora una volta, le sottigliezze architettoniche mi sfuggono, per lo più.

"Siamo arrivati" annuncia Adrian quando ci avviciniamo a un grattacielo che, a mio parere, è molto più imponente di quello nella foto che lui mi ha mostrato. Ha una struttura d'acciaio che sembra molto maschile, anche se sono sicura che esista un termine architettonico migliore per definirla. "Abito nell'attico in cima."

Fischio. "Pensavo che questo fosse un edificio commerciale, con uffici e cose così."

Lui si stringe nelle spalle. "È anche questo. Quando l'ho progettato, ho…"

"Aspetta." Lo guardo a bocca aperta. "Hai progettato *tu* questo edificio?"

"Sì." Un'espressione malinconica attraversa il suo viso. "Mi ha persino fatto guadagnare una rara approvazione da parte di mio padre. Cioè, finché non è venuto a sapere che *non* sarei diventato un architetto, né avrei aperto un mio studio di architettura."

Sembra che ci sia dell'altro, ma sono riluttante a curiosare.

Leo tira Adrian verso un idrante lucido sul marciapiede vicino all'edificio.

"Certo" gli dice Adrian con un sogghigno. A me, spiega: "L'ho fatto mettere lì per lui."

Già. Leo si avvicina all'idrante, solleva la zampa posteriore quasi alla mia altezza e fa i suoi bisogni con tale orgoglio da far pensare che sia stato nominato cavaliere dalla Regina.

"Un pasto di sushi e poi svuotare il mio serpente." Adrian aggiunge una grande dose di soddisfazione alla voce di 'Leo'. "Ora, se riuscissi a catturare uno scoiattolo e a conquistare una barboncina, la mia vita sarebbe completa."

La signorina Miller è mortificata. Persino il cane di questo cosiddetto gentiluomo è un libertino.

"Andiamo" mi esorta Adrian e mi conduce nell'atrio.

Per qualche ragione sconosciuta, gli addetti alla sicurezza di questo edificio sono composti per più della metà da donne, cosa che credo deponga a favore di chi si occupa delle assunzioni. Il fatto che la maggior parte di esse sia bellissima è un po' strano e sono sicura di essere solo paranoica quando ne vedo alcune guardare Adrian con apprezzamento.

"Ciao" Adrian saluta tutti. "Questa è Jane Miller. Per favore, aggiungetela alla lista dei visitatori permanentemente autorizzati."

La più alta delle donne digita qualcosa al computer mentre io osservo le opere d'arte che adornano le pareti: dipinti, statue, trompe-l'oeil e così via, uno più bello dell'altro.

"Sono tutte opere del signor Westfield" spiega la donna alta, dopo aver alzato lo sguardo dal computer.

Fisso Adrian a bocca aperta.

Lui sorride. "Colpevole… e, grazie a Susan, non ho nemmeno dovuto vantarmene."

"Quindi, sei anche uno scultore?" gli chiedo. "E un affreschista?"

"Mi diletto" risponde Adrian con falsa modestia.

"Ecco a lei." Susan mi porge un badge. "Dovrà anche impostare una password." Gira il monitor in modo che io possa vedere, poi spinge la tastiera davanti a me.

Intascato il badge, digito la password che uso ovunque fin da quando ero adolescente: "MineTill12AM." È basata sul mio romanzo preferito, *Fino a Mezzanotte* (*Mine Till Midnight*) di Lisa Kleypas e, quindi, non la dimenticherò.

"Non è abbastanza sicura" mi dice Susan quando vede ciò che ho scritto. "In una password, non dovrebbero esserci parole riconoscibili. Dovrebbe esserci almeno un carattere speciale, oltre a…"

"E così?" Sostituisco ogni "i" della mia password con un punto esclamativo, un trucco che uso ogni volta che sono costretta a farlo.

Lei si acciglia. "Va meglio, ma…"

"A cosa serve la password, comunque?" chiedo.

"È per il mio ascensore privato" interviene Adrian. "La sicurezza non c'è di notte, ma, con quel badge e la password, puoi andare e venire quando vuoi."

Rivolgendosi a Susan, aggiunge: "Qualsiasi password abbia scelto va bene. Il mio appartamento non è esattamente Fort Knox."

Mi posa delicatamente la mano sulla parte bassa della schiena e mi guida verso il lettore di badge.

Ammutolita dal suo tocco, striscio il mio nuovo documento e provo la nuova password con dita tremanti, poi mi faccio accompagnare nell'elegante ascensore.

Le porte si chiudono e io inalo il profumo inebriante di legno, miele e mandarino dell'acqua di colonia di Adrian, fino a quando percepisco anche un accenno di qualcosa di simile a un fienile. Pecore bagnate? Proviene da Leo.

"Ti va di vedere i miei studi?" mi chiede Adrian, col dito che aleggia sopra il pulsante del penultimo piano. "O andiamo direttamente agli alloggi?" Sposta il dito sopra il pulsante dell'attico.

"Sei tu quello affamato" rispondo. "Decidi tu."

Preme il pulsante per gli studi (al plurale) e l'ascensore vi arriva con una velocità incredibile.

"Qui è dove dipingo" annuncia Adrian quando usciamo e svoltiamo l'angolo.

Già. Il loft gigante è disseminato di pennelli, cavalletti e altri oggetti vari di cui non conosco il nome. Un depuratore d'aria ronza sforzandosi di pulire l'aria, ma si sente ancora l'odore delle vernici, della colla e di altre sostanze chimiche che devono far parte del processo di pittura.

La stanza accanto è il luogo in cui lui scolpisce.

Quella successiva sembra un garage dove si esercita un gruppo metal.

"Sai suonare quello?" Indico il basso.

Con un sorriso sbilenco, Adrian prende lo strumento e inizia a suonare. Alle mie orecchie, che non conoscono questa musica, sembra un bel pezzo, tipo qualcosa di un album dei Metallica.

La signorina Miller pensa che questo sia esattamente il tipo di musica che i demoni apprezzerebbero mentre se la spassano all'inferno.

La stanza successiva è piena di strumenti musicali classici, tra i quali riconosco il pianoforte, il violoncello, il violino e l'oboe.

Su mia richiesta, Adrian suona una melodia con ognuno di essi e, se fosse possibile avere un orgasmo per essere rimasta impressionata, io ora ci sarei quasi.

"Cosa c'è là dietro?" chiedo, indicando una porta che abbiamo superato senza che lui me la mostrasse.

"Quella è la mia galleria privata" risponde Adrian, facendomi cenno di continuare il percorso, che non sembra includere la suddetta galleria.

Stringo gli occhi su di lui. "Sei anche un tassidermista?"

"Cosa?" Guarda Leo come per avere una risposta.

Faccio del mio meglio per mantenere una faccia seria. "Tieni delle donne impagliate nella tua galleria? Forse, le altre sciocche che hai attirato qui con il pretesto di diventare tua moglie?"

Adrian fa una risatina priva di umorismo. "È solo una galleria privata. Alcuni dei pezzi che sono lì dentro non sono destinati a essere visti da altri che da me. Tutto qui."

"Giusto, giusto. Però, anche Barbablù non aveva forse una stanza segreta in cui la nuova moglie non doveva entrare?"

Lui sospira. "Accetti che questo sia coperto dall'accordo di riservatezza nel contratto segreto che stai per firmare?"

Annuisco con entusiasmo.

"Spegni il telefono" mi ordina.

"Mmm. Non me lo faresti spegnere anche se si trattasse di una situazione alla Barbablù?"

Lui rotea gli occhi. "Credo che Barbablù ti farebbe entrare di nascosto nel suo palazzo, senza avvisare la sicurezza."

Spengo il telefono e seguo Adrian mentre mi conduce dentro.

Non appena varchiamo la soglia, sussulto, ma non perché la stanza è piena di vasche di sangue, con i cadaveri delle sue sei precedenti mogli assassinate e appese a dei ganci, come nella storia di Barbablù (nota a margine: la moglie numero sette non avrebbe dovuto sentire l'odore dei cadaveri?). No, il mio sussulto è dovuto alle opere d'arte, una più straordinaria dell'altra.

"Non sono tutte opere mie" afferma Adrian quando mi sorprende a fissare un'armatura in mostra. "Alcuni sono pezzi che ho comprato alle aste, per ispirazione futura."

"E questo?" Indico una struttura di stoffa a forma di piramide appesa al soffitto.

"È un paracadute basato sul progetto di Leonardo da Vinci" dichiara con orgoglio. "È realizzato con materiali che erano disponibili all'epoca e funziona davvero."

"Wow! Sei un suo fan perché anche lui era poliedrico?"

Adrian annuisce. "Più cose imparo su quell'uomo, più vorrei poter inventare una macchina del tempo per tornare indietro a parlare con lui."

Dopo quello che ho visto, se qualcuno fosse in grado di progettarne e costruirne una, sarebbe sicuramente Adrian. "Prima o poi, dovrai parlarmi di lui" gli dico. "Quel poco che so l'ho imparato da *Il Codice Da Vinci* di Dan Brown, che non è esattamente un libro di testo."

Adrian indica in lontananza. "Nella mia biblioteca, ho una prima edizione firmata di quel libro, così come di ogni altro volume che menzioni o raffiguri il grande genio che fu Leonardo da Vinci. Però, non l'ho ancora letto."

"Dovresti. È divertente, ma manca di romanticismo."

Adrian si avvicina a me, con gli occhi che brillano. "Qual è il tuo libro preferito?"

Mentre rispondo, il mio cuore batte forte per la sua vicinanza e per l'argomento della conversazione. "Mi piace molto anche *Signora del suo cuore (More Than a*

Mistress) di Mary Balogh" continuo senza fiato. "Così come..."

"E i libri su cui si basa la serie di *Bridgerton?*" mormora. "La serie TV è fantastica, quindi..."

"Aspetta" sussulto. "Hai visto *Bridgerton?*"

Ecco come deve sentirsi un uomo con un'overdose di Viagra.

"Non l'hanno forse vista tutti quelli che hanno Netflix?" mi chiede. "Inoltre, in quale altro modo potrei sapere cos'è un libertino?"

Quindi, lo sapeva davvero. Riduco la poca distanza che rimane tra noi. "*Amo* quei libri, così come tutto ciò che ha scritto Julia Quinn."

"Ami, eh?" Le sue labbra si incurvano in modo allettante. "È un'affermazione forte."

Non rispondo. Qualunque forza ultraterrena ci stesse tirando l'uno verso l'altra fuori dalla boutique sta di nuovo esercitando la sua influenza su di me. Le curve sensuali delle sue labbra sono come sirene che mi attirano...

Qualcosa che vedo con la coda dell'occhio fa scoppiare la mia momentanea bolla di lussuria (o qualunque cosa fosse) come una secchiata di ghiaccio in faccia.

Quel qualcosa è la statua di una donna nuda dall'aria molto familiare. Uscendo dal campo gravitazionale di Adrian, indico la statua con aria accusatoria. "Quella è Susan, l'addetta alla sicurezza alta del piano di sotto?"

Adrian si allontana da me, come se stesse uscendo da una trance ipnotica. "Stavo proprio per avvisarti."

Girando sui tacchi, mi dirigo verso la statua e la guardo in faccia. Sì. È *proprio* Susan. Il viso e l'altezza corrispondono esattamente, anche se non ho idea se abbia il seno davvero così pieno e i capezzoli così turgidi, per non parlare della sua…

"C'è un motivo per cui tengo privata questa galleria" dice Adrian.

Senza rispondere, mi guardo intorno con più attenzione.

Oh, cavolo! Sulla parete a sud, c'è un dipinto di un'altra donna svestita che riconosco. È Tiffany, la dog sitter di prima, ed è nuda come l'addetta alla sicurezza e con un corpo ancora più perfetto.

"Loro lo sanno?" chiedo.

Disegnare o scolpire donne nude senza il loro permesso mi sembra una violazione e, se Adrian è colpevole di questo, tra noi è finita.

Lui si ritrae. "Per chi mi hai preso? Certo che lo sanno. Hanno posato volentieri per me, dopo che le ho rassicurate che avrei tenuto il prodotto finale qui, senza mai venderlo."

"Hanno posato *volentieri* per te… nude?"

Lui si stringe nelle spalle. "Non è che non le avessi mai viste nude prima di allora."

Mi viene un tic all'occhio. "Perché le avevi viste nude?" Una parte di me può già indovinare, ovviamente.

"Non ti ho nascosto di aver avuto parecchie amanti, in passato" dice. "In quel periodo della mia vita, gli incontri erano molto raramente di una sola notte. Più spesso, si trattava di relazioni brevi, alcune delle quali sono durate abbastanza a lungo da indurre quelle donne a voler posare per me… e il risultato è quello che stai guardando."

Con la mente che vortica, osservo le innumerevoli donne nude nei dipinti e, in alcuni casi, un paio di uomini molto attraenti.

"La maggior parte di queste sono modelle professioniste" spiega Adrian, seguendo il mio sguardo. "E, prima che tu me lo chieda, non ho mai avuto avventure con uomini. Sono praticamente uno zero sulla scala Kinsey."

Poiché sono ancora senza parole, continuo a guardare i volti esposti finché non ne trovo un altro dall'aria familiare.

"Quella è la mia autista Uber di oggi" dichiaro. "Con quante donne devi essere andato a letto per rendere possibile una coincidenza simile?"

Alla fin fine, Adrian assume un'aria colpevole. "In realtà, non è un'autista di Uber. Non mi piaceva l'idea che fosse uno sconosciuto a darti un passaggio, così ho chiesto a una delle mie autiste personali di accompagnarti."

Mi volto a guardarlo, accigliata. "*Anche lei* lavora per te?"

Lui annuisce. "Ho sempre cercato di chiudere le relazioni con le donne in modo amichevole e, spesso, siamo rimasti amici. E, quando un amico ha bisogno di un lavoro e le sue competenze sono adatte per una posizione che mi serve ricoprire, sono felice di dare una mano."

Non sono sicura se voglio applaudirlo o schiaffeggiarlo. In un certo senso, è ammirevole che Adrian non sia il tipo di puttaniere da "una botta e via." Però, d'altra parte, questo dimostra senza ombra di dubbio che è un libertino di proporzioni epiche e, per qualche motivo, il mio stomaco si sente decisamente inquieto al pensiero che tutte quelle donne siano ancora nella sua orbita.

"Un penny per i tuoi pensieri" dice Adrian.

"Vai ancora a letto con qualcuna di loro?" chiedo di botto. Ehi, è sempre meglio che ammettere di aver voglia di bruciare ogni quadro e demolire ogni scultura con un martello, prima di fare altrettanto con le muse che li hanno ispirati.

"Te l'ho detto: da quando è nata Piper, sono sempre stato casto" risponde. "Ma, anche se non fosse così, non andrei mai a letto con qualcuno che lavora per me. Mai."

"Dici sul serio?" Mi domando se considererà anche me come una che "lavora per lui" una volta sposati, ma non ho il fegato di chiarirlo.

"Non rischierei l'affidamento di Piper per un po' di sesso" afferma.

Certo, ma dopo? Non mi curo nemmeno di chiederglielo, perché la risposta non sarebbe: "Sarò casto per tre anni." È ovvio che tornerà alle sue abitudini dissolute non appena sarà prudente farlo, ma forse, stavolta, sarà più discreto.

Lo stomaco di Adrian brontola di nuovo.

"Ah, giusto. Andiamo a nutrirti" dico, felice della distrazione.

"Sei sicura?" mi chiede. "Ci sono altre cose che…"

"Sono sicura. Il tour stava cominciando a diventare noioso, comunque." Una bugia, ma non è necessario che lui lo sappia.

Con un sospiro, mi invita a seguirlo e torna verso l'ascensore.

CAPITOLO 12

Adrian

Come ho potuto essere così stupido? Perché non l'ho dissuasa dall'entrare in quella dannata galleria? Perché farle affrontare le manifestazioni fisiche del mio passato da "puttaniere"?

Oh, pazienza. Ormai è troppo tardi. Mi merito l'espressione di disapprovazione sul suo volto durante la salita in ascensore. Anche se non fosse stata una vergine integerrima, avrei dovuto evitare di farle vivere un'esperienza così imbarazzante.

L'ascensore si ferma e Leo si precipita dentro l'appartamento, ansioso di giocare con i suoi giocattoli, senza dubbio.

"Prima la cucina?" chiedo a Jane.

Lei annuisce. "Credo di averne abbastanza dei tour, per il momento… e non voglio sentire il tuo stomaco brontolare ancora."

Giusto. La porto in cucina, tiro fuori la prima cosa

che vedo nel frigorifero, la scaldo e la metto in tavola. Nel frattempo, il silenzio imbronciato di Jane mi ricorda l'errore che ho commesso.

Quando mi siedo, vedo Jane guardare il suo piatto con aria confusa. "Questo è un gambero?"

Scuoto la testa. "È uno scampo."

"Un cosa?"

"Conosciuto anche come aragosta norvegese" spiego. "Contrariamente ai gamberi, è un crostaceo d'acqua di mare e la differenza si sente."

"E quello?" Indica l'altro piatto.

"Panaché di cuori di palma" rispondo. "Nel caso non fosse evidente, mi stavo dilettando con la cucina francese."

Prima che il brontolio del mio stomaco la infastidisca di nuovo, mi fiondo sul cibo e la guardo fare altrettanto.

Quando assaggia i frutti di mare, i suoi occhi si allargano e le sue labbra emettono chiaramente un altro gemito (il che fa agitare Yoda).

"Cosa ne pensi?" le chiedo.

Lei storce il naso. "È insipido. E troppo gommoso."

Già. Certo. Ecco perché lo sta divorando come Leo fa con il burro di arachidi.

"Possiamo parlare di affari per un secondo?" le chiedo, pensando che questo sia un momento come un altro per affrontare argomenti spiacevoli.

Jane infilza la panaché con una violenza non necessaria. "Perché no?"

"Dovrò fare un controllo dei tuoi precedenti."

Lei rotea gli occhi. "Fa' pure, se proprio devi."

È andata meglio di quanto potessi sperare. "Vuoi dare un'occhiata preliminare al contratto segreto?"

"Muoio dalla voglia." Mastica la panaché con evidente piacere, ma, quando si accorge che la sto guardando, storce il naso e dice: "Hai esagerato con il sale."

Dovrei dirle che non ho nemmeno messo il sale? No. Invece, protendo la mano. "Dammi il tuo telefono."

"Perché?" I suoi occhi d'ambra si riducono a due fessure.

Resisto all'impulso di sospirare. "Per motivi di sicurezza (e per proteggere gli alberi), non uso mai contratti stampati. Mi serve il tuo telefono per poterti installare un'applicazione specifica. Così, potrò usare la stessa app sul mio cellulare per condividere con te i documenti legali."

Ciò che non aggiungo è che questo è anche il metodo che usavo per conservare i moduli di consenso sessuale che mi sono sempre assicurato di predisporre con le donne delle mie precedenti relazioni. Rivelarglielo sarebbe come ripetere la faccenda della galleria.

Jane tira fuori il telefono, ma non me lo dà. "Come si chiama l'app?"

Glielo dico e lei mi informa che "può scaricare le app con le sue dita da donna, grazie mille." Dopo che l'ha fatto, le spiego che deve fornire all'app un indirizzo email che lei controlli davvero e che dovrebbe memorizzare la password che userà, perché resettarla è un bel grattacapo (come ho imparato per esperienza).

"Sul serio, non sono un'incapace" sbotta. "Infatti, una delle responsabilità principali che avrei avuto in biblioteca sarebbe stata quella di aiutare le persone a utilizzare la tecnologia, comprese le applicazioni di lettura, che non sono diverse da questa."

Stavolta, il sospiro mi sfugge dalle labbra. "Scusa. Cercavo di essere utile."

"C'è una linea sottile tra utile e condiscendente" afferma con condiscendenza (e in modo stranamente adorabile).

"Ne deduco che il tuo colloquio non sia andato bene" dico, per distrarmi dalle continue richieste di attenzione di Yoda.

Probabilmente avrei dovuto chiederglielo prima, ma la sua espressione quando è uscita dalla biblioteca parlava da sola.

Non pensavo che potesse sembrare ancora più turbata, ma si rivela bravissima in questo. "È stato un disastro." Continua col raccontarmi i punti salienti e io mi sento ancora peggio adesso (e mi pento di aver sollevato questo argomento così presto dopo l'altro mio passo falso).

"C'è qualcosa che posso fare per aiutare?" le chiedo. "Potrei donare dei soldi alla biblioteca, o..."

"Hai fatto abbastanza" ribatte bruscamente. "Inoltre, voglio ottenere il lavoro solo in base al merito."

Sospiro. "Che ne dici se ti invio il contratto?"

Lei annuisce e io eseguo.

Jane legge il documento in modo sorprendentemente rapido, considerando tutto il linguaggio legale.

"A una prima occhiata, mi sembra che vada bene" dice, alzando lo sguardo dal telefono. "Ovviamente, l'ultima parola spetterà ai miei avvocati."

"Ti invio anche l'accordo prematrimoniale" le dico. "E l'accordo di riservatezza per tua madre."

Di nuovo, revisiona tutto velocemente e ritiene che non ci sia nulla che le sollevi delle perplessità.

"Dove devo mandarti i soldi per l'avvocato?" le chiedo.

Lei me lo dice e io me ne occupo immediatamente.

Quando conferma di aver ricevuto il denaro, vado verso il frigorifero. "Ora, passiamo a questioni più piacevoli. Ti va un dessert?"

Spinge via il suo piatto pulitissimo. "Che cos'hai?"

"Parfait" rispondo. "Île flottante e la mia interpretazione dei macaron."

Lei si mette una mano sulla pancia. "Non sono sicura di avere spazio."

Tiro fuori il parfait e due cucchiai. "Assaggia questo."

Con cautela, prende una cucchiaiata dell'intruglio simile a un semifreddo alla crema che ho preparato, ma, quando se lo infila in bocca, rovescia gli occhi all'indietro in segno di piacere (rendendomi quasi dolorosa la situazione con Yoda).

"Com'è?" le chiedo mentre ne mangio una cucchiaiata a mia volta, facendo del mio meglio per non avere la voce roca.

"Troppo cioccolato" risponde lei. "E le fragole evidentemente non erano fresche."

Stavolta, non posso fare a meno di difendermi. "Quella è carruba, non cioccolato, e le fragole erano in polvere, ottenute da fragole liofilizzate che avevano la freschezza e la maturazione perfette al momento dell'essiccazione."

Lei si stringe nelle spalle. "Il gusto è molto soggettivo."

"Che tipo di cibo ti piace?" le chiedo, decidendo di non insistere oltre. "Penso sia una cosa che un marito dovrebbe sapere di sua moglie."

La vedo avvicinare il cucchiaio al parfait, ma si ferma. "Sono divisa tra kedgeree, Yorkshire pudding, crostata di marmellate e focaccine."

Sorrido. "Quello che mangiavano nell'Inghilterra vittoriana?"

Lei non ricambia il mio sorriso. "Non sono *realmente* i miei cibi preferiti. In effetti, non ho mai assaggiato nessuno di questi. È solo una lista che mi è venuta in mente così, su due piedi; quindi, se la memorizzi, saremo sintonizzati nel caso dovessero sottoporci a un test, in futuro."

Memorizzo l'elenco e sospiro. "Io ti renderò la vita ancora più facile: il mio cibo preferito è il sushi del ristorante dove siamo stati stasera, quello in cui non sono più il benvenuto."

Inclina la testa. "Il tuo cibo preferito è il più costoso della Terra. Molto verosimile."

Spingo il parfait verso di lei. "Ti dispiace finirlo? Ne è rimasto troppo poco per rimetterlo in frigo."

"Se proprio devo." Demolisce il dolce e poi mi guarda con aspettativa. "Controllo dei precedenti, contratti... hai qualche altra cosa sgradevole che vuoi confessare?"

"Niente che mi venga in mente" rispondo. "Ti va di vedere il resto della casa?"

Storce il naso. "Si sta facendo tardi."

"Verrai a vivere qui" le ricordo. "Inoltre, è un buon modo per imparare di più su di me."

"Ho imparato abbastanza." Si alza in piedi. "Mia madre mi sta aspettando."

Accidenti! Spero che non voglia tirarsi indietro. La accompagno alla porta. "Posso darti un passaggio?"

"No" risponde con veemenza. "Chiamerò da sola un Uber."

Dannazione! È un riferimento al ritratto di Jennifer.

"In tal caso, mandami un messaggio quando arrivi a casa."

"D'accordo." Fa la sua migliore imitazione della martire e si precipita dentro l'ascensore senza nemmeno salutarmi.

Con un rumore di artigli sul pavimento di granito, Leo mi si avvicina e mi punzecchia col suo naso umido.

Dov'è la signora che ha un buon profumo?

"Se n'è andata" dico. "Ho rovinato tutto mostrandole la galleria."

Leo scodinzola.

Credo che tornerà. Con venti milioni di dollari umani, si può comprare un sacco di burro di arachidi.

"Lo spero davvero." Perché, se avessi rovinato tutto, non me lo perdonerei mai.

CAPITOLO 13

Jane

È stata una pazzia essere scortese con un uomo che mi sta offrendo venti milioni di dollari?

Non so nemmeno perché mi sono sentita così infastidita nei confronti di Adrian dopo il fiasco della galleria. Mi aveva messa in guardia sulla sua reputazione, quindi ne ho semplicemente avuto un assaggio.

Santi numi! Ora sto pensando ad assaggiare lui.

Per concentrarmi su qualcos'altro, cerco un avvocato, nel caso in cui Adrian non decida di annullare l'intero accordo, cosa che probabilmente farà.

A differenza di altri, la signorina Miller è dell'opinione che i libertini riformati diventino davvero i mariti migliori e che questo qui possa essere messo in riga usando rudimentali astuzie femminili.

Quando torno a Staten Island, ho già fissato un video-appuntamento con un'avvocatessa e le ho inviato tutti i contratti necessari. Una volta a casa, sgattaiolo nella mia stanza prima di essere notata e interrogata, in modo da poter parlare con la suddetta avvocatessa.

Per una tariffa oraria molto rigida, lei mi spiega cosa sto per firmare e la sua interpretazione è praticamente identica all'impressione che avevo avuto io sfogliando i documenti. In altre parole, avrei risparmiato tempo buttando quei soldi nello sciacquone.

"Grazie" le dico. "A quanto pare, firmerò tutto."

"Non c'è di che" replica lei. "Mi chiami pure se ha qualche domanda."

Riattacco e vado a cercare la mamma, che sta organizzando la dispensa per l'ennesima volta.

"Quando sei rientrata a casa?" mi chiede appena mi vede. "Ma, soprattutto, com'è andato l'appuntamento?"

Sarebbe inutile precisare che non era un appuntamento.

"Dov'è Mary?" Scruto la cucina, nel caso in cui parlare della diavoletta la faccia apparire.

"Al telefono, in camera sua" risponde la mamma. "Puoi raccontarmi tutti i dettagli, anche quelli vietati ai minori." Mi prende per mano e mi trascina in salotto (cosa che non mi dispiace più di tanto, perché si dà il caso che sia ragionevolmente lontano dalla stanza di Mary).

Quando siamo sul divano, sospiro. "Questo deve rimanere tra noi. Anzi, dovrai firmare un accordo di riservatezza prima che io possa dirti una sola parola."

"Fa molto *Cinquanta sfumature*." Gli occhi della

mamma brillano di eccitazione. "Firmerò tutto quello che vuoi, purché sputi il rospo."

Installo l'apposita applicazione sul suo telefono e le invio l'accordo di riservatezza, che lei firma all'istante. Poi le racconto tutto, o cerco di farlo. Quando arrivo ai venti milioni di dollari, sembra che mia madre stia per avere una crisi isterica.

"Diventerai ricca!" strilla, proprio mentre mi chiedo se sia il caso di tirare fuori i sali.

"E famosa" aggiungo, con un'espressione accigliata. "Ti ricordi i tabloid?"

"Chi se ne frega? Io e Mary possiamo vivere nella tua villa?"

"Cosa c'è che non va in questa casa?" chiedo.

"I parenti dei milionari non vivono in abitazioni di settanta metri quadrati" dichiara con fermezza. "Non sono io a fare le regole."

"Potrebbe non esserci alcun milione in vista" replico. "Lascia che ti racconti il resto della storia." Arrivo alla parte della galleria e le riferisco di come ho snobbato le eccezionali creazioni culinarie di Adrian, per poi svignarmela vigliaccamente.

"Oh, io non mi preoccuperei di questo" mi dice la mamma. "Non romperà il fidanzamento solo perché ti sei un po' ingelosita."

Le rivolgo il mio miglior sguardo a occhi stretti. "Non ero gelosa."

"Ah no?" Sogghigna. "Allora, come chiameresti quella sensazione verde di ansia, rabbia e confusione che hai provato quando hai visto una delle sue ex nuda?"

"Possiamo accordarci su ciò che diremo a Mary?" chiedo, cercando disperatamente di cambiare argomento.

La mamma guarda furtivamente la porta. "Resteremo il più vicino possibile alla verità: hai incontrato per caso l'uomo dei tuoi sogni. Non glielo hai raccontato subito, ma, ora che lui ti ha chiesto di sposarlo, non puoi più tenerlo nascosto."

"L'uomo dei miei sogni?"

La mamma sogghigna diabolicamente. "Come ho detto, cerchiamo di rimanere il più vicino possibile alla verità. La bugia riguarderà il quando... e non molto altro."

"Sì, come vuoi" acconsento. "La cosa fondamentale è che tu sapevi della nostra relazione per tutto questo tempo, ma non l'abbiamo detto a Mary perché lui ha una cattiva reputazione, perciò ho voluto aspettare e vedere."

"Esattamente" concorda lei. "E a tua nonna dirò che ti sei fidanzata con il ragazzo di cui le avevo parlato."

"Come, scusa?"

"Ricordi quell'idiota con cui sei uscita per una settimana qualche mese fa?" mi chiede la mamma. "Il tipo con la cresta?"

Trasalendo, annuisco.

"Non ho avuto il coraggio di dire a mia madre che hai conservato la verginità."

"Cosa?!" grido.

La signorina Miller ritiene che il mero pensare al matricidio sia un peccato grave.

"Ehi" commenta la mamma. "Questo ci ha reso la vita più facile. Lo sai che la nonna non ricorda i nomi? Ora, possiamo semplicemente dirle che si è sempre trattato di Adrian."

"Bene. Immagino che questo riduca le bugie."

"Esattamente" ripete la mamma. "Ora, dai, firma anche tu i tuoi documenti."

Ah, già. Lo faccio e… un secondo dopo, il mio telefono squilla.

Il mio cuore sussulta. "È lui."

La mamma cerca di strapparmi di mano il cellulare. "Se è una foto del suo uccello, rivendico il diritto di precedenza."

Allontano il telefono dalla sua portata e controllo il messaggio.

Sembra che ci siamo! Chiamami quando sei pronta a pianificare i prossimi passi.

"Vedi?" dice la mamma. "Non si è tirato indietro, quindi chiamalo."

"Domani. Lasciami calmare un po'." Perché sto seriamente avendo le palpitazioni.

"Astuta" commenta la mamma. "Per ora, andiamo ad aggiornare Mary."

Ci dirigiamo verso la stanza di mia sorella, dove le racconto la versione che abbiamo appena concordato e le mostro l'anello.

"Non ci credo" dichiara Mary quando ho concluso.

Merda!

"Lo so!" esclama la mamma. "La nostra Jane con un bellissimo fidanzato miliardario? Eppure, è vero."

"Non a quello" replica Mary, voltandosi verso di me. "Non credo al fatto che la mamma avrebbe saputo mantenere un segreto così grande."

Dannazione! È brava.

"Ho tenuto in ostaggio la sua prima edizione di *Orgoglio e pregiudizio*" dichiaro, compiaciuta.

In realtà, sono molto scettica sul fatto che il libro in questione (il bene più prezioso della mamma) sia davvero una prima edizione. La mamma non lo lascia mai toccare a nessuno, ma, da lontano, il libro sembra molto vecchio e la nonna ha confermato che appartiene alla nostra famiglia da un paio di generazioni. Tuttavia, una vera prima edizione costa quasi quanto una Porsche, quindi immagino che la mamma lo avrebbe venduto molto tempo fa.

"Oh" commenta Mary. "Questo *sì* che avrebbe funzionato. Suppongo che le congratulazioni siano d'obbligo."

"Grazie." Le scompiglio i capelli.

"L'avete detto alla nonna?" ci chiede Mary.

"Sa del fidanzato" risponde la mamma. "Ma non che lui le abbia chiesto di sposarla."

"Chiamiamola!" Mary tira fuori il telefono e inizia a comporre il numero prima che io o la mamma possiamo suggerirle di farlo domani mattina, perché questo orario è pericolosamente vicino al momento in cui la nonna va a dormire.

"Pronto?" La nonna grida così forte che la sua voce potrebbe raggiungere New York dalla Florida anche senza telefono.

"Ciao, mamma" la saluta nostra madre.

"Georgiana, sei tu?" grida la nonna, ancora più forte.

A differenza di tutti gli altri in questo secolo, la nonna usa un antico telefono fisso, privo di identificativo del chiamante e persino di avviso di chiamata (cosa che ha lasciato perplessa Mary, che è troppo giovane per sapere cosa sia un segnale di linea occupata).

"Mamma, accendi gli apparecchi acustici, per favore."

Già. Deve esserseli tolti prima di andare a letto.

"Mary?" chiede la nonna. "Jane?"

"Sono qui anch'io" dico.

"E io" aggiunge Mary.

"Un momento" dice la nonna; poi si sente una specie di tintinnio, che si spera indichi che ha effettivamente acceso gli apparecchi acustici.

"Riesci a sentirmi adesso?" grida la mamma.

"Perché stai urlando?" chiede la nonna. "Ci sento benissimo."

Certo. E Adrian è un boy scout.

"Abbiamo delle novità" esordisce la mamma. "Ti ricordi il ragazzo di Jane?"

"Il gran razzo di Jane?" chiede la nonna.

"No, il *ragazzo*" scandisce la mamma.

"Perché mai dovresti avere un razzo?" sussurra Mary.

"Adrian potrebbe avere un gran 'razzo'" sussurra la mamma.

"Bleah!" sibila Mary. "Disgustoso."

Come diavolo fa una bambina di dieci anni a capire quella battuta?

"Ah!" esclama la nonna. "Sì. Quello che ha sverginato Jane?"

"Bleah di nuovo!" sussurra Mary.

E come diavolo fa una bambina di dieci anni a sapere già cosa significhi *sverginare*?

"Sì, quello lì" conferma la mamma. "Ora è fidanzato con Jane."

"Ha danzato con Jane?"

Che ci stia prendendo in giro?

La mamma prende il telefono e se lo avvicina alla bocca. "Si sposano. Lui le ha fatto la proposta *oggi*."

"Oh, cielo!" esclama la nonna. "Che splendida sorpresa! Suppongo che, talvolta, gli uomini comprino ancora la mucca anche dopo aver ricevuto tutto quel latte gratis."

"Bleah!" sussurra Mary.

"Adoro essere paragonata a una mucca, nonna, grazie" rispondo, roteando gli occhi. "O al latte?"

"Non fare la spiritosa con me!", grida la nonna. "Georgiana l'ha data via e guarda cos'è successo. Due volte. Tu e Mary dovreste essere più sagge."

La mamma sembra aver ricevuto uno schiaffo e io resisto all'impulso di spaccare il telefono in mille pezzi. La nonna è gentile di solito, il che rende ancora più scioccante quando spara ad alta voce cose del genere, soprattutto perché nel caso di Bob, il padre di Mary, non è nemmeno vero. Lui e la mamma si *erano* effettivamente sposati, ma poi hanno divorziato nel giro di un anno (quindi, parafrasando l'orrido proverbio, Bob aveva comprato la mucca, ma l'ha restituita per un rimborso, a prescindere da tutto il latte).

"Beh" dice la mamma, con voce esageratamente allegra. "Dobbiamo andare. Abbiamo dei progetti da fare."

"Aspettate, quand'è il matrimonio?" chiede la nonna.

"Ci siamo appena fidanzati oggi" rispondo. "Non abbiamo ancora parlato della data delle nozze."

"Bene" afferma la nonna. "Significa che non ti ha messa incinta."

La signorina Miller ringrazia il cielo che in questa conversazione siano coinvolte due signore, altrimenti ci sarebbe stato un duello con le pistole all'alba.

"Ok" dice la mamma. "Buonanotte." E, con ciò, riattacca.

Mary sospira e la guarda. "Quanto tempo abbiamo prima che anche tu ti rimbambisca?"

Le do un pizzicotto. "La nonna non è rimbambita. È rozza."

"Non parlate così" ci ammonisce la mamma con severità. "Solo io ho il diritto di lamentarmi di lei."

"D'accordo" replichiamo all'unisono io e Mary, imbronciate.

"Ora" dice la mamma, "festeggiamo il fidanzamento di Jane."

CAPITOLO 14

Adrian

Sul mio telefono, compare una notifica di videochiamata.

È Sydney, quindi rispondo subito, perché di solito questa è la mia occasione per vedere Piper, anche se a costo di interagire con sua madre.

Piper appare per prima sullo schermo e, come sempre, quando vedo la mia bambina, sento il petto stringersi dolorosamente e riempirsi di gioia allo stesso tempo. È l'effetto che mi fanno le sue dita dei piedini e delle manine. E le sue guanciotte paffute.

Sydney la tira indietro e mi sorride, privandomi di una parte della gioia.

Vedendo la mia ex amante, vorrei rabbrividire, ma mantengo un atteggiamento amichevole. Sydney ha ereditato il suo aspetto da Barbie da due generazioni di mogli trofeo e, come se non bastasse, si prende cura di sé con un'ossessione dettata dalla vanità. Ha perso tutto il peso della gravidanza più velocemente di quanto si possa immaginare e sfoggia quelle che sembrano iniezioni alle labbra, il che probabilmente spiega perché la scorsa settimana aveva assunto una balia. Obiettivamente, è bella. Sfortunatamente, è troppo superficiale per capire che il motivo per cui la trovo non-sposabile non è il suo aspetto fisico, ma il resto di lei.

"Ciao, paparino" mi dice dolcemente, dando voce a Piper in segno di scherno per quello che io faccio con Leo.

"Ciao" ricambio il saluto, deciso a rimanere cordiale.

"Riguardo alla visita di questo fine settimana" prosegue, "non sono sicura di riuscire a venire. Possiamo spostarla a lunedì?"

La mia mascella si contrae. "Va bene."

In realtà, ogni attimo posticipato è come una pugnalata, ma in questo momento devo scegliere accuratamente le mie battaglie.

"Ottimo" dice lei. "Verrai al ballo?"

Quindi, è questo il vero motivo della sua telefonata. "Me ne ero quasi dimenticato, ma sì. Ci sarò." Non che questo cambierà qualcosa. Non importa quanto spesso Sydney escogiti di starmi vicino, questo non mi farà venire voglia di legarmi a lei. Anzi, il contrario.

"Allora, è un appuntamento" dice e, prima che io possa rispondere, riattacca.

Sospiro, esasperato.

Se Jane si tirerà indietro, dovrò trovare qualcun'altra che partecipi all'evento con me, altrimenti Sydney sarà ancora più sicura che si tratti di un appuntamento.

Leo entra nella stanza, scodinzola e punta il naso verso la ciotola dell'acqua vuota.

"Scusa." Gli verso un po' d'acqua mentre il mio telefono emette un suono di notifica.

Quando controllo, il mio battito cardiaco sale alle stelle.

"L'ha fatto! Ha firmato tutto" dico a Leo con tono entusiasta.

Lui alza lo sguardo dalla ciotola dell'acqua, con il muso inzuppato come al solito.

Vedi? Ci sei riuscito. Basta solo che le annusi il sedere con molta delicatezza, la prossima volta che la vedrai, e tutto sarà perdonato e dimenticato.

La mia euforia dura per tutta la passeggiata serale nel parco con Leo. Tra l'accettazione di Jane e l'avvenuta cancellazione di certi miei dati su Internet, posso osare sperare che l'udienza vada davvero a mio favore e che io possa far parte della vita di Piper.

C'è solo una cosa che mi fa perdere il buonumore. Non riesco a dimenticare l'espressione di Jane quando ha visto quegli stupidi nudi nella galleria.

Mmm. Se lei ha avuto una reazione negativa, potrebbe averla anche qualcun altro. Un giudice moralista, per esempio.

Accidenti! La galleria potrebbe essermi d'intralcio?

Sydney non sa delle mie opere d'arte, ma molte persone ne sono al corrente, quindi lei o i suoi avvocati potrebbero scoprirlo. Senza contare che Sydney ha accesso al mio edificio per facilitare le visite di Piper; quindi, in teoria, potrebbe imbattersi nella galleria, riconoscere uno dei miei soggetti come ha fatto Jane, scattare alcune foto e consegnarle ai suoi avvocati.

No. Non voglio correre alcun rischio quando c'è di mezzo Piper (oltre al fatto che, in questo modo, Jane potrà tornare nella galleria senza arrabbiarsi).

Prendendo una rapida decisione, mi metto in contatto con alcune persone finché trovo il luogo più sicuro e riservato dove conservare le opere d'arte e organizzo un trasloco. Tra qualche anno, potrei restituire le opere alle donne che hanno posato per me, ma, per adesso, è meglio che rimangano nascoste.

Tuttavia, anche dopo averlo fatto, mi sento a disagio, perché non credo di aver risolto ciò che più ha turbato Jane: il fatto che le mie ex amanti lavorino alle mie dipendenze.

Gli avvocati di Sydney potrebbero usare *questo* contro di me? Potrebbero stravolgere le cose, in modo da far sembrare che io sia andato a letto con alcune di quelle donne mentre erano alle mie dipendenze o in cambio del loro lavoro?

No. Non posso correre nemmeno questo rischio. Anzi, mi sento stupido per non averci pensato prima.

Seduto su una panchina, scrivo un'email a Caroline e poi la chiamo. È un'altra persona di cui sto per traslocare il quadro e si dà il caso che sia anche la più talentuosa reclutatrice di talenti a New York.

"Ho bisogno che trovi un nuovo posto di lavoro ad

alcune persone" le dico. "Con una paga più alta di quella che hanno attualmente."

"Chi?" mi chiede Caroline.

"I link ai loro profili LinkedIn sono nella tua casella di posta" rispondo.

Aspetto che lei li veda tutti.

"Una dog sitter?" esclama. "Sai che generalmente piazzo dirigenti di alto livello."

"So che il tuo compenso abituale è una percentuale del loro stipendio, ma io ti pagherò direttamente per alcuni di questi inserimenti più insoliti" affermo. "Ah, e avrò bisogno che trovi dei sostituti per loro. Anche in questo caso, ti pagherò un compenso."

"Che genere di compenso?" mi chiede lei.

"Spara una cifra."

Lo fa.

"Ti darò il doppio" le dico. "E c'è un'altra cosa, per la quale aggiungerò uno zero accanto a quella cifra."

La sua voce è senza fiato. "Cosa?"

"Ho bisogno che mi raccomandi un reclutatore di talenti" rispondo. "Idealmente, qualcuno bravo quanto te."

"Nessuno è bravo quanto me" ribatte con sicurezza. "Ma posso fare del mio meglio... se mi spieghi perché."

Le spiego dell'udienza e del fatto che la mia precedente reputazione potrebbe emergere.

"Oh" commenta Caroline. "Lo ripeto: Piper è una bambina fortunata."

"Grazie. Io e te possiamo ancora essere amici,

naturalmente, e potremmo riprendere a lavorare insieme in futuro."

"Per allora, avrò uno studio tutto mio" afferma. "E prenderò in considerazione l'idea di accettarti come cliente... oppure no. Dipenderà da quanto mi sentirò caritatevole."

"Affare fatto" dico. "E io ti raccomanderò ad alcune persone che ti terranno molto occupata, nel frattempo."

Lei mi ringrazia e io riattacco. Ripeto una conversazione simile con le persone che stanno per trovare un altro impiego e tutte sembrano d'accordo, tranne Susan, il cui marito lavora per me.

"E se trovassi un altro lavoro a te e tuo marito insieme?" le propongo.

"Pensi di poterlo fare?" mi chiede Susan.

"Naturalmente."

Questo sembra tranquillizzarla, così ricontatto Caroline per avvertirla che ha un altro candidato da aggiungere alla lista.

Ok, dovrei sentirmi più tranquillo ora, ma non è così.

Immagino che la prospettiva di sposarmi (con Jane) sia come una dose di caffè espresso.

A proposito di Jane... una volta tornato a casa, prendo il mio Kindle e compro il primo libro della serie di Bridgerton nel tentativo di comprendere meglio la mia futura sposa.

Con mia grande sorpresa, il romanzo mi appassiona e non riesco a smettere di leggerlo fino alla fine. Wow!

Mi è piaciuto molto, nonostante il fatto che il pubblico di riferimento per questo genere sembra sia costituito da donne e che sapevo già cosa sarebbe successo, dato che la prima stagione della serie TV era fedele al libro.

Beh, abbastanza fedele. Il libro è più umoristico e questo è uno dei motivi per cui lo preferisco alla serie televisiva.

Finisco per acquistare il volume successivo, ma non inizio a leggerlo perché è già tardi. Invece, faccio la doccia e mi lavo i denti prima di buttarmi a letto.

È ora dell'allenamento quotidiano di Yoda alla Forza.

Grazie a tutte le erezioni che Jane mi ha procurato, dovrei concludere a velocità da record.

Dannazione!

Non dovrei pensare a lei mentre lo faccio. Le ho promesso che le cose tra noi sarebbero state platoniche e questo viola quella promessa, così come tutte le fantasie in cui la penetro.

Svuoto la mente e immagino solo tette e culi anonimi.

No.

Il volto a cui sono attaccati è quello di Jane.

Merda! Mi rendo conto anche del fatto che potrei averle mentito quando le ho detto di essere casto. Menarmelo mi rende forse *non* casto?

Pazienza. Persino le mie riflessioni epistemologiche sono correlate a Jane.

Devo pensare a tette senza corpo. E a culi.

Fallisco ancora una volta, perché la mia mente è invasa dall'immagine delle labbra di Jane, così baciabili... e strettamente avvolte intorno al mio cazzo.

E, proprio così, vengo.

CAPITOLO 15

Jane

Mi sveglio intontita e… sono quasi certa di aver sognato Adrian, che mi dipingeva, nuda, mentre ero ricoperta di panna montata. O forse disegnava su di me con la panna montata? No, adesso ho capito. Faceva una statua di me… con i marshmallow.

Cosa potrebbe mai significare? Credo dipenda da cosa lui avrebbe fatto dopo: se avrebbe mangiato la statua oppure l'avrebbe trasformata in un dolce.

"Svegliati!" grida Mary, bussando alla mia porta. "Devi vedere questo!"

"Pussa via!" le grido di rimando.

"È pazzesco" esclama. "Dai!"

"D'accordo." Mi vesto ed esco dalla mia stanza barcollando.

"In soggiorno" mi ordina Mary.

Lascio che mi conduca al piano di sotto, dove saluto la mamma e… quasi inciampo in un vaso pieno di fiori.

Un momento. Ci sono vasi di fiori dappertutto: sopra il tavolo della cucina, sul pavimento, persino dentro il microonde.

"Ma che diavolo succede?" chiedo.

La mamma mi rivolge un sorriso raggiante. "Sembra che, ora che il tuo corteggiamento non è più segreto, Adrian ti abbia mandato tutti i fiori che ha sempre voluto mandarti, in un colpo solo."

Già. A quanto pare, il soggiorno è solo la punta dell'iceberg dei fiori. L'intero vialetto ne è ricolmo.

"Puoi regalarne alcuni ai vicini?" chiedo. "Non credo che riusciremo a farli stare tutti dentro casa, anche se ricoprissimo ogni centimetro dello spazio."

"Già" replica la mamma. "Evidentemente, non si rende conto di quanto sia piccola la nostra casa. Però, se tu lo invitassi qui…"

Quando farà un freddo glaciale all'inferno.

"Vado a lavarmi i denti" annuncio. "Se qualcuno potesse liberare la mia sedia e lo spazio per un piatto sopra il tavolo, gliene sarei molto grata."

Faccio come ho detto e mi lavo anche il viso.

Durante la colazione, la mamma mi tempesta di domande su Adrian, alle quali non so rispondere.

Proprio quando sto finendo di mangiare, mi squilla il cellulare.

"È lui?" mi chiede la mamma.

Roteo gli occhi e rispondo al telefono mentre vado in camera mia, dove chiudo la porta a chiave.

"Ciao" mi saluta Adrian.

"Ciao" rispondo, provando un formicolio lungo la

schiena al suono della sua voce profonda. "Abbiamo appena ricevuto la valanga di fiori."

"Ah, bene" dice Adrian. "Ti piacciono?"

"Ce ne sono *molti*. Quanti negozi di fiori hai svuotato?"

"Cosa intendi?" mi chiede.

Sospiro per la frustrazione. "Qui ci sono abbastanza fiori per due matrimoni e un funerale."

"Oh!" esclama. "Scusa se ne ho presi troppi. Non avevo mai ordinato dei fiori personalmente prima d'ora. Di solito, se ne occupava la mia assistente."

"Certo. Certo. Quindi, hai chiamato il fioraio e gli hai detto: 'vorrei ordinare un milione di fiori'?"

"No. Ho chiamato, mi hanno domandato se il mio budget fosse il solito, io ho chiesto se potevano fare qualcosa di carino con quel budget e loro mi hanno assicurato di sì."

Se per "carino" intendevano "abbastanza da invadere la mia casa con i fiori", allora dicevano la verità.

Rabbrividendo per l'aspettativa, gli chiedo: "Qual era il budget?"

"Non credo che sarebbe elegante se te lo dicessi."

"Mille dollari?" chiedo. "Duemila? Tre?"

"Quale cifra sarebbe esagerata?" mi domanda lui, con voce timida.

"Oddio, hai speso *di più* di così?"

"Cinque" ammette. "Ma, come ho detto, è il budget standard quando la mia assistente tratta con il fiorista."

"Fornisci fiori per i matrimoni?" chiedo con tono significativo.

"Di solito, è per le raccolte fondi. A proposito, è di questo che volevo parlarti."

"Raccolte fondi?" chiedo, rendendomi conto che ha cambiato argomento con grande abilità.

"Una raccolta fondi, al singolare. È un grande evento sociale. Lo chiamano 'il ballo'."

"Mai sentito." Sembra una cosa elegante, però.

"Beh, mi piacerebbe che tu venissi con me" dice in modo formale. "Sarebbe un ottimo posto per farci vedere insieme."

"Non posso andare a un evento che si chiama 'il ballo'. Non ho niente da indossare."

"A questo potrà rimediare facilmente una modista" replica.

Sgrano gli occhi. "Come fai a conoscere quella parola?"

Lui ridacchia. "*Bridgerton*. Ho letto il libro per sfizio ieri sera e ho già comprato il seguito."

Cosa? Ora voglio sposarlo davvero, il che non va bene.

"Quand'è l'evento?" chiedo, cercando invano di non sembrare affannosa.

"Domani. Scusa se non te l'ho detto prima. Io…"

"Ci siamo conosciuti solo ieri" dico. "Non preoccuparti."

Conosciuti ieri. Stento a crederci. Mi sembra di essere in questa folle avventura con lui da settimane.

"Significa che verrai con me?" mi chiede.

Mi mordo il labbro. "Non ne sono sicura. Dovrei truccarmi e acconciarmi i capelli e, in più…"

"Ingaggerò un team di professionisti che facciano tutto questo per te. Dimmi di sì."

"Non dimenticarti di invitarlo a casa!" grida la mamma da dietro la porta.

Dannazione! Ha origliato per tutto questo tempo?

"Ho sentito qualcuno parlare di un invito?" mi chiede Adrian.

"È stata mia madre" rispondo, roteando gli occhi. "Le ho raccontato cosa sta succedendo, quindi è naturalmente curiosa di conoscere il mio fidanzato. Anche mia sorella muore dalla voglia di incontrarti."

"Mi piacerebbe passare da te" dice Adrian. "Va bene tra un'ora? Posso aiutarvi a gestire la sovrabbondanza di fiori."

Il mio battito accelera e il mio viso sembra sul punto di prendere fuoco. "È una pessima idea."

"No, invece!" grida la mamma da dietro la porta.

Come ha fatto a sentire quello che ha detto Adrian? O ha tirato a indovinare?

Mi mordo l'interno della guancia. "Se vieni qui, potresti cambiare idea sul fatto di sposarmi."

"Non accadrà" afferma con grande sicurezza.

"D'accordo. Vieni pure" gli dico a malincuore. "Ma sei stato avvisato."

La mamma schiamazza da dietro la porta.

La signorina Miller non avrebbe mai pensato di dover esprimere questa opinione, ma schiamazzare non è cosa da gentildonna, come non lo è fare altri versi tipicamente prodotti dagli animali.

"Posso portare Leo?" mi chiede Adrian. "Al momento, non ho una dog sitter."

"Cos'è successo a Tiffany?" gli chiedo, facendo del mio meglio per non sembrare gelosa e, probabilmente, fallendo.

"È una lunga storia" risponde. "I dipinti e le statue di cui abbiamo parlato ieri sono spariti dalla galleria e i loro soggetti, adesso, hanno un nuovo impiego. Mmm. Suppongo che *non* fosse una storia poi così lunga."

"Perché?" È impossibile che l'abbia fatto per me.

"Mi sono reso conto che quelle opere d'arte avrebbero potuto essere usate come arma contro di me durante l'udienza, così come il fatto che i loro soggetti lavorassero alle mie dipendenze" spiega. "Devo ringraziare te per avermi indotto a capirlo e a prendere provvedimenti."

Come immaginavo, non l'ha fatto per me. "Prego?"

"Sul serio, grazie" dice.

"Non c'è di che." Prima riuscirò a dimenticare le donne con cui è stato, più felice sarà il nostro 'matrimonio'. "Porta pure Leo."

"Chi è Leo?" grida la mamma da dietro la porta.

"A tra poco" mi saluta Adrian e riattacca.

Esco dalla mia stanza e lancio un'occhiataccia alla mamma. "Leo è il suo cane."

"Ah, fantastico. Quando arrivano *entrambi*?"

"Tra un'ora." Catalogo mentalmente tutti i miei

abiti, cercando disperatamente di capire cosa indossare.

La mamma impallidisce. "Un'ora? Ma la casa è così in disordine!"

Incredibile! "Invitarlo è stata una tua idea."

"Renditi presentabile" mi ordina la mamma e si precipita via, impartendo ordini a Mary durante il tragitto.

Mi guardo nello specchio del bagno. *Non* sono forse presentabile? No. Non in confronto alle donne della galleria.

Grrr. Provo alcuni abiti finché ne trovo uno che mi piace abbastanza, poi mi trucco e mi acconcio i capelli come meglio posso, anche se credo che avrei potuto chiedere aiuto alla mamma per questo, visto che lavora in un salone di barbieri. Ma no. Non mentre sta riordinando un mare di disordine.

Quando mi ritengo abbastanza presentabile, il campanello alla porta d'ingresso suona e ricevo anche un messaggio da Adrian.

Siamo qui.

Volo fuori dalla mia stanza e… non riesco a credere ai miei occhi. Innanzitutto, i fiori si sono ridotti a un unico, grande e bellissimo bouquet, ma soprattutto (cosa ancora più incomprensibile) la casa è immacolata, più pulita di quanto io l'abbia mai vista.

"Chi è?" sento la mamma chiedere al piano di sotto.

"Aspettatemi!" grido e quasi cado dalle scale mentre corro giù per raggiungere la mamma e Mary.

"Adrian" risponde lui da dietro la porta. "E Leo."

Apro.

Adrian ci acceca tutte con il suo sorriso.

Il mio cuore ribelle salta un paio di battiti quando osservo il suo viso ben rasato, i suoi occhi d'argento e…

"Salve" lo saluta la mamma con fare civettuolo. "Io sono Georgiana, la sorella non molto più grande di Jane."

Non sono gli uomini che dovrebbero fare quella battuta sdolcinata?

"Piacere di conoscerti." Adrian prende la mano della mamma e se la porta alle labbra.

Wow! Ho ereditato da mia madre il rossore delle guance? Le sue sembrano le chiappe di un babbuino femmina. Quando è in calore. La babbuina, intendo.

Notando la reazione della mamma, Mary rotea gli occhi con tale maestria da ricordarmi penosamente che sta per diventare un'adolescente, con tutte le angosce e gli SMS che ne conseguono… a meno che non assomigli a me, caso che comporterebbe la lettura di molti libri e pari dosi di masturbazione.

Mmm. Sembra che la mia vita attuale non sia poi così diversa da quella della mia adolescenza.

"E tu come ti chiami?" Adrian chiede alla mia sorellina.

"Mary" risponde lei, un po' timidamente.

Chiaramente sotto l'influenza del romanzo storico che ha letto, Adrian si inchina davanti a lei e mima il gesto di sollevare un cappello inesistente. "Piacere di conoscerti, Mary."

Ora anche Mary arrossisce, il che è strano,

considerando la sua mancanza di interesse per i maschi della nostra specie. Ancora più strana è l'espressione di adorazione sul suo volto.

Esiste la possibilità che qualcuno stia riconsiderando l'intero paradigma 'i ragazzi sono disgustosi'.

"Lasciate che vi presenti anche Leo" dice Adrian, facendosi da parte per mostrare il suo compagno simile a una pecora, la cui coda sta imitando le pale di un elicottero.

"Fa' il bravo" gli ordina Adrian con severità, avvicinandolo a sé prima che Leo possa atterrare mia madre.

"È *carinissimo!*" strilla Mary.

"Sta parlando del cane?" mi sussurra la mamma.

Non lo so nemmeno io.

"Entrate." Faccio loro cenno di entrare. "Per favore."

Adrian si guarda intorno. "Non verremo schiacciati da una valanga di fiori?"

La risatina della mamma è inquietante. "Ho chiesto ai vicini di ricambiare alcuni favori" dice. "E loro li hanno portati via."

Così rapidamente? Erano forse favori sessuali?

"Ti devo un favore anch'io" le dice Adrian ed entra in casa, tirandosi dietro Leo.

"Venite in cucina" propone la mamma e conduce i nostri ospiti su per le scale.

Io e Mary li seguiamo, mentre io apprezzo il sedere di Adrian e, auspicabilmente, Mary pensa a tutt'altro.

"Questo è per te." Adrian porge a mia sorella una

scatola di cioccolatini che non mi ero nemmeno accorta avesse con sé.

Tenendo la scatola come un tesoro, Mary borbotta un timido "grazie" sottovoce (un comportamento singolare per la bambina più estroversa del mondo).

"Li hai fatti tu?" chiedo ad Adrian quando la scatola viene aperta, rivelando degli splendidi cioccolatini. La scatola e i cioccolatini sembrano troppo eleganti per essere stati fatti a mano, ma, con Adrian, non si sa mai.

"No" risponde. "Questi sono cioccolatini To'ak. Tra i miei preferiti."

"Preparo il tè?" chiede la mamma. "O il caffè?"

"Preferisco il caffè" risponde Adrian. "Grazie."

"Un tè per me" intervengo io.

"Anch'io prenderò il caffè" annuncia Mary.

Io e la mamma la guardiamo come se le fossero cresciuti dei chicchi di caffè sui bulbi oculari. Un anno fa, quando ha assaggiato il caffè per la prima volta, ha detto (e cito testuali parole): "Perché sono tutti ossessionati da una sostanza così amara e disgustosa?"

Mentre la mamma prepara sia il caffè sia il tè, Mary si siede al tavolo della cucina e sbircia Adrian di nascosto quando pensa che nessuno la stia guardando.

È ufficiale: ha una cotta. Ma deve per forza essere per il mio fidanzato?

In difesa di Mary, Adrian è un uomo che incanta.

"Accendo delle candele?" propone mia sorella.

"Che cosa romantica!" commenta la mamma. "Ti prego, fallo, tesoro."

Quando Mary se ne va, chiedo: "Dovremmo dare da mangiare a Leo?"

Adrian guarda il suo amico peloso con un sorriso. "Ha già mangiato, ma non rifiuterà mai dell'altro cibo."

Vado al frigorifero e cerco qualcosa che possa piacere a un cane, prima di individuarlo. "Burro di arachidi?"

Leo drizza le orecchie, ma, per qualche motivo, ci volta le spalle.

"Il burro di arachidi è l'elisir degli dèi canini" afferma Adrian con la voce di 'Leo'.

Tiro fuori il burro di arachidi e lo spalmo su un piatto di carta.

"Ecco, tieni." Poso il piatto sul tavolo accanto ad Adrian. "È il tuo cane, daglielo tu."

"Ah, sì, il mio cibo preferito consegnato dal mio umano preferito" esclama 'Leo' con entusiasmo.

Prima che Adrian abbia la possibilità di posare il piatto sul pavimento, Mary rientra nella stanza con le candele in mano e fissa il muso del cane con un'espressione scioccata.

"Era Adrian che parlava dando voce a Leo" le spiego. "Non hai le allucinazioni."

"Non si tratta di questo" dice Mary. "Sta mangiando una delle orchidee della mamma."

Quando tutti guardiamo il cane, è troppo tardi. La pianta in vaso è stata masticata e inghiottita.

Wow! Pascola anche come una pecora.

"Gli farà male?" La mamma chiede ad Adrian con voce preoccupata.

Tirando fuori il cellulare, Adrian chiede: "Che tipo di orchidea era?"

"Falena" risponde la mamma.

Lui esegue una rapida ricerca e tira un sospiro di sollievo. "È sicura sia per i cani sia per i gatti." Guardando Leo, aggiunge: "Ma tu hai fatto comunque il cane cattivo."

L'espressione sul muso di Leo si potrebbe trovare nel dizionario sotto la voce "innocente."

"Ti procurerò un'orchidea sostitutiva" dice Adrian alla mamma.

"Non un milione, però" intervengo io.

"Non ce n'è bisogno" risponde contemporaneamente la mamma. "Grazie al tuo cane, tu e Jane vi siete conosciuti. Un'orchidea è un piccolo prezzo da pagare per dei futuri nipoti."

Mi chiedevo quanto tempo ci sarebbe voluto prima che la mia famiglia mi facesse venire voglia di sprofondare attraverso il pavimento. Si è scoperto che ci sono voluti dei minuti interi.

Il bel viso di Adrian assume un'espressione affettuosa. "Sono passati mesi dal nostro incontro, ma lo ricordo come se fosse ieri."

È proprio bravo a mentire. Si potrebbe pensare che stia davvero parlando di mesi fa, quando in realtà ci siamo conosciuti *ieri*.

Il bollitore fischia.

Adrian torna a sedersi e inizia a controllare qualcosa sul suo telefono. Mary accende le candele sopra i fornelli, mentre io passo alla mamma la scatola con le bustine di tè e inizio a riempire d'acqua il bollitore, cosa che richiede un'eternità a causa delle nostre tubature schifose.

Una macchia bianca attira la mia attenzione, così mi giro verso il tavolo e… rimango a bocca aperta, perché molte cose accadono più velocemente di quanto io possa battere le palpebre.

Leo si lancia in avanti, mirando chiaramente al piatto con il burro di arachidi, di cui ci siamo tutti dimenticati durante l'incidente dell'orchidea.

Nello stesso momento, Mary si avvicina a Leo e Adrian, portando la candela accesa.

Oh, no! Nella fretta di mettere a segno il colpo perfetto, il cane urta mia sorella, facendole perdere l'equilibrio quanto basta perché la candela entri in contatto con i capelli di Adrian.

Uccidetemi adesso! L'odore che ricorda il pollo bruciato mi comunica che non ho appena avuto le allucinazioni.

"Oddio!" urla Mary.

"Merda!" grida la mamma.

Sì, sono tutte valutazioni molto ragionevoli della situazione.

Sorprendentemente, nonostante i capelli in fiamme, l'uomo è ancora perso nell'oblio del suo cellulare.

"Adrian!" Verso tutta l'acqua che era entrata nel bollitore su uno squallido straccio che la mamma usa per risparmiare sulla carta assorbente. "Stai andando a fuoco!"

Adrian finalmente stacca lo sguardo dal telefono e sgrana gli occhi.

Attraverso la distanza che ci separa con un unico balzo e colpisco i suoi capelli in fiamme con lo straccio bagnato.

Il fuoco sembra essersi spento, ma colpisco Adrian con lo straccio bagnato ancora una volta, giusto per esserne sicura.

"Stai bene?" chiedo ad Adrian, che sembra attonito.

"Credo di sì." Si tocca nel punto che era appena andato a fuoco. "Cos'è successo?"

Guardo torvo Leo, che ha già divorato il burro di arachidi e sta masticando il piatto di carta. "Qualcuno ha fatto il cane cattivo."

"È stata colpa mia" dice Mary timidamente. "Non avrei dovuto avvicinarmi così tanto a te con la candela."

"Ehi" intervengo. "Sono stata io a tentare il cane con il burro di arachidi."

"Non fa niente" dice Adrian. "Sto benissimo."

Scommetto che si tratta di un'altra bugia, raccontata con la stessa maestria della precedente. Sì. Sarebbe stato ironico se, invece dei capelli, gli fossero andati a fuoco i pantaloni.

"Mi dispiace tanto" mormora Mary con tono desolato.

Ingoiando l'ultimo pezzo del piatto, Leo coglie finalmente la tensione nella stanza e guaisce.

"Posso sistemare tutto io." La mamma si erge più dritta ed esamina la parte di capelli bruciacchiati di Adrian, come Superman farebbe con un aereo in caduta. "Avrai semplicemente una pettinatura più corta."

Prima che qualcuno possa anche solo proferire parola, la mamma conduce Adrian in bagno, lo fa sedere sopra il coperchio del wc chiuso e tira fuori le forbici e il tagliacapelli elettrico.

"È meglio se ti togli la camicia" gli dice. "Altrimenti, ti pruderà il colletto."

Sul serio? Non è possibile che lui...

Adrian si sbottona la camicia e se la toglie come se niente fosse.

Sotto, ovviamente, non indossa nulla, così i miei occhi si godono il suo petto duro e muscoloso, i suoi addominali e le sue braccia deliziose.

Che Dio mi aiuti! Potrei aver bisogno di un cambio di mutandine.

Si ode un sussulto nelle vicinanze.

Oh, cavoli! Mary sta fissando gli stessi muscoli su cui sto sbavando io.

"Va' a controllare il cane" le ordino, piazzandomi sulla soglia per bloccarle la visuale. Una bambina di dieci anni è troppo innocente per essere esposta a uno spettacolo del genere. Non potrà mai più apprezzare gli altri uomini.

Santi numi! La signorina Miller sente una scandalosa condensazione femminile nella parte della sua anatomia a cui una gentildonna non sposata non dovrebbe nemmeno pensare.

La mamma accende il tagliacapelli e il ronzio smorza la mia libido... un po'.

"Questo mi ricorda quella scena orribile in *Thor: Ragnarok*" sussurra Mary da dietro di me. "Quando hanno tagliato i capelli di Chris Hemsworth con un dispositivo che assomigliava alle lame di un frullatore."

Ignoro Mary perché sono infastidita da quanto mia madre si avvicini al mio finto fidanzato. A proposito, è *necessario* che gli sbatta le tette in faccia mentre gli taglia i capelli in cima alla testa? Che, poi, perché glieli sta tagliando? Quelli bruciati erano dietro la nuca.

Comunque...

Dopo un quarto d'ora che mi sembra un mese, il ronzio del tagliacapelli elettrico si ferma.

"Da' un'occhiata" dice la mamma.

So che sta parlando con Adrian, ma sono solo un essere umano, quindi do un'occhiata a lui... e tiro un sospiro irritato.

Se qualcuno avesse bruciato e poi tagliato i *miei* capelli, avrei sicuramente un aspetto orrendo. Nel caso di Adrian, invece, i suoi zigomi già alti ora sembrano ancora più pronunciati e la spigolosità del suo viso è diventata in qualche modo più marcata, sfidando i miei polpastrelli a tracciarne i lineamenti e la mia lingua a...

"Perfetto, grazie" dice Adrian con una mera occhiatina allo specchio.

"Tutto qui?" gli domando. "Non ti preoccupi nemmeno di chiedere un altro specchio per vedere come appare il tuo nuovo taglio da dietro?"

Ovviamente, ha un aspetto fantastico, ma lui non lo sa.

"Mi fido di Georgiana." Adrian indica la doccia vicina. "Vi dispiace se mi lavo i capelli?"

"Certo che no" risponde la mamma senza fiato, ma non si muove. Nemmeno io.

Dopo aver atteso qualche momento, Adrian sorride. "Potrebbe servirmi un po' più di privacy, se non vi dispiace."

Con le guance rosse, la mamma gli piazza un grosso asciugamano tra le mani e si precipita fuori dal bagno, quasi calpestandomi i piedi.

Si ode il click-clack della porta che viene chiusa a chiave, il che è un bene, perché, quando Adrian inizia a farsi la doccia, sono molto tentata di entrare… nel caso abbia bisogno di aiuto per insaponarsi la schiena, ovviamente.

"Come vi sembra?" Mary ce lo chiede con la stessa intonazione che usa quando fa domande del tipo: "Pensate che il disarmo nucleare globale avverrà nel corso della mia vita?"

"Perché non lo aspettiamo a tavola?" propongo.

Sia lei sia la mamma annuiscono e ci sediamo. Il tè e il caffè si sono ormai raffreddati, così la mamma li riscalda nel microonde. Finalmente, la porta del bagno si apre e Adrian si unisce a noi, con un profumo di fresco e l'aria di avere un taglio di capelli che sia costato mille dollari.

"Grazie ancora, Georgiana" dice, accomodandosi. "Tra il nuovo look e la mia bellissima fidanzata, tutti al ballo moriranno di invidia."

Aiuto! Sono una pozzanghera sciolta e non riesco ad alzarmi.

CAPITOLO 16

Adrian

Jane prende uno dei cioccolatini e io faccio del mio meglio per non fissarla quando lo mette in bocca. C'è una bambina presente, quindi ho bisogno che Yoda si comporti al meglio.

Jane geme di piacere.

Dannazione! Come posso essere *così* eccitato *così* presto, dopo che i miei capelli hanno preso fuoco?

Vedendo la reazione di Jane, Georgiana e Mary si scambiano un'occhiata e prendono un cioccolatino ciascuna.

"È delizioso" esclama Georgiana dopo aver assaggiato il suo. "Meglio dei…" e lancia un'occhiata a Mary, "frutti di mare."

"Frutti di mare?" esclama Mary. "È meglio persino dell'odore dei libri antichi."

"Ehi, non esageriamo." Jane prende un altro cioccolatino. "È buono, ma non quanto l'odore di un libro antico." Imita il comportamento di Leo con il burro di arachidi quando si infila in bocca il cioccolatino successivo e, poi, geme di nuovo.

Yoda soffre in silenzio.

"Questo cioccolato è stato prodotto con il Nacional, una rara varietà di fave di cacao" spiego, cercando disperatamente di concentrarmi su qualcosa che non siano i versi di piacere di Jane. "È stato invecchiato per molti anni in una botte di legno, da cui derivano le sottili note che probabilmente state degustando."

Jane si trattiene dal prendere un altro cioccolatino. "Stai cercando di farci appassionare a un cioccolato super costoso, come una specie di spacciatore?"

Stringendomi nelle spalle, prendo un cioccolatino. "Non mi piace destreggiarmi tra diverse opzioni; quindi, quando una cosa è considerata la migliore, scelgo quella."

"Giusto" commenta Jane con un leggero roteare d'occhi. "Non ci aspettiamo che ti abbassi a mangiare una comune barretta di cioccolato Perugina."

Le faccio l'occhiolino. "Vorrei un bacio Perugina."

Sua madre dice "Aww" e il rossore di Jane torna alla ribalta.

Mary beve un sorso di caffè e fa una smorfia, come facevo io quando mia madre mi faceva bere l'olio di pesce. "Come mai è la prima volta che Jane assaggia i tuoi cioccolatini preferiti?" mi chiede la bambina, dopo aver finito di fare le smorfie.

Accidenti! Questo è un esempio del genere di cose che potrebbero fregarci all'udienza.

"Adrian è un fanatico del cibo salutare" afferma

Jane. "Per questo, mangia il cioccolato molto raramente e io non volevo indurlo in tentazione mangiandolo davanti a lui."

Ah, sì? "E non dimenticare che Jane è una fanatica dei prezzi ragionevoli" aggiungo con aria significativa. "Ecco perché ho cercato un modo sottile per non farle notare questo cioccolato 'troppo costoso', ma ho chiaramente fallito."

"La parola che stai cercando è 'tirchia'" dice Georgiana con un ghigno.

"Non sono tirchia" sbuffa Jane. "Sono parsimoniosa, cosa che ho imparato da te, signora Usa-quello-straccio-invece-della-carta-assorbente."

"È per proteggere gli alberi" replica Georgiana sulla difensiva. "Se mai sono stata frugale, è stato per necessità."

Tale necessità è finita, ora che io sono entrato nelle loro vite (anche nel caso in cui Jane non mi sposasse, ma non lo dico ad alta voce).

Gli occhi di Mary sono ancora stretti in segno di sospetto. "Qual è stato il vostro appuntamento più strano?"

Dannazione! Questo è un test. Devo pensare in fretta, fingendo che questa sia l'udienza.

"Al nostro secondo appuntamento, siamo andati al funerale di un gatto" dico di getto. "Apparteneva all'amministratore delegato di una delle mie aziende, quindi dovevo mostrare il mio supporto morale."

Questa era pessima, ma ora ho una storia pronta nel caso in cui mi facciano la stessa domanda all'udienza.

"Ah, già" conferma Jane. "Era quel gatto cattivo."

Gli occhi di Mary si trasformano in due fessure. "Se il gatto era morto, come fai a sapere che era cattivo?"

Credo di essere più bravo di Jane a mentire.

Lei fa spallucce. "Mi limito a supporre. Si chiamava Purrtin."

O forse non è poi così male, ripensandoci, anche se io avrei scelto qualcosa come Kitler.

"È piuttosto strano, in effetti" commenta Mary e i suoi sospetti sembrano attenuarsi. "È successo qualcosa di comico durante qualcuno dei vostri appuntamenti?"

"Jane è stata attaccata da un cigno" dico. "Ma io l'ho protetta."

"Che tipo di cigno?" chiede Mary.

"Selvatico" rispondo. "Me lo ricordo perché avevo fatto una battuta sul fatto che potesse essere un principe, ma Jane non l'ha capita."

"Oh, l'ho capita" ribatte Jane sardonicamente. "Hai dimenticato di raccontare che mi hai protetta lasciando che il cigno ti mordesse il sedere."

Ridacchio. "E Jane era turbata per quanto fossero costosi i jeans rovinati."

Jane mi guarda aggrottando le sopracciglia. "Forse dovremmo raccontare a tutti che sei stato morso da una mucca quando siamo andati allo zoo?"

Touché. "Forse dovrei raccontare a tutti di quella volta che ti sei vestita da unicorno gonfiabile ad Halloween e poi il costume ti è scoppiato come un palloncino?"

"Almeno io non sono mai andata a fare i miei bisogni su un cespuglio di ortiche" ribatte Jane.

E questa è un'immagine che placa le agitazioni di Yoda abbastanza efficacemente.

All'improvviso, Mary strilla come… beh, come una bambina. Girandosi, sospira. "È stato di nuovo il cane" dice. "Il suo naso bagnato mi ha toccato la pelle."

"Sta implorando il cioccolato" spiego. "Ma non dargliene. È tossico per i cani. Anche l'uva è tossica, così come l'uvetta, ma lui implora comunque anche quella."

"Ecco, tieni." Jane prende il burro di arachidi di prima, infila il dito nel barattolo e poi lo allunga verso Leo.

Il boccone sparisce in un millisecondo e Leo si lecca i baffi con soddisfazione.

"Potresti essere tu la mia umana preferita, adesso" dico con la sua voce. "È giusto che sposi il mio ex preferito."

Georgiana sorride a Leo. "Quando avranno un bambino, *quello* dovrebbe essere il tuo umano preferito."

"Mamma!" esclama Jane severamente, diventando di una deliziosa tonalità di cremisi. "Non siamo ancora nemmeno sposati."

Mmm. Un bambino con Jane. Non sono sicuro di quale effetto mi faccia questa battuta, ma so che preferirei che Jane non si comportasse come se fosse la fine della civiltà a noi conosciuta.

"Puoi smetterla di dire cose disgustose, così

possiamo tornare alle loro storie?" Mary dice a Georgiana con tono petulante. Rivolgendosi a me, chiede: "Qual è il ristorante più elegante in cui hai portato Jane?"

Questo è facile, quindi io e Jane raccontiamo a turno l'esperienza di ieri sera con il sushi e il fatto che, ora, siamo banditi da quel posto.

Continuano gli interrogatori di Mary (cioè, le domande amichevoli, intendevo).

Ci chiede dettagli sempre più oscuri del nostro corteggiamento immaginario e noi li inventiamo man mano.

Jane sembra un po' seccata mentre risponde alla sorellina, ma io le sono grato. Grazie a lei, nessuno sarà più in grado di metterci in difficoltà nello stesso modo. Le storie assurde che inventiamo sono davvero memorabili.

Sono nel bel mezzo della storia di come Jane sia rimasta incastrata nella lavatrice di casa mia durante una partita a nascondino finita male, quando ricevo un messaggio.

"Ah" dico, alzando lo sguardo dal telefono. "La modista di Jane sta venendo a casa mia."

Mary inclina la testa. "Significa che devi andartene?"

"Mi dispiace" le dico.

La bambina sospira. "Dovrai tornare. Ho tante altre domande."

Davvero? A questo punto, l'unica cosa che non sa è il mio numero di previdenza sociale, i miei livelli di colesterolo e la posizione di Mercurio quando io e Jane ci siamo dati il primo (e piuttosto fittizio) bacio.

"Forse tornerà, forse no" le dice Jane. "Puoi sempre fare a *me* tutte le domande che vuoi."

Mary rotea gli occhi. "Tu mi racconterai solo le storie che ti fanno fare bella figura."

Jane mi rivolge uno sguardo sofferente, che sembra dire: "Vedi cosa mi tocca affrontare?"

Georgiana balza in piedi. "Grazie mille per essere venuto a conoscerci."

"Il piacere è stato mio." Prendo Leo, gli riattacco il guinzaglio al collare e chiedo a Jane: "Quanto tempo ti serve per prepararti?"

"Posso partire subito" risponde lei. "Soprattutto, considerando che riceverò un vestito nuovo."

Georgiana e Mary ci tempestano di domande sull'evento di stasera per tutta la discesa delle scale e mentre ci dirigiamo verso la limousine.

Quando ci allontaniamo, finalmente soli, Jane mi dice: "Mi dispiace per tutto questo."

"A me no. Ho adorato la tua famiglia." È vero (e non solo perché io non ne ho una mia). È chiaro che loro si vogliono molto bene e che si godono la presenza reciproca, cosa che non accadeva nella mia famiglia nemmeno quando i miei genitori erano vivi.

Jane mi mette una mano sulla coscia. "I tuoi genitori ti mancano, non è vero?"

"Sono così trasparente?" chiedo, facendo una smorfia.

"Non sei tenuto a parlarmene se non te la senti" dice.

Sospiro. "Mi mancano ancora terribilmente, ma mi sento in colpa perché mia madre mi manca molto di più. Io e mio padre avevamo un rapporto complesso."

D'altra parte, è complesso quando si è la delusione di qualcuno, o è tragicamente semplice? Al contrario di papà, la mamma era orgogliosa di tutte le cose diverse a cui mi interessavo, senza aver bisogno che diventassi un maestro di un mestiere.

"Non c'è nulla di cui sentirsi in colpa" afferma Jane con dolcezza. "Io non conosco nemmeno mio padre, quindi mi importa solo di quello che succede a mia madre."

Mi sforzo di fare un sorriso, anche se debole. "Tra questo e le domande di tua sorella, credo che possiamo passare per una coppia che si frequenta da sei mesi."

Lei allontana la mano. "Lo so, vero? Dobbiamo solo ripassare tutte le storie che abbiamo inventato per Mary e saremo a posto."

Lo facciamo per il resto del viaggio.

Quando arriviamo al mio edificio, osservo l'espressione di Jane mentre passiamo davanti alla sicurezza, perché, anche se Susan non c'è più, ci sono ancora diverse donne attraenti che lavorano allo sportello, con le quali non ho mai avuto rapporti.

Mmm. A parte la tendenza ad arrosssire, Jane

sarebbe un'ottima giocatrice di poker. I suoi pensieri sono illeggibili mentre ci dirigiamo verso il mio appartamento.

Quando usciamo dall'ascensore, si guarda intorno nell'atrio. "La 'modista' è già qui?"

Controllo il mio telefono. "No. La signora Dubois sarà qui tra una decina di minuti; gli altri arriveranno anche più tardi."

Jane inarca un sopracciglio. "La 'modista' ha persino un cognome francese?"

"E un accento che lo accompagna" aggiungo con un sorriso. "Ho pensato che l'avresti apprezzato."

Lei scuote la testa. "Non voglio nemmeno sapere quanto hai dovuto pagare in più per la versione francese."

"Mentre aspettiamo la signora Dubois, ti va di fare un tour dell'attico?"

Ops! La parola "tour" sembra essere un detonatore dopo il fiasco della galleria, perché vedo Jane trasalire prima di riassumere l'espressione da poker.

"Certo" risponde, anche se un po' a malincuore. "So che morivi dalla voglia di mostrarmi tutto."

CAPITOLO 17

Jane

Proprio quando stavamo iniziando ad andare d'accordo, mi ricordo della stupida galleria con le donne che vi si trovavano e il mostro verde dentro di me si risveglia.

È una cosa sciocca, oltretutto, perché Adrian si è già sbarazzato dei dipinti e delle loro muse; quindi, cosa posso volere di più? Una politica di assunzione sessista per gli addetti alla sicurezza, che non ammetta donne attraenti? Che Adrian indossi un sacco sulla testa affinché le donne non flirtino con lui? Anche se, visto il suo fisico, potrebbero flirtare con lui nonostante il sacco in testa.

"Questo è il soggiorno" mi spiega Adrian.

"Ma va?"

Ha un televisore così grande che potrebbe sostituire lo schermo di un cinema. Si trova di fronte al divano dall'aspetto più comodo che io abbia mai visto, insieme a un esercito di poltrone massaggianti costosissime. Ci sono anche console di gioco, un tavolo da ping pong e uno da biliardo, un bar e innumerevoli altri strumenti per ciò che i miei romanzi rosa chiamano "attività maschili."

Vedo una libreria e non posso fare a meno di andare a controllare. Scopro che non contiene solo libri; ci sono anche film, fumetti e videogiochi.

Li scruto tutti con il mio occhio da bibliotecaria. Molti riguardano Da Vinci, ma altrettanti sono film, videogiochi e fumetti della Marvel con Iron Man.

Mmm. Sul muro, c'è anche un poster di Iron Man firmato da Robert Downey Jr.

"Tony Stark è il mio personaggio preferito" mi spiega Adrian, seguendo il mio sguardo.

"Perché è un vanitoso esibizionista, come te?"

Il sorrisino di Adrian è decisamente presuntuoso. "Hai dimenticato di aggiungere che è anche arrogante, troppo sicuro di sé e narcisista?"

"Perché sprecare fiato?" ribatto ironicamente.

"Tony Stark è bravo in molte cose" afferma Adrian. "Ed è riuscito a trovare una cosa su cui focalizzarsi interamente: essere Iron Man. Io devo ancora trovare qualcosa del genere."

La sua espressione (un misto di nostalgia e di umorismo autodenigratorio) mi stringe il cuore, facendomi venire voglia di avvicinarmi a lui.

La signorina Miller pensa che una vera gentildonna dovrebbe mantenere le distanze, specialmente in compagnia di un libertino.

"Non credi che sia irriconoscente da parte tua?" gli

chiedo. "La gente venderebbe l'anima al diavolo per saper dipingere bene come te, o scrivere musica, eccetera."

Lui si stringe nelle spalle. "Io darei tutto questo in cambio di trovare qualcosa di simile alla tua passione per i libri. O è per le biblioteche?"

"Libri" rispondo con tono definitivo. "Hai mai pensato di dedicarti a un'attività multidisciplinare?"

I suoi occhi si illuminano. "Ad esempio?"

"Magari, diventare un giornalista che tratta diversi argomenti? O un ingegnere informatico che programma applicazioni per diversi settori? O un insegnante di molte materie?"

L'entusiasmo di Adrian si attenua. "Mi sembra che niente di tutto questo faccia al caso mio. Quando scrivo, scrivo solo narrativa. Quando codifico, lo faccio solo come mezzo per raggiungere il fine di qualche progetto. Non ho mai provato a insegnare, ma non credo che faccia per me. Inoltre, richiede lauree avanzate, mentre io sono autodidatta nella maggior parte dei settori che mi interessano."

"Tu scrivi narrativa?" esclamo, aggrappandomi all'argomento che mi sta più a cuore. "Di che genere?"

Lui mi fa l'occhiolino. "Non romanzi storici, spiacente."

"Non mi aspettavo che li scrivessi. Non credo che ci riusciresti, anche volendo."

Inclina la testa. "Sembra una sfida."

Roteo gli occhi. "Stai eludendo la mia domanda di proposito?"

"Sto scrivendo un libro per bambini" ammette. "Per Piper."

"Davvero?" Sto per svenire o questa è la famigerata crisi isterica? "È fantastico."

"Tu credi?" I suoi occhi brillano di un argento più acceso. "Stavo pensando che, se dovesse andare bene, ne farei anche un cartone animato, creando tutto da solo: la musica, la storia, l'animazione disegnata a mano e la CGI."

"Ecco" dico. "Se quel progetto andrà bene, forse questa potrebbe essere la tua strada. Potresti iniziare con i cartoni animati, poi provare con i film. Il limite è il cielo, davvero, e tutto questo è estremamente multidisciplinare."

Adrian si strofina il mento con aria pensierosa. "Non mi dispiace l'idea."

Il suo telefono squilla.

"Ah" dice, dopo aver controllato. "La modista è di sotto."

Sorrido. "Sembra che il tour debba essere rimandato ancora una volta."

"Ma ho tanta voglia di mettermi in mostra" dice Adrian. "Magari, possiamo farne una versione rapida?" Mi tende la mano con un'espressione diabolica.

La prendo con dita formicolanti. Cos'ho da perdere?

La signorina Miller saprebbe citare alcune cose che una gentildonna potrebbe perdere in circostanze come questa: la virtù, l'onore, la dignità e il buon senso.

Sorridendo, Adrian si affretta lungo un corridoio,

snocciolando i nomi delle stanze. Sembra che ne inventi la metà usando i luoghi comuni dei ricchi, come la sala della piscina, la cantina dei vini, la palestra, la spa, eccetera.

Quando dice "la biblioteca", mi fermo di colpo e controllo se sta dicendo la verità. Dopotutto, c'erano già dei libri in salotto.

"Oh, cielo!" sussulto quando sbircio attraverso le doppie porte.

È una biblioteca più grande della mia intera casa, una biblioteca che potrebbe contenere due volte quella de *La Bella e la Bestia*.

"Sono sicuro che passerai molto tempo qui dentro" dice Adrian, stringendomi delicatamente la mano. "Dopotutto, ti trasferirai… domani."

CAPITOLO 18
Adrian

Jane si volta verso di me, sbattendo le ciglia come ali di colibrì. "Domani?"

"Se per te va bene" preciso.

All'inizio, volevo fare le cose con un po' più di calma, ma ora che vedo quanto Jane è perfetta, non voglio sprecare un secondo.

Perfetta ai fini dell'udienza, ovviamente.

Lei aggrotta la fronte, poi fa spallucce. "È il tuo spettacolo. Sei certo di non volerti prima assicurare che mi comporti bene a questo ballo?"

"Sì. È solo una stupida festa." A proposito… mi do uno schiaffo scherzoso sulla fronte. "Ci siamo completamente dimenticati della signora Dubois."

Jane sorride e ci dirigiamo di corsa verso l'ascensore, dove la modista dai colori vivaci come un pavone sta già aspettando, insieme al team di truccatori e parrucchieri.

"Salve" ci saluta la signora Dubois con

disapprovazione e la sua voce è intrisa di un pesante accento francese. "Ho forse confuso l'orario dell'appuntamento?"

"Sono desolata" dice Jane, con un'aria stranamente avvilita (forse, perché questo è uno spiacevole promemoria del suo colloquio di ieri).

La signora Dubois la squadra dall'alto al basso. "Non desolata quanto dovresti essere per quei vestiti."

Ma che diavolo? Pensa di essere così brava nel suo lavoro da poter essere scortese con un cliente? Sono tentato di licenziarla in tronco, ma siamo troppo vicini all'evento; quindi, dovrò accontentarmi di metterla al suo posto, il che non è difficile, visto che mi basta solo imitare il mio defunto padre.

"Pensavo di pagare i suoi datori di lavoro per il suo tempo" dico imperiosamente. "Mi sbaglio? Questo non include forse il tempo di attesa?"

La signora Dubois sgrana gli occhi e annuisce.

"Allora sappia che, se volessi, potrei pagarli per un anno e farla aspettare accanto a questo ascensore per tutto il tempo."

La signora Dubois fa un passo indietro. "Non intendevo mancare di rispetto" dice, con l'accento francese che si affievolisce per lasciar trapelare quello di Boston.

"Perfetto" replico. "Faccia del suo meglio con la mia fidanzata e tutto andrà bene."

"Fidanzata?" La signora Dubois riesamina Jane e, stavolta, il suo sguardo è di innegabile rispetto. "Brillerà, lo giuro."

Guardo gli altri. "Lo stesso vale per voi, vero?"

Tutti si mostrano profusamente d'accordo e uno di loro mi fa addirittura il saluto militare.

Mio padre sarebbe orgoglioso di me, perciò mi sento di merda.

"Allestite le vostre postazioni in salotto" dico in tono più gentile. "Jane conosce la strada." Le faccio l'occhiolino. "Nel frattempo, io andrò a occuparmi di alcuni affari."

Si dirigono tutti in salotto e io vado nel mio studio, dove inizio a lavorare a un nuovo progetto: un film d'animazione per quando Piper sarà abbastanza grande da voler guardare queste cose.

Sì, lo ammetto: sono stato ispirato dalla conversazione con Jane. La trama del film sarà una rivisitazione di *Quel pazzo venerdì*, *Big* e altri film sullo scambio di corpi, solo che, in questa versione, l'eroina non impersonerà un umano, ma un cane. Mentre scrivo la sceneggiatura e disegno alcuni schizzi dei personaggi, entro in uno stato mentale in cui il tempo vola e il mondo esterno sembra scomparire. L'eroina si chiama Piper, ovviamente, e il cane Leo, il che rende facile disegnarli: immagino semplicemente mia figlia con qualche anno in più e in versione cartone animato, e il mio cane esattamente com'è.

Sono così immerso nel lavoro che, quando mi squilla il telefono, lo guardo con aria confusa per un secondo, prima di rispondere.

"Sono pronta" dice Jane.

Accidenti! Dobbiamo partire tra poco.

"Arrivo subito" rispondo, ringraziando il cielo per il nuovo taglio di capelli e per essermi fatto una doccia a casa di Jane; quindi, ora, mi basta solo mettermi uno smoking.

Mi affretto a raggiungere la mia camera da letto e percorro la cabina armadio fino alla sezione degli smoking, che si trova nell'angolo più lontano perché ho fatto organizzare tutto dalla mia assistente in base alla frequenza d'uso.

Una volta vestito, mi dirigo verso la biblioteca, ma, quando passo davanti alla cucina, Leo mi viene incontro scodinzolando.

"Ciao, amico" lo saluto. "Hai fame?"

Lui scodinzola più forte.

Se mai dovessi rispondere "no" a questa domanda, giocherò al tiro alla fune con un leone, cadrò sopra una spada o mangerò un'uvetta ricoperta di cioccolato, a seconda di quale sia il modo più conveniente per porre fine alla mia vita in quel momento.

Gli do da mangiare e controllo il telefono per vedere quando arriverà il dog sitter appena assunto. Scopro che è già qui da un'ora, in attesa vicino all'ascensore.

Gli porto un dolcetto per cani per assicurarmi che lui e Leo facciano amicizia, prima di recarmi in biblioteca.

Entrando, mi rendo conto che forse ho lavorato troppo a lungo a quel film d'animazione, perché, quando vedo Jane, mi sembra di trasformarmi in un lupo dei cartoni animati: la mascella che cade, gli occhi che escono dalle orbite, la lingua che si srotola (e Yoda duro come la roccia).

Vedendomi, Jane arrossisce. "Cosa ne pensi?"

Oh, cazzo! Sono rimasto a fissarla, ammutolito. "Sei magnifica" le dico, ma mi sembra ancora un eufemismo.

Il vestito nero che indossa abbraccia ogni sua curva nel modo giusto e la pettinatura elegante mi fa venire voglia di districare tutto e di passare le dita tra le sue morbide ciocche castane, mentre...

"Tu hai un aspetto da dissoluto" afferma lei, ma stavolta non credo che si tratti di un insulto. "E parli anche come tale."

Ah, quindi forse è un tantino un insulto, dopotutto.

Uno dei parrucchieri mi si avvicina con aria intimidita. "Vuole che le acconci i capelli, signore?"

Lancio uno sguardo interrogativo a Jane.

"Sa il fatto suo" dice lei.

Mi rivolgo al tizio. "Fa' in fretta."

Mentre lavora, mi chiede se il mio smoking sia Ermenegildo Zegna e se le scarpe siano Scafora; io gli rispondo che, onestamente, non lo so: sono quelli che la mia assistente agli acquisti ha comprato. So solo che sono stati fatti apposta per me, il che ha comportato una fastidiosa perdita di tempo con tutte le misure. Da allora, compro sempre lo stesso abito e le stesse scarpe, per evitare di ripetere l'esperienza.

"Ok, fatto" annuncia il tizio dopo un paio di minuti.

Guardandomi allo specchio, non vedo alcuna

differenza, ma non sono un grande esperto di questo genere di cose.

"Che ne pensi?" chiedo a Jane.

"Ancora più dissoluto" risponde con un sospiro.

"Fantastico. È meglio che ci affrettiamo." Rivolgendomi al team, dico: "Ottimo lavoro, tutti quanti." Alla modista, chiedo: "Possiamo dimenticare il malinteso di prima?"

"Quale malinteso?" replica lei, di nuovo con accento francese.

Con un sorriso, prendo per mano Jane e la trascino verso la limousine (anche se la mia camera da letto mi sembra una destinazione molto più allettante).

"Il posto è lontano?" mi chiede Jane mentre scendiamo con l'ascensore.

Distolgo lo sguardo dalla sua scollatura. "Potremmo andare a piedi. Ma, visto che hai i tacchi alti, prenderemo la limousine."

A proposito di tacchi, non avevo mai notato quanto più sexy sembri il sedere di una donna quando li indossa, né quanto…

"Una limousine?" Jane mi toglie della polvere immaginaria dalla spalla. "Perché rinunciare a prendere l'elicottero?"

Faccio spallucce. "Il locale non ha un eliporto."

Lei mi schernisce. "La parte spaventosa è che non sono sicura che tu stia scherzando."

"Stavo scherzando. Ma *c'è* effettivamente un eliporto sul mio tetto e ho davvero un elicottero; so persino pilotarlo."

L'ascensore si ferma e faccio cenno a Jane di uscire, prima che possa rimproverarmi ulteriormente per essere un ricco stereotipato.

"Hai detto che questo ballo è per una raccolta fondi" afferma, quando la limousine parte. "Qual è la causa?"

"WSW" rispondo.

Lei mi guarda aggrottando la fronte. "Ti prego, dimmi che non fai donazioni alla World Series Wrestling."

"Cosa? No. WSW sta per Whales Save Whales. I ricchissimi filantropi, anch'essi definiti 'balene', donano i loro soldi per, beh, per salvare le balene dell'oceano."

"Ah" commenta lei. "Mi piacciono le balene. Quelle dell'oceano."

La limousine si ferma.

Jane mi guarda con aria interrogativa. "Siamo già arrivati?"

Annuisco.

Sorride. "Eravamo *davvero* a due passi."

Con un'alzata di spalle, scendo dall'auto e le tengo aperta la portiera.

Mentre esce, assaporo il suo profumo di guava con un accenno di begonia (e non ho idea se sia qualcosa che le ha spruzzato il team del restyling o se sia il suo profumo personale).

"Da questa parte." Le offro il mio braccio destro.

"Che gentiluomo!" Infila la mano nell'incavo del mio gomito.

Mentre oltrepassiamo le altre balene come me all'interno del locale, comincio a capire una cosa che, prima, trovavo esecrabile: i miliardari superficiali che si procurano mogli trofeo. Jane è talmente bella che sono orgoglioso di farla sfilare al mio fianco, anche se non merito affatto questo orgoglio. Ripensandoci, una moglie trofeo potrebbe essere una pessima analogia in questo caso. La gente pensa stereotipicamente che manchino di intelligenza (anche se so che non è sempre vero, come nel caso di mia madre), ma, nel caso di Jane, è la persona più intelligente che io abbia mai conosciuto e questo mi fa sentire ancora più orgoglioso di sposarla… o meglio, di sposarla per finta.

"Oh, mio Dio!" esclama Jane quando entriamo nella sala. "Questo assomiglia tantissimo al ballo di uno dei miei romanzi."

CAPITOLO 19

Jane

Osservo con stupore l'ambiente che mi circonda.

Se il locale, simile a un palazzo, avesse un tema, sarebbe qualcosa come "sangue blu." Persino i parcheggiatori e i camerieri sembrano più ricchi delle loro solite controparti. Le 'balene' vere e proprie trasudano ricchezza (e mi fanno capire che Adrian è piuttosto terra-terra da questo punto di vista... in confronto ai suoi colleghi, ovviamente).

"Cosa ne pensi?" sussurra Adrian.

"Questa è praticamente *l'élite*" rispondo sottovoce. "E io sono una lattaia."

Lui rotea gli occhi. "Sei un diamante della più bella specie."

"Si dice 'della più bell'acqua'" preciso, mentre le farfalle mi fanno le capriole nella pancia.

"Acqua?" chiede lui, con un sopracciglio alzato.

"La purezza di un diamante veniva definita acqua."

Prima di poter replicare, Adrian guarda qualcosa alle mie spalle con aria accigliata. Quando mi giro, vedo una donna che ci sorride come uno squalo.

Con gli occhi color ambra, i capelli neri lisci e il viso piccolo, mi ricorda l'aspetto che avrei potuto avere io se avessi mangiato caviale tutto il giorno dall'asilo in poi, se avessi avuto un personal trainer fin dalle elementari e se avessi nuotato in una piscina di monete d'oro fin dalla nascita.

Ma no. In nessun universo alternativo riuscirei a sembrare così altezzosa. Se è vero che ci vogliono diecimila ore per padroneggiare un compito, questo deve essere il tempo che lei ha dovuto passare a fissare la gente dall'alto in basso per diventare così brava a farlo.

"Adrian" dice con la voce traboccante di altezzosità. "Perché hai portato la tua assistente al ballo?"

La sua assistente? Ehi, avrebbe potuto definirmi la sua signora delle pulizie.

La signorina Miller ritiene che il termine "signora delle pulizie" sia piuttosto fuorviante: le domestiche fanno le pulizie, le signore gestiscono la casa.

"Jane, ti presento Sydney" dice Adrian, con un tono più formale di quanto io lo avessi mai sentito usare. "Sydney, ti presento Jane." Si gira verso di me. "Lei è la madre di Piper."

Oh, merda!

Si rivolge a Sydney. "Io e Jane ci frequentiamo segretamente da sei mesi e, da ieri, siamo ufficialmente fidanzati."

Doppia merda!

Fino a questo momento, Sydney non mi aveva guardata veramente, ma ora che mi rivolge quegli intensi occhi d'ambra, preferirei tornare ai bei tempi in cui non mi riteneva degna della sua attenzione.

Si rivolge ad Adrian e la sua finta risata mi ricorda la volta in cui mia madre provò a praticare lo yoga della risata (che assomigliava molto all'interpretazione di Jack Nicholson del Joker). "Spero che *nostra figlia* erediti il tuo meraviglioso senso dell'umorismo."

Adrian sospira. "Perché dovrei scherzare su questo argomento?"

Sentendomi un po' meschina, mostro a Sydney l'anello che ho al dito.

La sua finta giovialità sparisce senza lasciare traccia. "Ti sposerai" afferma, scandendo ogni parola.

Adrian incrocia le braccia sul petto. "Il matrimonio è un passo comune dopo il fidanzamento."

Lei stringe gli occhi. "Quindi, adesso, *sei* in grado di sposarti?"

Vuole proprio che lui le dica apertamente che gli va bene sposarsi, ma non con lei?

Aggrottando la fronte, Adrian si rivolge a me. "Io e Sydney dobbiamo parlare in privato per un momento."

Annuisco, perché cos'altro posso fare? Anche se la mia relazione con Adrian fosse vera, Sydney rimarrebbe comunque nella sua vita per sempre (o almeno fino a quando la loro figlia non avrà l'età per andare a vivere da sola). Lui deve rimanere in buoni rapporti con questa donna e, per i prossimi tre anni, dovrei farlo anch'io.

Proprio mentre loro due si allontanano, mi si avvicina un uomo sconosciuto di mezza età, che regge un flûte di champagne.

"Salve." Solleva il flûte. "Sono Tristan Astor." Detto ciò, mi porge la mano.

Stringo la mano che mi viene offerta. "Io sono Jane Miller. Mi scusi... Il modo in cui si è presentato lasciava intendere che dovessi conoscerla, ma non è così."

"Oh." Arrossisce. "Sono il padre di Sydney."

Ah. Ora che me lo dice, noto una certa somiglianza: i capelli sono della stessa tonalità di nero e gli occhi sono color ambra. Quindi, il cognome di Sydney è Astor. Questo potrebbe essermi utile nel caso in cui mi venisse voglia di fare delle ricerche online su di lei.

"Ti ho vista parlare con lei poco fa" continua Tristan. "Quindi, ho pensato che faceste parte della stessa cerchia."

Pensa che io faccia parte dell'élite? Lo prendo come un complimento.

"Non sono della loro cerchia" dico. "Tuttavia, dato che lei è il nonno di Piper, le nostre strade potrebbero incrociarsi di nuovo; quindi, tanto vale conoscerci."

Lui sembra confuso. "In che modo sei collegata a Piper?"

Prima che io possa rispondere, una voce ancora più altezzosa di quella di Sydney dice: "Tristan, caro, quella è una candidata a diventare la tua quarta moglie? O la quinta?"

Mi volto a guardare l'oratrice: una signora di mezza età che, a giudicare dall'aspetto, deve avere un team di chirurghi plastici tra i numeri preferiti nel telefono. Potrebbe anche interpretare benissimo una malvagia baronessa in una serie sull'Inghilterra vittoriana.

"Juliet" dice Tristan tra i denti. "Ti sei già stancata del tuo toy-boy?"

Juliet lancia un'occhiata a un ragazzo dell'età di Adrian, poi si volta di nuovo verso Tristan. "Non sono qui per litigare." Indica Adrian e Sydney in lontananza. "Pensi che si stiano riconciliando?"

Tristan si stringe nelle spalle e mi indica. "Forse, Jane ne sa qualcosa?"

Juliet mi scruta e costringe una delle sue sopracciglia perfettamente acconciate a formare il simulacro di un punto interrogativo. "Conosci mia figlia?"

Ah. Quindi, questa è la madre di Sydney e, a quanto sembra, lei e Tristan non stanno insieme. Probabilmente, perché lei non si chiama Isotta e lui non si chiama Romeo.

"Ho conosciuto Sydney solo un secondo fa" dico, senza aggiungere che non è stato affatto un piacere. "Sono venuta qui con Adrian."

"Ah!" esclamano all'unisono entrambi i genitori di Sydney, prima di esaminarmi come se fossi un batterio e loro avessero appena inventato il microscopio.

"*Tu* sei venuta con Adrian?" Juliet continua a scrutarmi. "Come sua accompagnatrice?"

"Sono la sua fidanzata" annuncio, pensando che sia meglio trattare questa situazione come se si dovesse strappare un cerotto.

Entrambi mi guardano con aria scioccata, soprattutto Juliet.

"Pensavo che sarebbe stata solo una questione di tempo prima che si svegliasse e sposasse Sydney" dice, più a Tristan che a me.

"E io pensavo che non volesse sposarla perché ha paura di impegnarsi" afferma Tristan. "Invece, sposa un'altra?"

Dovrei partecipare a questa conversazione?

Gli occhi di Juliet si concentrano su di me. "Anche tu hai un figlio con lui?"

"Non che io sappia." Grrr. Che cosa vorrebbe insinuare?

"Allora, perché?" mi chiedono all'unisono.

"Dovrete domandarlo ad Adrian" replico e ringrazio la mia buona stella perché, in quel momento, lo vedo tornare verso di noi.

Poverino!

È appena uscito dalla padella di Sydney per essere gettato nella brace di Tristan e Juliet.

CAPITOLO 20

Adrian

"Ma che cazzo fai?" mi chiede Sydney non appena siamo a stento fuori dalla portata d'orecchio di Jane.

"Come, scusa? Dovrebbe essere una domanda a cui io sia in grado di rispondere?"

"Mi stai prendendo in giro?" mi chiede.

"Di nuovo, non sono sicuro di capire a cosa ti riferisci" affermo.

Lei sembra pronta a fulminarmi con gli occhi. "Io ti invito a una festa e tu porti una tipa a caso."

Sospiro. "Jane non è una tipa a caso. Come ti ho detto, ci frequentiamo da sei mesi."

"Stronzate! Lo saprei se fosse così."

"Come, con i tuoi poteri 'psichici'?"

Stringe gli occhi fino a due piccole fessure. "*Sai* che sono un'intuitiva."

"Intuitiva non è un sostantivo." Se avesse un minimo di intuito, saprebbe che la nostra vita matrimoniale sarebbe terribile. E che i cristalli non funzionano.

Lei fa un respiro profondo. "Senti, non ha importanza quando l'hai conosciuta. Quello che conta è che *noi* abbiamo una figlia insieme."

Faccio del mio meglio per calmarmi a mia volta. Per il bene di Piper, noi due dobbiamo imparare ad andare d'accordo… in qualche modo. "Lei non vorrebbe che ci sposassimo. Fidati."

Sydney fa un passo verso di me, con gli occhi che brillano. "Avere una mamma *e* un papà è la cosa che desidera di più. Tu non puoi saperlo perché i tuoi genitori sono rimasti insieme. I miei si sono separati quando ho compiuto cinque anni. È stato terribile."

Questa è una conversazione che abbiamo avuto un milione di volte. Sydney ha sofferto molto quando Tristan e Juliet hanno divorziato, ma non le importa quando le dico che la mia situazione familiare era esattamente l'opposto. Mia madre *avrebbe dovuto* lasciare mio padre e tutti sarebbero stati più felici, ma non l'ha fatto.

"Piper *avrà* sia una mamma sia un papà" affermo in modo conciliante. "Ho intenzione di essere presente nella sua vita. È questo lo scopo di…"

"No" sibila Sydney. "Starà meglio se non saprà nemmeno il tuo nome."

Detto ciò, se ne va a grandi passi.

Dannazione! Una parte di me sperava che, quando avesse saputo che avevo voltato pagina, avrebbe fatto altrettanto anche lei, abbandonando le sue illusioni di sposarmi. E, naturalmente, che avrebbe smesso di lottare contro di me per l'affidamento. Suppongo che sarebbe stato troppo facile.

Comunque, ho lasciato Jane da sola per troppo tempo. Mi volto verso di lei e…. non riesco a credere ai miei occhi. I genitori di Sydney l'hanno messa all'angolo come un branco di iene rabbiose.

Mentre mi precipito lì, il volto di Jane si illumina di sollievo, quindi so di essere arrivato giusto in tempo.

"Non vi siete riconciliati, vero?" mi chiede Tristan, saltando i soliti convenevoli.

Tra i due, Tristan è quello che preferisco, quindi scelgo con cura le parole. "Temo che io e sua figlia abbiamo differenze inconciliabili."

Ecco. Questo è molto meglio che dire che sua figlia è svampita, superficiale e vanitosa, e che lui e la sua ex moglie l'hanno incasinata così tanto che lei preferirebbe privare Piper del padre piuttosto che avere un accordo amichevole di affidamento condiviso.

"Che peccato" commenta Tristan. "Se non avrai mai più la possibilità di parlare con Piper, te ne pentirai."

Le mie mani si stringono a pugno e faccio un passo avanti senza volerlo. "Era una minaccia?"

Tristan fa un passo indietro. "Un dato di fatto. Non hai alcuna garanzia di ottenere l'affidamento."

Rilasso le mani. L'ultima cosa che voglio è prendere a schiaffi il nonno di Piper. Un comportamento del genere chiuderebbe sicuramente il caso per l'affidamento. "Otterrò l'affidamento" dichiaro con tono uniforme. "Il giudice capirà che voglio il meglio per Piper."

"No, invece" dice Juliet con cattiveria. "I giudici favoriscono sempre la madre."

Non ha tutti i torti. Anche se dovrebbero considerare entrambi i genitori nello stesso modo, i giudici sono esseri umani e hanno pregiudizi umani; quindi, spesso, favoriscono la madre, nonostante la legge.

Respiro per calmarmi, mentre Jane mi appoggia una mano rassicurante sulla spalla. Il suo tocco mi aiuta enormemente. Il mio tono è quasi cordiale quando mi rivolgo a entrambi i genitori di Sydney. "Potete aiutare Sydney a capire che la cosa migliore per Piper è che conosca suo padre?"

Juliet mi schernisce. "Niente ti aiuterà dopo questo insulto." Lancia un'occhiataccia a Jane.

Ecco, questo è solo un assaggio del motivo per cui Tristan dev'essere scappato da lei.

"Non capisco cosa intendi" le dico gelidamente. "Né mi interessa capirlo."

Juliet si mette le mani sui fianchi. "L'insulto è annunciare che sposerai una donna che sembra un'imitazione scadente di quella che ti ha dato una figlia."

"Jane non potrebbe essere più diversa da Sydney nemmeno se qualcuno l'avesse modificata geneticamente per esserlo" dichiaro. Rivolgendomi a Jane, aggiungo: "Lo intendo come un complimento."

Jane arrossisce, mentre gli occhi di Juliet diventano simili a due laser. Sì, è da lei che Sydney li ha ereditati.

Sostengo il suo sguardo. "Ora, dovete scusarci." Mi volto verso Jane e le porgo la mano. "Posso avere l'onore di questo ballo?"

Chiaramente estasiata alla prospettiva di uscire da questa spiacevole situazione, Jane mi rivolge un sorriso radioso. "Con grandissimo piacere."

Mentre la conduco via, mi sussurra: "Un ballo senza musica?"

Facendole l'occhiolino, passo dalla console del DJ, gli allungo qualche centinaio di dollari, gli lancio un file e mi ricongiungo con Jane.

"Problema musicale risolto" affermo. "Il DJ avrebbe iniziato comunque tra una mezz'ora circa, quindi ho solo accelerato i tempi."

La musica inizia a risuonare.

Jane sgrana gli occhi. "È un remix della colonna sonora di *Bridgerton?*"

Sorrido. "Non esattamente. È una musica che ho scritto io, fortemente ispirata da lì."

Lei si morde il labbro. "L'hai scritta tu?"

"Avevo la sensazione che ti sarebbe piaciuto ballarla." E, in questo momento, ho la sensazione che le sue labbra carnose e succose sarebbero molto piacevoli da mordicchiare.

"Giusto." Lei si guarda intorno; alcune persone sono già sulla pista da ballo con noi. "Andiamo?"

Dannazione! Tra il suo mordersi le labbra e il nostro avvicinarci così tanto, la spada laser di Yoda si sta allungando. D'altra parte, dobbiamo farci vedere come una coppia e ballare insieme parla chiaro.

Le prendo le mani tra le mie e inizio il valzer, ma mantengo una certa distanza per assicurarmi che lei non senta l'effetto che sta avendo su di me.

La canzone successiva è più veloce, quindi balliamo separati e io posso guardarla ondeggiare i fianchi, mentre i suoi seni rotondi e perfetti si muovono su e giù al ritmo della musica (in altre parole, la situazione non è affatto migliorata rispetto a quando eravamo troppo vicini, per quanto riguarda i miei pensieri e impulsi inappropriati).

Alla quinta canzone, è ufficiale: se continuerò a ballare con Jane, le mie palle diventeranno blu come le uova di pettirosso.

CAPITOLO 21

Jane

Non credo che la mosca spagnola sia un afrodisiaco che trasforma le donne in ninfomani, ma, se lo fosse, mi provocherebbe una sensazione molto simile a quella che sto provando mentre ballo con Adrian. Non so se sia la sua vicinanza, il suo smoking su misura o l'intensità dei suoi occhi d'argento, ma i miei occhiali continuano ad appannarsi (e le mie mutandine a bagnarsi). Inoltre, lui si muove con un ritmo e una precisione tali da poter aggiungere "ballerino" alla già lunga lista di cose in cui è bravissimo.

La signorina Miller ritiene che il ballo in generale (e il valzer, in particolare) sia una cosa che una gentildonna non sposata non dovrebbe concedersi. Né una gentildonna dovrebbe ballare con lo stesso gentiluomo così tante volte di seguito. Né...

La musica si ferma. Reprimo la mia cocente delusione. A quanto pare, sono una di quelle ragazze che possono ballare per tutta la notte... chi l'avrebbe mai detto?

"Le persone stanno per fare le loro donazioni" mi spiega Adrian. "Ci saranno molte dimostrazioni di esibizionismo."

Annuisco con aria consapevole. "Questo significa che *tu* devi esserci."

Sorride. "In realtà, ho già fatto una donazione online."

"Suppongo che, quando si è abbastanza ricchi e tutti lo sanno, non si ha bisogno di ostentare pubblicamente la propria ricchezza. Non si ha nulla da dimostrare."

Il suo sorriso si allarga. "Non farti sentire dagli altri membri dell'uno per cento; potresti dare inizio a una nuova tendenza."

Perché mi sento il petto così leggero? "Rimarrà tra noi" dico con aria cospiratoria. "Che cosa dobbiamo fare adesso?"

Esempio: andare a ballare in un locale.

"Ti va di chiacchierare nell'area lounge?" Adrian allunga il braccio verso di me.

Poiché non ho il coraggio di insistere per ballare oltre, accetto il suo braccio e ci dirigiamo verso la zona in questione, dove un cameriere ci tenta con un vassoio di champagne.

Adrian prende un drink e io lo imito.

"Cosa ne pensi dell'evento finora?" mi chiede.

Sorseggio lo champagne (che è divino, ovviamente). "Nei miei libri preferiti, sarebbe l'evento dell'anno."

Lui ridacchia.

Bevo un altro sorso di champagne e scandalizzo me stessa chiedendogli: "Allora, qual è il problema tra te e Sydney?"

Perché non sposarla davvero? È attraente, ricca e solo leggermente stronza.

Adrian sospira. "Io e lei abbiamo frequentato il collegio insieme. Inserisci pure qui una battuta sui ragazzi ricchi e privilegiati."

Sbuffo. "Se qualcuno prende in giro i collegi, è perché è invidioso per non essere riuscito a farvi entrare i propri figli, o se stesso. Oppure, ha guardato troppo *Gossip Girl*."

"Giusto" dice. "Sydney era una delle stronzette della scuola, cosa che trovavo ripugnante all'epoca (e, nel corso degli anni, la mia opinione al riguardo è soltanto peggiorata). Eravamo entrambi ragazzi popolari, così lei decise di volermi come fiore all'occhiello, ma io non ero interessato, perciò abbandonò l'idea." Sospira. "Arriviamo a circa un anno fa, quando attraversavo una fase della mia vita in cui facevo troppa festa. Ero in un locale, sotto l'effetto dell'ecstasy, e mi sono imbattuto in Sydney. Abbiamo iniziato a chiederci che cosa fosse successo a questo e a quello dai tempi della scuola e, poi, il resto si è svolto come in una pubblicità di 'Just Say No': sono finito a letto con una donna che disprezzo, l'ho messa incinta ed eccoci qui."

Mi gira la testa e non solo per l'ottimo champagne. Adrian mi ha già raccontato che Sydney gli aveva mentito sul fatto di avere la spirale e che potrebbe aver forato il preservativo che avevano usato, il che significa che non ha mai rinunciato alle sue ambizioni del collegio.

Poso una mano sulla gamba di Adrian, un gesto rassicurante che non ha nulla a che vedere con il desiderio di sentire il possente muscolo sotto i miei polpastrelli. "Capisco perché non vuoi sposarla."

"Se pensassi che sposarla possa effettivamente giovare a Piper, farei questo sacrificio" afferma. "Ma arrecherebbe soltanto danni a nostra figlia. Persino i matrimoni basati sull'amore finiscono con un divorzio nella metà dei casi; quindi, che possibilità avrei io con una donna che si abbina a me come l'olio con l'acqua?"

Gli stringo la gamba (di nuovo, non perché sono una pervertita.) "Non ti stavo giudicando perché non vuoi sposarla."

"La cosa assurda è che, anche se esistesse una macchina del tempo, non cambierei quella serata. Non dopo aver conosciuto Piper."

"Capisco" dico, mentre il cuore mi si stringe nel petto.

Sono felice che Piper abbia un padre che la ama così tanto, ma sono anche invidiosa e curiosa di sapere come ci si debba sentire.

Adrian mi copre la mano con la sua. "Noi due ci conosciamo solo da due giorni; eppure, sono sicuro che, se il nostro matrimonio fosse reale, avremmo molte più possibilità di quelle che avremmo io e la madre di mia figlia. Non è triste?"

Lo guardo, con il cuore che mi batte da qualche parte intorno all'ugola. Ha appena detto che staremmo bene insieme per davvero? No, non può essere. Mi sta solo contrapponendo alla donna che disprezza, quindi è naturale che io ne esca vincitrice.

Allontanando la mia mano dalla sua, tracanno lo champagne e sento le bollicine assalirmi il naso.

"Scusami" mi dice Adrian, facendo cenno al vicino cameriere di portarmi un altro flûte. "Non volevo essere deprimente stasera."

"Non sei deprimente" replico, accettando il drink. "Inoltre, sono stata io a domandare."

"È vero" conferma. "Il che significa che, adesso, è il tuo turno."

"Per cosa?"

I suoi occhi d'argento sembrano penetrare nella mia anima (e fino al coccige) mentre mi dice: "Raccontami di te. Cosa ti piace?"

Inclino la testa. "Intendi, oltre ai libri?"

Sorseggiando il suo drink, annuisce.

"Mi piace la musica classica." Mi sposto gli occhiali più in alto sul naso. "E sai già che guardo i film con mia madre e che…"

"No" dice, scuotendo la testa. "Raccontami qualcosa di più intimo."

Un rossore si diffonde sulle mie guance. "Se ti riferisci a relazioni precedenti, non c'è molto da raccontare. Al liceo, ho avuto un paio di appuntamenti, ma all'università ero troppo impegnata con lo studio. Il mio piano era di iscrivermi a qualche app come Tinder, una volta diventata bibliotecaria." A quel punto, avrei avuto la mia GD, ma non ho intenzione di sollevare di nuovo l'argomento (specialmente, non quando lo champagne mi fa sentire come se volessi che Adrian si occupasse di quel particolare compito).

"Mi dispiace che non avrai la possibilità di uscire con qualcuno per i prossimi tre anni" dice, ma non sembra davvero dispiaciuto.

Semmai, nei suoi occhi d'argento, c'è un luccichio quasi soddisfatto.

Mi acciglio, poi decido che me lo sto solo immaginando. "Non fa niente. Iscrivermi a Tinder non significa che incontrerei davvero qualcuno."

Lui rotea gli occhi. "Dovresti scacciare via gli uomini con un bastone. Fidati di me."

Sono di nuovo le bollicine dello champagne o ho delle farfalle ubriache nello stomaco?

"Raccontami un segreto imbarazzante" mi esorta.

Sorrido debolmente. "Intendi, a parte essere vergine?"

"Sì. Quello non è affatto imbarazzante."

"D'accordo" replico (e stento a credere che sto per ammetterlo). "Spesso, penso a me stessa in terza persona, dove interpreto il ruolo di una gentildonna vittoriana di nome signorina Miller." Lui sta già sorridendo, ma io continuo. "Inoltre, mi vesto sempre da signorina Miller ad Halloween e ho più corsetti di una dominatrice."

Il suo sorriso diventa diabolico. "Solo ad Halloween? Sii sincera."

Il mio viso è talmente accaldato che dev'essere di una tonalità di rosa che solo le api possono vedere.

"Qualche volta, mi vesto così semplicemente per tirarmi su di morale."

I suoi occhi si socchiudono. "Dopo che ti sarai trasferita da me, domani, potrai passeggiare per il mio appartamento in cosplay ogni volta che vorrai. Anzi, ti pagherò un milione di dollari in più se lo farai."

"Oddio! Mi ero completamente dimenticata del trasloco."

Lui sventola la mano come per liquidare l'argomento. "Ho assunto i migliori traslocatori che il denaro possa comprare. Si occuperanno di tutto loro. Non devi preoccuparti."

Eh, no. Non è la logistica del trasloco a preoccuparmi. È abitare con un uomo che trasuda sesso da tutti i pori.

"Credo che tu stia cercando di ingannarmi" dico per cambiare argomento e passare a qualcosa che mi faccia arrossire di meno. "Io ti ho raccontato il mio segreto imbarazzante. Ora, tu devi rivelarmi il tuo."

"Giusto" concorda. "Ma, prima, devo ricordarti l'accordo di riservatezza."

Mi mordo il labbro. "Lo fai sembrare succoso."

Lui prende fiato, poi spara: "Non so nuotare."

Aspetto una sorta di battuta, ma non arriva. "Non sai nuotare?"

"So come si fa. Solo che non ci riesco."

"Non ha senso." Tracanno il mio drink, ma questo non fa altro che rendere più oscura l'intera questione.

La signorina Miller non crede che farsi confondere dallo

champagne possa migliorare le capacità di conversazione di una gentildonna.

Adrian si stringe nelle spalle. "I gatti sanno nuotare istintivamente, ma pochi gradiscono bagnarsi."

"Ma hai una stanza con la piscina in casa tua" gli ricordo. "O era una battuta?"

"Oh, ho davvero una piscina" conferma. "Però, da quando è successo l'incidente ai miei genitori, non entro in nessuna piscina né in nessun altro specchio d'acqua più grande di una vasca da bagno. Inoltre, non salgo sui materassini gonfiabili, sulle barche, sulle navi da crociera, sui traghetti, sulle anatre giganti... né su qualsiasi altra cosa che vada sull'acqua."

Stavo per prenderlo in giro senza pietà, ma, se questo ha a che fare con la morte dei suoi genitori, non sorriderò nemmeno.

"La piscina, adesso, è una vasca per le palline" prosegue. "Ma il nome della stanza è rimasto."

Ora sorrido. "Hai una vasca per le palline grande quanto una piscina?"

"È molto divertente, in realtà, e sono sicuro che Piper la apprezzerà quando sarà più grande."

Sento di nuovo quell'attrazione verso di lui. Credo sia il modo in cui i suoi occhi si sono illuminati quando ha pronunciato il nome della figlia. Deve sentire la stessa cosa anche lui, perché i suoi occhi scintillano e si scuriscono mentre si china verso di me.

Santi numi! Le nostre labbra sono vicine. Così vicine che sento il calore che proviene dalle sue.

E, poi, la maledetta musica riparte.

Adrian si riprende da qualsiasi incantesimo ci avesse colpito e si raddrizza. "Sembra che le donazioni siano terminate. Ti va di ballare?"

Mi va, ma non dovrei. Questo sembra già fin troppo un appuntamento. Se balliamo ancora, il mio cuore si confonderà ancora di più.

Mi scosto da Adrian sul divano. "È meglio che vada a casa, così potrò farmi una bella dormita. Prima del trasloco e tutto il resto."

"Ah. Naturalmente. Ti accompagno subito."

Dovrei essere lusingata da quanto sembra deluso?

"Può portarmi la limousine" dico, sentendomi una codarda. "Non c'è motivo per cui tu debba venire personalmente fino a Staten Island e ritorno."

Il suo volto è difficile da leggere. "Se è questo che vuoi."

"Sì" mento.

Alzandosi, mi porge di nuovo il gomito e ci incamminiamo verso l'auto. Man mano che ci avviciniamo, il mio battito cardiaco sale alle stelle. La serata è stata così simile a un appuntamento che, se lui cercasse di baciarmi alla fine, non mi sorprenderebbe affatto. Mi farebbe venire le palpitazioni, ma non mi sorprenderebbe.

Adrian mi apre la portiera. "Fa' buon viaggio."

Si sporge verso di me.

Per poco non mi viene un infarto.

Mi dà un bacio sulla fronte, perché è ovvio.

Salgo in macchina, con le guance così calde che ci si potrebbe friggere sopra un'omelette.

Durante il tragitto verso casa, ripenso a tutto quello che è successo da quando ho conosciuto Adrian e mi sembra un sogno.

Domani mi trasferirò da lui. È difficile anche solo pensarci, ma ci provo, per tutta la corsa in auto.

Quando entro in casa, la mamma e Mary pretendono tutti i dettagli, così glieli racconto e, quando ho finito, comincio a sbadigliare.

"Andate a dormire" ci dice la mamma, quando Mary fa coincidere il mio sbadiglio con uno dei suoi.

Buona idea. Eseguo tutti i miei rituali serali e mi metto a letto… e, a quel punto, addormentarmi diventa impossibile.

D'accordo. Pare che io sia troppo nervosa e che abbia troppi pensieri che vorticano intorno ad Adrian nella mia mente indaffarata.

E sia! Comincio un nuovo romanzo, che mi tiene occupata fino a quando arrivo alla scena molto piccante in cui il duca dissoluto strappa il corpetto all'eroina.

Chiudo il libro.

Ho un'idea su come farmi venire sonno e scaricare un po' della tensione che Adrian mi ha causato.

La signorina Miller è in grado di prevedere ciò che sta per accadere e deve prendere i sali come profilassi.

Ebbene, sì. Solo perché sono vergine non significa che non mi masturbi, il che è esattamente ciò che mi serve se voglio dormire un po' stanotte.

Allungo la mano sotto la coperta, comincio a sfiorarmi il clitoride con le dita e, mentre lo faccio, immagino Adrian come il duca del libro e me stessa come la gentildonna senza corpetto.

Boom! L'orgasmo esplode come il tappo di una bottiglia di champagne ben agitata.

Finalmente soddisfatta, mi addormento e Adrian mi appare in sogno, nudo e duro. Naturalmente, mi deflora e c'è solo una parola che può descrivere l'atto: *Grande.*

CAPITOLO 22

Adrian

Mi sveglio con un unico pensiero in testa: Jane si trasferirà qui, tra poche ore.

Insieme alla mia signora delle pulizie, mi assicuro che la casa sia immacolata, in particolare la più grande delle camere degli ospiti, d'ora in poi nota come la camera di Jane.

I tuoi traslocatori sono arrivati, mi informa Jane per messaggio. *Li hai pagati di più per assicurarti che io non alzassi un dito? Perché non l'ho fatto.*

Sorrido.

No, ma ora li pagherò di più. Mi piace l'idea che il trasloco sarà facile per te.

Ci scriviamo così per tutta la durata del trasloco e, poi, i traslocatori arrivano nel mio appartamento come una piaga di cavallette molto educate e diligenti.

Non solo portano dentro le cose di Jane, ma le chiedono anche dove vuole che siano disposte e, poi, fanno come lei dice in un modo così ordinato che persino Marie Kondo approverebbe.

"Bene" dico a Jane quando l'invasione è finita. "Voglio darti ufficialmente il benvenuto nella mia umile dimora."

Lei si guarda intorno nella sua nuova stanza, che è grande all'incirca quanto la sua casa a Staten Island. "Umile. Certo."

Leo entra e inizia ad annusare le cose di Jane.

"Vedi?" chiedo con la sua voce. "Quando ho fatto cadere a terra la signora dal buon profumo, sapevo il fatto mio."

Jane ridacchia e arruffa il pelo di Leo.

"Ti faccio fare un giro" le dico. "Credo che tu non sia entrata nella maggior parte delle stanze durante la visita precedente."

Lei accetta e io la porto in tutte le stanze, l'ultima delle quali è quella della piscina/vasca delle palline.

"È esattamente come l'avevo immaginata" commenta lei dopo aver esaminato il milione di palline multicolori. "E si sente ancora un po' l'odore del cloro."

Stringo gli occhi su Leo. "Qualcuno sbava eccessivamente sulle palline quando gioca nella vasca, perciò gli addetti alle pulizie sono costretti a usare il cloro per disinfettarla, di tanto in tanto."

Non so cosa Leo pensi che io abbia appena detto, ma, per qualche motivo, si precipita su di me, scodinzolando follemente.

Non mi interessa quello che dici, sei il migliore. E hai un buon profumo. E...

Dannazione! Sono sull'orlo della piscina e agito le braccia come uno spaventapasseri in un uragano, pregando che questo mi aiuti a ritrovare l'equilibrio.

Jane si protende verso di me e mi afferra la mano.

No. Tutto ciò che ottiene è di cadere giù insieme a me.

Plop!

La caduta non fa male, naturalmente. Anzi, è divertente (soprattutto la parte in cui Jane finisce sopra di me, con il respiro affannoso e gli occhi selvaggi).

"Mi dispiace tanto" le dico, appena riprendo fiato.

"A me no" replica, poi rotola via da me e si tuffa tra le palline.

Sorridendo, mi tuffo anch'io e Leo salta giù dopo di noi.

I dieci minuti seguenti sono il genere di divertimento che si può avere solo durante l'infanzia. Ridiamo così tanto che mi fa male la mascella e a Jane cola il mascara per le lacrime di felicità. Per Leo, questo è un normale lunedì, ovviamente.

"Non appena Piper sarà abbastanza grande, dovrai lasciarglielo fare" mi dice Jane, dopo che usciamo dalla vasca e andiamo a riposarci sulle vicine sedie a sdraio.

"Sicuramente" rispondo, ma provo una fitta d'ansia nel ricordare che potrei perdere la battaglia per l'affidamento e non avere mai la possibilità di giocare con Piper, né qui né altrove.

Leo esce dalla vasca con in bocca una pallina gialla (il suo colore preferito).

"Anche a me piace giocare con Piper" dice il cane.

"E annusarla. E leccarla. È superiore ad Adrian in tutto e per tutto."

Jane ridacchia e poi il suo stomaco brontola, al che lei reagisce diventando più rossa di tutte le palline nella vasca.

"Scusa" mi dice. "Suppongo di avere un certo languorino."

La porto in cucina e le servo un panino alla polpa di granchio con quelli che sostengo essere degli avanzi. In realtà, ho preparato tutto fresco per lei oggi.

Quando ne mangia un boccone, rovescia gli occhi all'indietro (il che provoca un'agitazione nella mia regione di Yoda, perché, probabilmente, quella è l'espressione da orgasmo di Jane).

Yoda non si sente meglio quando lei deglutisce.

Né quando dà un altro morso.

E un altro ancora.

Persino quando beve un sorso d'acqua, lo fa sembrare in qualche modo erotico.

"Allora" esordisce, quando il panino è finito. "Cosa farai oggi?"

Ah. Giusto. Tornare al quotidiano è un buon modo per calmare la mia libido.

Spero.

"Piper verrà in visita domani" rispondo. "Quindi, pensavo di sistemare altre decorazioni nella sua cameretta."

Jane stringe gli occhi in modo teatrale. "Non mi hai mostrato la cameretta."

"È un appartamento grande" dico, facendo del mio

meglio per non sembrare troppo colpevole. La verità è che, tra tutti i miei progetti recenti, quello su cui mi sento più insicuro è la cameretta. Io sono un uomo e Piper è la mia prima figlia; quindi, cosa ne so di come si prepara una stanza per un neonato in generale, figuriamoci per una bambina?

Jane balza in piedi. "Mostramela! Subito."

CAPITOLO 23

Jane

Quando entriamo nella cameretta, lo stupore mi fa dimenticare per un attimo di respirare.

La stanza è magnifica in un modo carino, adorabile ed esagerato.

Invece di un soffitto normale, c'è una cupola che ricorda un planetario, con luna e stelle che sembrano più realistiche di qualsiasi cosa si possa vedere nel cielo di New York. Ci sono anche dei pianeti che volano e sembrano così tridimensionali da indurmi a chiedere ad Adrian se siano ologrammi.

"Sono repliche di carta appese a fili sottilissimi" spiega. "Ho creato un sistema di carrucole meccaniche in modo che si muovano proprio come nella realtà."

"Ovviamente" commento, mentre mi guardo intorno a bocca aperta ancora un po'. La parete sud della stanza è ricoperta di farfalle dall'aspetto realistico, di ogni specie e colore immaginabile. Ah, e stanno sbattendo le ali, naturalmente. Analogamente, la parete nord pullula di uccelli, la parete ovest di animali (con effetti sonori) e la parete est è piena di fiori, più di un giardino botanico.

"Come?" chiedo, indicando le pareti.

"Schermi di alta gamma" risponde Adrian. "Ho fatto brevettare alcune delle invenzioni di questa stanza, in modo che altri genitori potranno fare la stessa cosa, tra qualche anno."

"Wow!" Scruto un oggetto elegantemente futuristico nell'angolo. "Quella è la culla?"

Lui annuisce. "È *smart*, quindi tiene traccia di tutti i suoi parametri vitali e regola cose come la temperatura della stanza e la rigidità del materasso per il suo massimo comfort. Inoltre, la cullerà automaticamente per farla riaddormentare non appena inizierà a svegliarsi di notte."

Non ho mai visto una manifestazione fisica di amore paterno così palese.

"Piper è una bambina fortunata" commento con riverenza.

Adrian si volta verso di me, con gli occhi che brillano. "Lo pensi davvero? Mi sento in colpa per il fatto che dovrà rimbalzare tra me e Sydney."

"È una bambina" dico. "Per lei, potrebbe essere un'avventura divertente passare del tempo un po' qua e un po' là. Da piccola, io adoravo andare dai miei nonni. Questo sarà simile."

"Spero che tu abbia ragione" dice.

"Le piacerà venire qui" affermo con tono fiducioso. "Basta guardarsi intorno."

Lui lo fa e i suoi occhi si illuminano. "Mi è appena venuta un'idea. Aggiungerò delle stelle cadenti nel cielo, così Piper potrà esprimere un desiderio."

Sorrido. "Perché non vai a occupartene? Nel frattempo, io mi sistemerò nella mia stanza."

"Ottima idea" replica e si precipita via.

Scruto di nuovo la cameretta, sospiro con stupore e mi avvio verso la mia stanza.

Durante il tragitto, noto la porta di una stanza che Adrian non mi ha mostrato.

Sbircio all'interno.

Ah. È la sua camera da letto.

Quanto sbagliato sarebbe se entrassi, dessi un'occhiata dentro i cassetti e (anche se non so perché) annusassi il suo cuscino?

La signorina Miller ritiene che questa domanda, auspicabilmente retorica, sia discutibile per molti motivi, di cui la morale è solo l'apice.

Il mio telefono squilla.

È Mary.

"Ciao, sorellina" la saluto.

Rinunciando ai convenevoli, Mary mi assale le orecchie con una valanga di domande, di cui colgo solo: "Quanto ti piace la sua casa? È fantastica? Hai disfatto tutti i tuoi bagagli?"

"Rallenta" le dico e comincio a rispondere meglio che posso. Non appena riesco a rispondere a qualche domanda, Mary ne produce un'altra raffica.

A metà di tutto questo, ricevo un'altra telefonata.

È la mamma.

"Ehi" dico a Mary. "Ti richiamo tra poco."

Quando rispondo alla telefonata della mamma, lei mi pone quasi le stesse domande, ma con più allusioni; o, almeno, presumo sia per questo che mi chiede: "Quanto *grande* è?"

"Mettimi in vivavoce, così non dovrò ripetere tutto per Mary" brontolo.

"Non sono vicino a lei in questo momento" replica la mamma.

Roteo gli occhi. "Allora, non puoi aspettare finché lo sarai?"

"Non esiste" risponde la mamma. "Sputa il rospo, adesso!"

E sia. Accetto l'interrogatorio. Non appena riattacco, il telefono squilla di nuovo.

Dev'essere Mary. Mi ero dimenticata di richiamarla. Infastidita oltre ogni misura, accetto la telefonata e, con il mio tono più irriverente, dico: "Se continui così, crescendo, diventerai una pettegola ancora più grande di tua madre."

Una persona la cui voce non assomiglia affatto a quella di Mary si schiarisce la gola all'altro capo della linea. "Mia madre è deceduta e, purtroppo, ho smesso di crescere da parecchi anni, ormai."

Oh, merda!

Perché questa voce mi è familiare?

"Ora" continua l'interlocutrice, "ho sbagliato numero o pensava che fossi qualcun altro?"

Finalmente riconosco chi sta parlando e i miei piedi si congelano sul pavimento. "Signora Corsica?" Alias: la donna di quello spettacolo dell'orrore che è stato il mio colloquio in biblioteca?

"Ah, allora parlo *davvero* con Jane Miller" afferma la signora Corsica con un tono gelido (che si adatta perfettamente alla temperatura dei miei piedi).

"Mi rincresce tanto" dico. "Pensavo che fosse mia sorella minore e ho accettato la telefonata senza verificare."

"Capisco" replica lei, con un tono nient'affatto più caloroso. "Questo spiegherebbe ciò che ha detto, ammesso che sua madre *sia* una pettegola."

"Di nuovo, mi dispiace" ripeto, mentre una domanda mi vortica nel cervello: perché mai la signora Corsica mi sta chiamando?

La spiegazione può essere una sola. Nonostante la mia pessima performance al colloquio, voleva offrirmi il lavoro dei miei sogni, in fin dei conti. Voleva (tempo passato) perché, dopo quello che ho appena detto, l'offerta dev'essere saltata.

"Anche la mia defunta madre era una pettegola" afferma la signora Corsica, sconvolgendomi. "Molto prima di Facebook, se volevo un aggiornamento su qualcuno, mi bastava chiedere a lei. Conosceva sempre lo stato delle ultime relazioni di tutti e altre notizie succose."

Mi allontano il telefono dall'orecchio per assicurarmi che non si tratti di uno scherzo. No. La biblioteca è indicata come chiamante, il che significa che la regina del ghiaccio in persona ha appena condiviso un dettaglio personale con me.

"Deve sentire la sua mancanza" dico con cautela.

"Molto" afferma la signora Corsica, con un tono di appena un grado superiore al congelamento. "Comunque…" Si schiarisce la gola ancora una volta. "Torniamo al motivo della mia telefonata."

Oso sperare? Dopo tutto questo?

"Abbiamo valutato attentamente la sua candidatura" afferma la signora Corsica rigidamente. "E abbiamo deciso di farle un'offerta di lavoro."

So che probabilmente sto rischiando il posto ancora una volta, ma strillo come un'adolescente quando vede il suo idolo delle boy band.

La signora Corsica sospira burberamente. "Il suo entusiasmo per il ruolo è stato uno dei fattori decisivi. Tuttavia, la prego di tenere presente che, di fronte al pubblico, ci si aspetta che lei agisca con decoro e compostezza."

La signora Corsica sarebbe la chaperon ideale per la signorina Miller, o per qualsiasi giovane donna di buona educazione e di carattere garbato.

Raddrizzo la schiena e mi mordo la lingua per evitare altri strilli. "Naturalmente. Il decoro sarà il mio motto. E anche la compostezza."

"Bene" replica lei. "Quando può iniziare?"

"Domani" sbotto, emozionata. Con un tono molto più calmo, aggiungo: "O quando va meglio per lei."

"Domani va bene" dice. "Ora, parliamo di cifre."

"Certo."

Lei nomina uno stipendio e io faccio una cosa che tutti i manuali di auto-aiuto sulla ricerca di lavoro *non* raccomandano: accetto l'offerta al volo. E perché no? Grazie al mio finto matrimonio imminente, non dovrò preoccuparmi di pagare le bollette.

"Sono lieta che abbiamo trovato un accordo reciprocamente accettabile" afferma la signora Corsica. "Si presenti domani per il suo primo giorno e potrà firmare tutti i documenti."

"Ci sarò." Anche se la signora Corsica non può vedermi, le rivolgo il saluto militare, come un soldato farebbe con un generale.

"Ah, so che, a questo punto, è ovvio, ma ricordi che la puntualità è estremamente importante per il lavoro" aggiunge la signora Corsica. "Così come avere un aspetto presentabile."

"Arriverò in anticipo" prometto solennemente. "E mi porterò un cambio di vestiti, nel caso in cui un altro cane mi spinga nel fango."

"È possibile che *non* mi farà pentire di questa decisione" dichiara la signora Corsica. "A domani."

Sentendo il segnale di fine chiamata, mi domando quale gran complimento debba essere che la signora Corsica affermi che potrebbe *non* pentirsi di avermi assunta.

Quando proviene da una vecchia befana come quella, la signorina Miller lo considera un grande elogio.

In preda all'euforia, lascio che i miei piedi mi conducano in cucina, dove mi imbatto in Leo, che sta bevendo dell'acqua dalla sua ciotola.

"Ho ottenuto il lavoro" dico al cane. "Riesci a crederci?"

Leo inclina la testa e scodinzola.

"Dov'è Adrian? O pensi a lui come a *papà*?"

Leo drizza le orecchie e corre fuori dalla cucina. Lo seguo. Quando raggiungiamo l'ascensore, osservo con aria affascinata mentre il cane schiaccia il pulsante con la sua zampa pelosa.

Ah! Questa creatura simile a una pecora è più intelligente di quanto immaginassi.

Quando arriva l'ascensore, Leo balza dentro e preme il pulsante per gli studi di Adrian.

Davvero intelligente!

Non appena arriviamo a destinazione, Leo scodinzola e sfreccia lungo il corridoio. Mi affretto a seguirlo. Ben presto, raggiungiamo la stanza dove Adrian sta lavorando a qualcosa.

"Scusa l'interruzione" gli dico, quando lui si toglie le cuffie.

"Avevo quasi finito" replica. "Cos'è successo? Sei raggiante."

"Ho ottenuto il lavoro" dico di botto. Poi, travolta dalle emozioni positive, corro dal mio futuro marito e gli do un bacio sulla guancia.

Adrian si tiene la guancia come se gliel'avessi bruciata o schiaffeggiata. "Quale lavoro?"

Accidenti! Non avrei dovuto invadere il suo spazio personale in quel modo.

"Ho ricevuto una telefonata dalla biblioteca" spiego,

con la faccia indubbiamente rossa. "E mi hanno fatto un'offerta."

Lui aggrotta la fronte. "Il lavoro che Leo ti avrebbe rovinato?"

Arruffo il pelo sulla testa del cane. "Credo che non l'abbia rovinato, dopotutto. Mi dispiace."

Il cipiglio di Adrian si trasforma in un sorriso. "È meraviglioso!"

"Lo so, vero?" Resisto all'impulso di dargli un altro bacio (o di più).

"Dobbiamo festeggiare" afferma Adrian.

Annuisco. "Certo. Ma non troppo: domani è il mio primo giorno."

Lui mostra i denti bianchi con un sorriso. "Faremo tutto quello che vuoi."

Oh, le immagini! In un lampo, ci vedo festeggiare a letto, con le candele tutt'intorno e lui che realizza ogni mia fantasia.

Adrian inclina la testa in un modo che assomiglia vagamente a Leo. "Hai qualcosa di specifico in mente, vero?"

"Sì." La mia faccia, ora, sembra come se una delle candele immaginarie le avesse dato fuoco.

Adrian ha un'aria particolarmente maliziosa quando mi chiede: "Cosa ti piacerebbe fare?"

"*Bridgerton*" rispondo.

Ovviamente, non esiste che gli riveli quello che ho appena capito di volere veramente: voglio che lui mi aiuti a sbarazzarmi della mia verginità.

In particolare, voglio che sia lui a eseguire la GD.

CAPITOLO 24
Adrian

"**B**ridgerton?" fisso Jane con aria confusa.

"Sì."

"Ma... in che senso?" Ricordo la sua ammissione di possedere e indossare corsetti, con grande sgomento di Yoda.

"Voglio guardarlo" chiarisce.

"Vuoi guardare Netflix" scandisco lentamente, "per festeggiare?"

Dato che è vergine, dubito che conosca il doppio senso di "rilassarsi davanti a Netflix"... figuriamoci sceglierlo come metodo di celebrazione.

Lei si mette le mani sui fianchi. "Perché no?"

"Perché l'hai già visto?" E perché c'è un'infinità di attività più celebrative, come mangiare una torta, un'aragosta... o la dolce fica di Jane.

"Ho visto la seconda stagione solo quattro volte" ribatte lei. "Per raggiungere la prima stagione, dovrei guardarla altre cinque volte."

Mi gratto la testa. "Se è questo che vuoi. Apriamo una bottiglia di vino?"

Credo di avere l'annata giusta per un'occasione così speciale.

"Il vino sarebbe gradito" risponde. "E, magari, un piatto di formaggi."

"Te ne preparo uno" dico. "Solo che, al momento, non ho formaggi di latte vaccino."

"Ah no? Da quali animali provengono i tuoi formaggi?"

"Asina, alce e bufala d'acqua. Tutti gustosi."

"Oh, certo. Sembrano tutti *molto* appetitosi." Lancia un'occhiata a Leo. "E il formaggio di pecora?"

"Intendi la feta?"

Lei mi guarda sbattendo le palpebre. "È fatta con latte di pecora?"

Annuisco. "Le migliori qualità hanno il settanta per cento di latte di pecora e il resto di capra."

Fa una smorfia. "Mi chiedo chi abbia avuto l'idea di mungere animali a caso per poi berne il latte."

Sorrido. "Non dimenticare il fatto di aspettare che il latte si cagli, nel caso del formaggio. Sembra ancora più folle."

Sorride. "Scommetto che era qualcuno come te."

"Lo prenderò come un complimento" replico, anche se non sono sicuro che dovrei. "Andiamo."

Passiamo dalla cantina dei vini e prendiamo la bottiglia che avevo in mente.

"Romanée-Conti" legge Jane dall'etichetta. "È costoso?"

"Non per me" rispondo, sventolando la mano, e mi dirigo verso il frigorifero.

A quanto pare, siamo fortunati. Non solo individuo i formaggi che ho menzionato, ma ho anche un pezzetto di formaggio vaccino di Pearl Hyman, una talentuosa casara locale.

Ci sistemiamo sul divano, con i bicchieri di vino in mano, e accendo la TV.

Jane beve un sorso di vino e sussulta. "È buonissimo! Come fa ad essere così buono?"

"Assaggia i formaggi." Oppure no. Se quel sussulto sexy continuerà, Yoda potrebbe perdere il controllo.

Lei prende con delicatezza un pezzo di formaggio, poi geme di piacere (come temevo).

"Wow!" esclama. "Non mi interessa se hanno dovuto mungere i topi della metropolitana per prepararlo. È delizioso."

Assaggia un formaggio diverso e geme anche per quello.

Un turbamento per Yoda, quel gemito è.

Per reprimerlo, avvio la serie TV.

Non è d'aiuto. Durante la prima metà del primo episodio, il piacere di Jane per il vino e il formaggio mi tiene in un costante stato di eccitazione. Una volta che il cibo è finito, non ho comunque tregua. Lei mi si avvicina, tanto che riesco a sentire il suo profumo, e poi si infila i piedini sotto il sedere formoso.

Ah, ho citato il fatto che si inumidisce le labbra ogni volta che c'è un bacio sullo schermo? E quanto è calda la sua spalla delicata quando tocca la mia?

Quando non ce la faccio più a sopportare un altro minuto, metto in pausa la serie. "Si sta facendo tardi."

Ancora rannicchiata contro di me, Jane gira la testa e persino i suoi occhi sembrano sexy, con le pupille dilatate e le palpebre pesanti. "In effetti, *devo* svegliarmi presto per il mio primo giorno di lavoro."

"Così si fa" confermo e, prima di fare qualcosa di cui poi mi pentirei, balzo in piedi: un errore, considerando Yoda.

Se Jane si accorge che i miei pantaloni si tendono, non lo dà a vedere. Invece, mi augura la buona notte e se ne va, ondeggiando i fianchi in modo pazzesco.

Conto fino a quattro, poi corro in camera mia, dove do una vigorosa grattata dietro le orecchie a Yoda.

CAPITOLO 25
Jane

Nei romanzi storici, a volte, le eroine sentono una pulsazione nel bassoventre, che ho sempre pensato fosse un modo estroso per dire "eccitata." Stasera, su quel divano, è esattamente quello che mi è successo. Oltre a questo, sentivo il seno dolente e un vuoto attanagliante nelle parti intime.

Alla fine del primo episodio, ho quasi implorato Adrian di darmi la mia GD, ma, ovviamente, non ho avuto il coraggio di farlo.

Tuttavia, c'è sempre domani. O il giorno dopo.

Tutto quello che so è che Adrian sembra un uomo esperto in quel campo e io ho sempre sognato di avere un orgasmo durante la mia prima volta, cosa probabilmente difficile a causa del dolore e del disagio solitamente associati all'atto. Suppongo che, dato che ricorderò Adrian per il resto della mia vita come l'uomo che mi ha dato la sicurezza economica, perché non ricordarlo anche come l'uomo che mi ha deflorata?

Scommetto che sarà un ricordo che custodirò gelosamente.

Più ci penso, meno l'idea mi sembra folle.

Eccitata e inquieta in egual misura, vado a dormire. Naturalmente, il sonno non arriva. Tra il nuovo letto, il nuovo lavoro e Adrian, sono completamente in preda all'adrenalina.

Per questo, devo auto-procurarmi tre orgasmi per avere la minima possibilità di dormire.

Saltello come una bambina durante il tragitto verso il lavoro, che consiste in una passeggiata di cinque minuti, grazie al mio nuovo domicilio. Se venissi da Staten Island, sarebbe un calvario di due ore con un autobus, un traghetto e un paio di treni.

Con mio grande stupore, la signora Corsica sorride quando mi saluta. Certo, è solo per un millisecondo e solo con gli angoli degli occhi, ma è comunque un miracolo.

Mi fa iniziare con un po' di noiosa burocrazia, ma, quando ho finito, la mia prima giornata di lavoro prosegue in modo così meraviglioso che quasi vorrei darmi un pizzicotto. Soprattutto, quando la signora Corsica mi chiede di mettere in ordine la collezione di romanzi storici che mi ha fatta interessare a questa particolare biblioteca.

Mentre la mia giornata lavorativa volge al termine, quasi non voglio andarmene.

Quando dovrei staccare?

Aspetto che tutti gli altri siano usciti prima di dirigermi verso l'ufficio della signora Corsica, dove la porta è attualmente socchiusa.

Lei è concentrata sullo schermo del suo computer.

Probabilmente, non è un buon momento.

Mi volto per andarmene, ma lei si schiarisce la gola.

"Salve" la saluto con tono colpevolmente, voltandomi. "Mi chiedevo… c'è qualcos'altro che devo fare?"

"No. Puoi andare a casa. Bel lavoro."

Non mi limito semplicemente ad andare a casa, ma ci vado fluttuando, sostenuta da quel "bel lavoro."

Quando entro nell'attico di Adrian (correzione: il *nostro* attico, temporaneamente), mi ricordo che oggi incontrerò Piper per la prima volta. Questo significa che, probabilmente, non dovrei chiedere subito ad Adrian della mia GD.

I suoi doveri di padre sembrano più importanti.

"Ciao" mi saluta Adrian, girando l'angolo. "Com'è andata?"

"È stato fantastico" rispondo. "Dov'è Piper?"

Lui guarda il telefono. "Sydney è in ritardo, come al solito."

Si capisce che questo lo infastidisca molto più di quanto lasci intendere.

Poverino.

Per distrarlo, gli propongo di cenare insieme e, una volta seduti al tavolo della cucina, gli parlo del mio nuovo lavoro.

"E tu?" gli chiedo, infilandomi in bocca l'ultima capasanta. "Cos'hai combinato oggi?"

"Ho iniziato a rendere alcune stanze sicure per la bambina" risponde e guarda di nuovo il telefono.

Sorrido. "Piper ha già iniziato a gattonare?"

"Non ancora, ma volevo prepararmi per tempo."

Il telefono di Adrian squilla. Lui lo controlla e sembra sollevato. "Sydney mi ha appena mandato un messaggio" spiega. "Sono arrivate."

Si precipita verso l'ascensore e io non so se dovrei seguirlo, ma Leo mi spinge come farebbe con una pecora, quindi non ho scelta.

Quando arriviamo a destinazione, Sydney sta sorridendo ad Adrian in modo civettuolo. Quando mi vede, i suoi occhi si restringono e le sue labbra si piegano in un broncio.

"Cosa ci fa lei qui?" chiede.

Adrian sospira. "Ne abbiamo già parlato. Jane è la mia fidanzata. Ovviamente, viviamo insieme."

Sydney stringe il manubrio del passeggino con tanta forza da farsi venire le nocche bianche. "Se starà vicino a mia figlia, devo fare un controllo dei suoi precedenti."

"*Nostra* figlia" la corregge Adrian, tirando fuori il telefono e digitando qualcosa. Tornando a guardare Sydney, le dice: "Ho fatto un controllo su Jane dopo che il nostro rapporto è diventato serio. I risultati sono nella tua casella di posta. C'è altro?"

Sydney legge quello che Adrian le ha inviato e borbotta qualcosa a proposito di svolgere le sue indagini personali non appena ne avrà l'occasione, ma le sue mani allentano la presa sul manubrio.

"Ecco, tieni." Si toglie uno zaino e lo porge ad Adrian in modo che le loro dita si sfiorino.

I controlli dei precedenti menzionano qualcosa sugli impulsi omicidi che, a volte, si hanno quando la mamma di una bambina tocca il proprio finto fidanzato?

"C'è una dose di latte materno qui dentro" spiega Sydney. "Scaldalo a 36,6 gradi esatti e assicurati che non bolla."

Per la prima volta, la facciata fredda di Adrian si incrina. "Non preoccuparti, Syd" le dice con tono rassicurante. "Piper è stata bene con me l'ultima volta e starà bene anche oggi. So quello che faccio. Ho letto tutti i libri e seguito tutti i corsi. Rilassati."

Gli occhi di Sydney diventano gelidi. "Non dirmi come dovrei sentirmi. Tu non sei una madre. Non hai idea di cosa significhi separarsi dalla propria bambina."

La mascella di Adrian si contrae. "Ho un'attrezzatura da laboratorio per il latte che lo riscalda a 36,6 gradi, esattamente la normale temperatura corporea. Vuoi ispezionarla? Testarla?"

"No" risponde lei. "Ma promettimi che mi chiamerai se dovesse succedere qualcosa."

"Non succederà niente" replica Adrian. "Ma, se dovesse succedere qualcosa, sarai la prima a saperlo."

"Ciao, tesorino" dice Sydney verso il passeggino con una tenerezza tale che la perdono per la cattiveria di prima... ma non per aver toccato Adrian. Non sono una santa!

Una parte di me temeva che Sydney vedesse questa bambina solo come un mezzo per intrappolare Adrian. Ora, mi sembra che, malgrado quello fosse stato il punto di partenza, lei ami la figlia come una madre dovrebbe.

Quando Sydney alza gli occhi dal passeggino, il suo sguardo è di nuovo gelido. "Ciao" dice ad Adrian. Non si degna di salutare me, ma non fa niente.

Girando i tacchi, entra nell'ascensore.

Non appena le porte si chiudono dietro di lei, Adrian si rilassa visibilmente. Si avvicina al passeggino e, quando posa gli occhi su Piper, l'espressione sul suo volto è al limite dell'adorazione.

Stavolta, non sono gelosa della bambina. Sono felice che abbia così tanto amore nella sua vita.

Inoltre, sono molto curiosa, perciò mi avvicino in punta di piedi e le do una sbirciatina da sopra la spalla di Adrian.

"Non è stupenda?" sussurra lui.

"Oh, direi proprio di sì." Sorrido alle guance paffute in mostra. "È il tipo di bellezza che usano nelle pubblicità dei pannolini e del latte artificiale."

"La porto nella sua cameretta" sussurra Adrian e spinge lentamente il passeggino.

Appena entriamo nella cameretta, Piper apre gli occhi e inizia ad agitarsi.

"Va tutto bene" canticchia Adrian. "Papà è qui."

Sento una pressione nel petto e gli occhi mi lacrimano improvvisamente.

Nel frattempo, Adrian tira fuori Piper dal passeggino e la fa dondolare da una parte all'altra, sussurrandole frasi rassicuranti.

Se sto ovulando, posso fare causa ai produttori della mia spirale?

"Ti va di tenerla in braccio?" mi propone Adrian, in un modo che mi ricorda quando Mary dice di essere disposta a condividere l'ultimo gelato al cioccolato.

"Solo per un attimo" rispondo e prendo delicatamente la piccola.

Perbacco! È così carina e ha un profumo così buono… Sento già che mi sto innamorando del suo fascino da bambina sdentata. Quanto assurdo è? L'unica altra volta in cui ho provato un sentimento così forte per una bambina è stato quando è nata mia sorella.

È come se una parte del mio cervello vedesse già Piper come una di famiglia. Forse, perché Adrian è il mio futuro marito. Il mio sesto senso ha frainteso i segnali e non ha capito che questo matrimonio non è reale.

Adrian prende il latte dallo zaino, lo scalda e lo porta qui.

Piper ricomincia ad agitarsi.

"Credo che voglia te" gli dico.

E chi può biasimarla, giusto?

"Io credo che voglia il latte" replica Adrian, riprendendosi la figlia con entusiasmo.

Con un tenero sorriso, bacia la guancia paffuta di Piper, che si tranquillizza immediatamente.

Ripeto: si può forse biasimarla? Inoltre, è possibile andare in overdose di adorabilità?

Adrian si siede sul dondolo vicino e accosta il biberon alle piccole labbra di Piper.

Sì, un'overdose di adorabilità è in arrivo, soprattutto quando lui aiuta la piccola a fare il ruttino.

"Puoi aiutarmi a farle il bagnetto?" mi chiede Adrian quando il pasto è finito.

"Certo." L'offerta mi gonfia il petto di un orgoglio tale da far pensare che mi abbia chiesto di aiutarlo a costruire un razzo per Marte.

Quando entriamo in bagno, Adrian si toglie la camicia.

La signorina Miller, di solito, non sopporta il linguaggio scurrile, ma... che diamine! Un gentiluomo non dovrebbe mettere così a dura prova l'autocontrollo di una gentildonna.

Ingoio una quantità eccessiva di saliva. Il torso cesellato di Adrian mi lascia ammutolita e incapace di manovrare macchinari pesanti, categoria in cui si spera non rientri una vasca da bagno per bambini.

"Mi piace tenerla pelle a pelle, prima del bagnetto" mi spiega lui, notando parte del mio turbamento. "Se preferisci aspettare finché..."

"No" riesco in qualche modo a rispondere. "Va benissimo." E con "benissimo" intendo che il mio utero sta attivamente cercando di capire come sputare fuori la spirale.

Con aria soddisfatta, Adrian culla il corpicino rosa di Piper contro il proprio petto duro.

È ufficiale: ora sì che capisco davvero il significato dei termini "perdere i sensi" e "crisi isterica." In effetti, mi ci vuole una considerevole forza di volontà per non soccombere a entrambe le condizioni contemporaneamente.

Quando Adrian è pronto per iniziare il bagnetto, mi sento le ginocchia traballanti e sono costretta a fare un respiro affannoso per riprendermi. Per la sicurezza di Piper, devo essere perfettamente vigile.

Il bagnetto ha inizio.

Si scopre che Adrian ha una speciale vasca di lusso per bambini, che eroga solo acqua purificata a una temperatura perfetta di trentasette gradi. Ciò facilita un po' il processo, così come il fatto che Adrian sia bravo in questo come in tutto il resto.

A proposito della sua bravura, è un brutto momento per chiedergli della mia GD?

Quando Piper è vestita e sdraiata nella culla, Adrian le chiede se vuole ascoltare una storia.

Potrebbe trattarsi della mia immaginazione, ma credo che lei sorrida in risposta. Sì. Lo sta facendo decisamente. Ci sono le fossette e tutto il resto.

Adrian inizia a leggere e diventa evidente che questa sia una storia che lui ha scritto appositamente per lei. Una storia meravigliosa, in effetti, che sicuramente le piacerà ancora di più quando sarà un po' più grande. Se assomiglia a com'era Mary alla stessa età, Adrian potrebbe anche leggerle un testo di contabilità e lei si divertirebbe altrettanto.

Ben presto, Piper si addormenta profondamente, così Adrian tira fuori il telefono e mi mima il gesto di attivare la modalità silenziosa.

Obbedisco e lui mi manda un messaggio.

Rimarrò qui per il resto della notte.

Indica il vicino letto per adulti, prima di aggiungere:

Sentiti pure libera di andare a fare le tue cose.

E se volessi guardarlo dormire? O dormire con lui?

Arrossendo, gli scrivo che, se avrà bisogno di me, sarò ad esplorare la sua biblioteca; poi esco.

Wow! Se qualcuno mi dicesse che Adrian ha speso cento milioni di dollari per rifornire questa biblioteca, non lo contraddirei. A una prima occhiata, individuo le prime edizioni de *L'ultimo dei Mohicani*, *Ragged Dick*, *Piccole donne* e *Furore*.

Purtroppo, la selezione di romanzi storici è negligentemente ridotta. Ci sono alcuni classici dei maggiori autori, tra cui la serie *Bridgerton,* che lui ha chiaramente acquistato dopo che ci siamo conosciuti.

Ma, ehi! È un inizio.

Sfoglio un romanzo che non ricordo di aver letto. Mi suona familiare, quindi devo averlo letto, in fin dei conti. È quello in cui il visconte scopre di essere un figlio illegittimo e, perciò, non può sposare l'eroina, anche se l'ha ingravidata.

Mentre vado a svolgere la mia routine serale, continuo a soffermarmi sull'idea di chiedere ad Adrian di occuparsi della mia GD. Forse è per questo che, quando mi addormento, sogno Adrian che fa proprio questo… e mi mette incinta, nonostante la mia spirale. Il suo sperma è così forte che uno spermatozoo agita persino la coda nella mia direzione.

La bambina risultante assomiglia molto a Piper, solo che è in grado di parlare fin dalla nascita e dice "Continua a nuotare" con la voce di Ellen DeGeneres.

"Questo significa che dovrei chiamarti Dori?" le chiedo.

Prima che lei possa rispondere, la sveglia mi sveglia.

CAPITOLO 26
Adrian

La visita di Piper è finita decisamente troppo presto e restituire la bambina a Sydney nel pomeriggio è una tortura. Vorrei che Jane fosse qui, ma è al lavoro.

Come se percepisse il mio stato d'animo, Leo entra in salotto trotterellando, salta sul divano e si accoccola vicino a me.

"Andrà molto meglio dopo l'udienza" gli dico. "Piper passerà metà del suo tempo qui."

Leo sbadiglia.

Piper ha un profumo persino migliore del bacon e io non faccio questo paragone alla leggera.

Lo abbraccio e gli do una grattatina dietro le orecchie, il che mi fa sentire un po' meglio.

Rimaniamo così per un po', prima che mi arrivi un messaggio da parte di Jane.

Tornerò a casa tra poco. Vuoi che mi fermi a prendere qualcosa lungo il tragitto?

Guardo Leo. "Ti va di fare una passeggiata?"

Gli occhi del cane brillano, eccitati. Salta giù dal divano e corre verso l'ascensore.

Scrivo a Jane che io e Leo le andremo incontro lungo la strada; poi, preparo abbastanza cibo per un piccolo picnic, mando un messaggio a un assistente affinché prepari il mio posto preferito nel parco ed esco di casa.

Come al solito, Leo marca il primo paio di alberi come se il destino del mondo dipendesse da questo. Da lì in poi, camminiamo spediti e raggiungiamo Jane proprio mentre sta uscendo dalla biblioteca.

"Ciao" ci saluta con un sorriso che mi risolleva l'umore e mi fa venire voglia di baciare le sue labbra dolcemente incurvate.

Leo scodinzola così forte che quasi mi aspetto che il suo didietro si sollevi dal marciapiede, in stile elicottero.

"Mi è mancato il tuo odore delizioso" dice a Jane.

Lei inclina la testa. "È un suggerimento? Dovrei usare più deodorante?"

Sorrido. "Hai fame?" Le mostro il cestino.

"Un picnic?!" esclama. "È molto vittoriano! Mi piace l'idea."

Il mio umore migliora ulteriormente e le offro il braccio. "Andiamo. Conosco un posto fantastico."

Camminiamo con calma e Jane mi racconta la sua giornata. Quando mi chiede della mia, sento tornare un po' della malinconia di prima. "La visita è stata troppo breve" dico.

Jane mi stringe il gomito. "Piper ti manca terribilmente, vero?"

Annuisco.

"Beh, è una bambina speciale" afferma lei. "L'ho appena conosciuta e manca già anche a me. Infatti, se questo non fosse stato il mio secondo giorno di lavoro, sarei rimasta con voi."

"Non preoccuparti" le dico. "Ma, dato che hai menzionato quanto sei impegnata con il nuovo lavoro, volevo chiederti… Pensi di poterti assentare per un'ora a pranzo?"

"Credo di sì" risponde. "Per andare dove?"

"In municipio" rispondo. "Per ottenere una licenza di matrimonio, la coppia deve essere presente di persona."

Lei mi lascia il braccio e mi fissa con gli occhi spalancati. "È già ora di farlo?"

"Questo è solo per ottenere la licenza, che rimarrà valida per sessanta giorni" spiego. "Così, avremo un ampio margine di tempo per poter fare effettivamente il grande passo."

Sembra sopraffatta. "Quando vorresti farlo?"

"Penso che sia meglio farlo il prima possibile" rispondo con tono rassicurante. "Sto solo aspettando il parere dei miei avvocati e della società di pubbliche relazioni."

Lei rotea gli occhi. "Che romantico!"

La parola "romantico" fa scattare qualcosa nel cervello canino di Leo, che strappa il guinzaglio con tutte le sue forze, facendolo scivolare via dalla mia presa.

"Oh, no!" esclama Jane. "Qualcuno verrà buttato nel fango!"

Dannazione! Non di nuovo. Ho già una candidata a moglie; non ho bisogno che Leo me ne scelga un'altra.

Comincio a correre, ma il cane accelera.

"Fermo!" gli grido. "Seduto!"

O non mi sente o ignora i comandi.

Forse, dovrei investire in quei collari con le punte dall'aspetto disumano? Non se ne parla. Tuttavia, *potrei* assumere una squadra di accalappiacani (ammesso che esista) affinché possano camminare nelle vicinanze per intercettare Leo quando fa così.

Almeno, si sta dirigendo verso il luogo da me scelto per il picnic, ma molto più velocemente di quanto sia ragionevole.

"Dove sta andando?" Jane ansima da circa un metro di distanza.

Uhm. Ha tenuto il passo con noi? "Non ne ho idea" le rispondo da sopra la spalla.

Ben presto, però, mi viene un presentimento e la cosa non mi piace affatto.

In lontananza, c'è una signora che sta portando a spasso un barboncino femmina. O, almeno, presumo che sia una femmina, visto il collare rosa e il fiocco ancora più rosa. La cagna ha recentemente ricevuto uno di quei caratteristici tagli del pelo alla Pompadour che espongono il didietro e io sospetto fortemente che il suddetto didietro sia la destinazione di Leo. Non sto dicendo che una femmina con il sedere scoperto "se la vada a cercare" o cose del genere. Inoltre, Leo è probabilmente attratto dal suo odore, non dal suo aspetto.

"Leo, giù!" gli grido.

No.

Raggiunge la femmina, ignora le forti proteste della signora umana e dà una bella sniffata al didietro della barboncina di razza.

"Aiuto!" grida la signora.

Accelero perché la barboncina sembra "sbandierare" il suo interesse a Leo, o almeno presumo sia questo il motivo per cui gli sta mostrando il didietro in modo così palese.

Proprio quando Leo si prepara a montarla, arrivo sulla scena, afferro il guinzaglio e lo tiro via.

Lui mi lancia un'occhiata tradita, che sembra dire: "Amico, sei un guastafeste!"

Anche la barboncina mi guarda storto e il significato del suo sguardo è più o meno lo stesso di quello di Leo, ma in francese.

La femmina umana si stringe le perle (sì, le indossa davvero) e urla cose come "Atrocità" e "Cagnaccio malato" e "Lo castrerò personalmente!"

"Nessuno castrerà nessuno" dichiaro con fermezza. "Leo è molto dispiaciuto e lo sono anch'io."

Leo sembra effettivamente dispiaciuto… che io sia arrivato in tempo per fermarlo.

"Dispiaciuto?" grida la signora. "Ha quasi violentato la mia Sisi!"

Guardo Jane in cerca di aiuto. L'ultima cosa che voglio fare, come uomo, è trovare giustificazioni in materia di consenso sessuale, anche se stiamo parlando di cani.

Jane scruta la barboncina. "Credo che sia in calore."

"Come osi?" sbotta la signora.

"Vede che ha la coda arricciata di lato?" Jane indica l'appendice in questione. "Succedeva anche a Lassie, prima che venisse sterilizzata." Rivolgendosi a me, aggiunge: "Era il cane che avevamo quando ero piccola."

"Fa così con la coda, di tanto in tanto" afferma la signora con tono incerto. "Quando ha il ciclo."

"Che le viene all'incirca ogni sei mesi?" le chiede Jane.

Aggrottando la fronte, la signora annuisce.

"Sisi è sterilizzata?" continua Jane.

La signora solleva il mento. "È superiore a queste cose."

Posso dire che Jane sta facendo fatica a mantenere un'espressione di calma. "Anche se Sisi è superiore a queste cose, è in calore, il che significa che i suoi feromoni avranno effetto sui cani maschi con cui entrerà in contatto."

La signora tira il guinzaglio di Sisi. "Non resterò qui a continuare questa conversazione volgare." Detto ciò, si allontana, mentre Sisi si gira di tanto in tanto per lanciare occhiate vogliose a Leo (anche se quest'ultima parte potrebbe essere solo frutto della mia immaginazione).

Leo guaisce.

Per l'amore dei sederi nudi, solo un'annusata, per favore! Ti prego!

"Mi dispiace, amico" gli dico. "Forse, il burro di arachidi ti farà sentire meglio?"

I guaiti cessano.

Sorrido. "Se mai il diavolo volesse le anime dei cani, quella di Leo gli costerebbe un barattolo di burro di arachidi."

Jane sorride a sua volta. "Vale anche per la maggior parte degli altri cani."

Indico il mio posto preferito per i picnic. "Cosa ne pensi?"

Jane lo esamina. "Non è già apparecchiato per qualcuno?"

"Sì. Per noi" rispondo. "L'ho fatto preparare dalla mia assistente."

Jane si precipita verso la coperta con evidente entusiasmo, mentre io mi avvicino al palo nel terreno e lego accuratamente il guinzaglio di Leo (non vorrei doverlo inseguire di nuovo).

Una volta che il cane è legato, gli do il suo giocattolo preferito (che assomiglia a un plug anale cavo), con dentro del burro di arachidi congelato.

"Ora, tutti abbiamo qualcosa da sgranocchiare" dico a Jane, poi apro il cestino e tiro fuori il cibo per noi umani.

"Tramezzini al cetriolo?" esclama lei. "Hai anche il tè?"

"Cosa sono, un barbaro?" Tiro fuori un thermos e verso una tazza di tè a ciascuno.

Quando Jane lo assaggia, l'espressione beata sul suo volto mi fa lo stesso effetto che i feromoni della barboncina devono aver fatto a Leo, solo che io ho più autocontrollo.

Penso.

"Ci sono spezie in questo tè?" mi chiede Jane, leccandosi le labbra. "Come nel chai?"

Scuoto la testa, cercando di non pensare a cos'altro vorrei che quella lingua leccasse…

"E melassa?"

"No." La mia voce è leggermente roca.

"Che tipo di tè è, allora?"

Mi sforzo di ricordare. "Da Hong Pao, credo."

"Io credo che, ora, sia il mio preferito" dichiara lei. "Non avevo mai bevuto un tè che profumasse di orchidea."

"È buono" concordo, affermando finalmente il mio controllo su Yoda. E, per mantenere il suddetto controllo, aggiungo: "Ho anche un tè che viene fertilizzato con gli escrementi dei panda, ma ho pensato che sarebbe stato meglio avvertirti prima di prepararti una cosa del genere."

Ecco. Gli escrementi non sono sexy e i panda si rifiutano di propagare la loro specie, il che è un altro fattore che spegne la libido.

Jane storce il naso. "Perché si dovrebbero usare come fertilizzante?"

Mi stringo nelle spalle. "Qualcosa a proposito del

fatto che i panda digeriscono solo il trenta per cento dei nutrienti del bambù selvatico. O, forse, è una manovra di marketing."

"Una manovra strana" commenta Jane; poi, lancia un'occhiata a Leo e arrossisce.

Verifico quale sia il problema.

Dopo aver finito di mangiare il suo bocconcino, Leo ha deciso di lavarsi una certa parte della sua anatomia con la lingua, per scaricare la tensione del rapporto non consumato.

Mi schiarisco la gola. "Spero che non ti dispiaccia" dico a Jane. "Non voglio che si debba vergognare per quest'azione."

"Non c'è problema" replica lei, guardando tutto tranne la lingua del cane. "Sta solo facendo quello che ogni uomo sogna di fare nelle sue fantasie."

Non riesco a trattenermi. "Le mie fantasie riguardano altre persone."

Come avrei potuto prevedere, il suo rossore si intensifica. "Leo ha mai avuto rapporti?" mi chiede, nel chiaro tentativo di cambiare argomento.

Scuoto la testa, mentre Yoda torna alla ribalta (non al pensiero che Leo faccia sesso, ovviamente, ma che lo faccia una certa femmina minuta e graziosa della specie umana).

"Allora, perché non è castrato?" insiste Jane.

Ok, anche questo argomento uccide l'eccitazione, per fortuna. "Nemmeno tu hai mai fatto sesso, eppure nessuno ti suggerisce di farti sterilizzare, giusto?"

Incredibilmente, le sue guance diventano ancora

più rosse. "Credo che, quando mia madre mi ha convinta a mettere la spirale, l'intenzione fosse simile a quella dei proprietari dei cani."

Ridacchio. "So che è sciocco, ma ho sempre immaginato me stesso sotto i ferri e ho deciso che non potevo fare una cosa del genere a Leo. Dopo oggi, però, potrei prendere in considerazione l'idea di sottoporlo a una vasectomia."

Jane inclina la testa. "Niente cuccioli simili a pecore per lui?"

"No." Mi gratto la testa. "Non sono nemmeno sicuro che avrà mai rapporti. Ho sempre pensato che, a meno che non avessi un cane femmina perennemente disponibile per lui, fargli provare il sesso lo renderebbe solo infelice per la maggior parte del tempo in cui quest'opzione non fosse disponibile."

"Ah sì?" mi chiede Jane. "È il tuo celibato auto-imposto a parlare?"

"Forse." Sospiro. "Comunque, non si può sentire la mancanza di ciò che non si ha mai provato."

Le guance di Jane raggiungono di nuovo la zona degli infrarossi. "Io penso che si *possa* sentirne la mancanza senza averlo provato."

Non ha tutti i torti. Quando ero adolescente, morivo dalla voglia di fare sesso molto prima che qualsiasi ragazza fosse disposta a farlo con me. Inoltre, siamo tornati all'argomento che non dovremmo affrontare... per via di Yoda.

"Suppongo che dovrò trovare a Leo una cagnolina disponibile come fidanzata" dico, cercando di tornare ai canidi. "Sono sicuro che esistano agenzie e cose simili che possono aiutarmi."

"Giusto" dice Jane timidamente. "E, dato che siamo in tema di prime volte, volevo chiederti un grosso favore…"

No.

Non è possibile che…

"Adrian" dice, abbassando lo sguardo e arrossendo ancora di più. "Vorresti fare tu la mia Grande Deflorazione?"

CAPITOLO 27

Jane

N on. Posso. Credere. Di. Averglielo. Chiesto.

È colpa del picnic, l'attività più romantica mai inventata. Oh, e anche della corsa di prima: mi ha fatto pompare il cuore e, così, il mio cervello dev'essere rimasto senza ossigeno.

Anche il tè divino è complice.

E il...

Un momento! Perché Adrian non ha risposto?

Per Giove! Un vero gentiluomo sarebbe diventato sordo (o, almeno, avrebbe fatto finta di esserlo) piuttosto che riconoscere che la signorina Miller abbia fatto una domanda così sconveniente.

Sentendomi come se il cuore mi stesse sprofondando nello stomaco, alzo gli occhi per incontrare lo sguardo di Adrian.

No. Mi ha sentita *e* ha capito. Sta solo pensando a una risposta.

Perché non siamo in Florida? Una voragine nel terreno sarebbe molto gradita in questo momento.

Proprio mentre valuto se rinfrescarmi le guance con le fette di cetriolo di uno dei tramezzini (o, magari, infilarmelo tutto in gola per morire soffocata), Adrian apre finalmente la bocca.

"Sono molto onorato" dice con voce roca. "Detto ciò… non credo che sia una buona idea."

Le sue parole sono come un calcio rotante allo stomaco.

In qualche modo, mi ritrovo in piedi.

"Aspetta!" mi dice Adrian.

Non lo faccio. Invece, scappo. Non so dove e non so perché.

Mentre mi avvicino al lago poco distante, una mano mi afferra la spalla.

Mi giro di scatto. "Non toccarmi!"

"Scusa" dice Adrian, guardando con grande preoccupazione qualcosa dietro di me. "Per favore, non fare nulla di avventato."

Il mio cuore martellante quasi si ferma mentre seguo il suo sguardo… verso una postazione di noleggio di barche.

Eh? "Pensi che abbia intenzione di buttarmi nel lago? Perché? Perché hai un'alta considerazione di te stesso?"

Lui fa un passo indietro. "Un'alta considerazione di me stesso? Cosa intendi?"

Roteo gli occhi. "Pensi di essere *così* speciale che un tuo rifiuto mi farebbe venire voglia di annegare nel più vicino specchio d'acqua? Dovrei evitare anche di salire sui tetti?"

Lui sospira profondamente. "Ho solo pensato che... Il lago è un posto in cui non posso seguirti."

Ah. Giusto. Ha problemi con l'acqua. "Non pensavo nemmeno di avvicinarmici."

"Bene" dice.

Il sollievo sul suo volto significa che gli importa di ciò che mi accade?

Nah! È solo contento di non doversi cercare un'altra candidata a finta moglie dopo il mio annegamento.

"Voglio restare da sola" dichiaro. "Non dovrei avere bisogno di andare al lago per riuscirci."

"Senti, ho detto che mi dispiace" afferma. "Non volevo ferire i tuoi sentimenti. È solo che non voglio mettere a rischio il nostro accordo. E non mi sento degno di fare quello che mi hai chiesto."

"Su quest'ultima parte, hai ragione" gli dico. "*Non sei degno.*"

Ecco. Mi volto e fuggo di nuovo, ma, stavolta, lui non mi segue.

Mi chiama, invece, ma io lascio partire la segreteria telefonica.

Mi scrive anche un messaggio, ma io non lo leggo.

Sono ancora arrabbiata perché mi ha detto di no.

Non capisce che chiederglielo è stato l'atto più coraggioso della mia vita?

Ripensandoci, forse non avrei dovuto chiederglielo.

C'è effettivamente il rischio di rovinare le cose tra noi.

Diamine, non abbiamo ancora fatto nulla e la situazione è già tesa.

Mentre cammino, mi sento terribilmente in imbarazzo. Mi sento anche uno scorfano, o qualsiasi altra creatura che viva nelle più remote profondità dell'oceano e possa permettersi, quindi, di essere brutta quanto vuole.

Il mio telefono squilla.

È un uomo ostinato, vero?

Faccio per inviare la chiamata alla segreteria telefonica, quando vedo che si tratta di mia madre.

Esito per un attimo e, poi, rispondo.

"Ciao" la saluto.

"Cos'è successo?" mi chiede la mamma con tono preoccupato.

Accidenti, è brava. "Cosa intendi?"

"Hai una voce sconvolta" risponde.

"Davvero?" chiedo, sforzandomi di fare una voce gioviale.

"Sì" conferma lei. "Come quella volta in cui quell'idiota non è venuto a prenderti per il ballo."

D'accordo. Sono anni che la mamma ricopre il ruolo di mia migliore amica, quindi le racconto quello che è successo, anche se mi sento ancora più in imbarazzo.

"Questo è un rompicapo" afferma lei, quando ho concluso.

"Un rompicapo?"

Sospira. "Intendo dire che ci sono molti modi di vedere la cosa."

"Per esempio?"

"Per cominciare, non è bello essere cattivi con una persona solo perché non vuole fare sesso con te. Quando gli uomini lo sono con me, lo detesto."

"Non gli ho chiesto semplicemente di fare sesso" preciso, offesa. "E poi, in che modo sarei stata cattiva?"

"Rifiuti le sue telefonate" spiega lei. "E, dato che sei determinante nei suoi piani per la figlia, probabilmente è preoccupato a morte."

Merda! Detesto quando la mamma ha ragione.

"Gli manderò un messaggio appena riattacchiamo" dico. "E sarà meglio che tu abbia altri modi di vedere questo cosiddetto rompicapo."

"La parte in cui ti ha detto che non si sente degno" replica lei. "È una cosa che solo chi *è* degno direbbe… prima di essere sicuro dei suoi sentimenti per te."

Ricevo un altro messaggio da parte di Adrian, che accresce il senso di colpa che la mamma ha acceso in me.

"Quest'ultima cosa non ha senso" le dico. "Ma è meglio che vada."

"Non dimenticarti dei soldi che ci sono in ballo" mi grida la mamma prima che io possa riattaccare.

Grandioso. Ora, quando risponderò ad Adrian, avrò la sensazione di farlo per i soldi.

In ogni caso, rispondo al suo ultimo messaggio:

Possiamo fingere che io non ti abbia mai chiesto nulla?

Lui replica immediatamente:

Chiesto cosa?

Con un sospiro, gli scrivo che ci vedremo a casa.

La signorina Miller comunicherebbe al gentiluomo che è pronta ad accettare delle scuse adeguatamente formulate.

Ripensandoci, dopo aver parlato con la mamma, non sono sicura di non dover essere io a scusarmi.

Non che questo accadrà mai.

Preferirei perdere tutti quei milioni.

Mi arriva un nuovo messaggio ed è da parte della mamma, anche se, visto ciò che scrive, preferirei che i cosiddetti consigli ivi contenuti provenissero da qualcun altro (chiunque altro, tranne forse Mary).

Vestiti da zoccoletta in casa, è la sua perla di saggezza da donna matura. *Gli farà rimpiangere la sua scelta (e, forse, cambiare idea).*

Le madri degli altri danno mai consigli come questo? In qualche modo, ne dubito. Forse, nemmeno le amiche della loro stessa età.

Il problema più grande dell'idea della mamma è che ad Adrian potrebbe non importare se mi aggirassi per casa sua completamente nuda. Chiaramente, per lui, io sono un oggetto di scena asessuato: qualcosa che può presentare in tribunale; qualcosa che gridi: "Non mi piace scopare in giro, tanto che ho sposato una donna non-scopabile… basta guardarla."

Tuttavia… non ho nulla da perdere. In effetti, lui voleva vedere il mio cosplay vittoriano. Non ci vuole poi tanto sforzo per trasformare un abito da gentildonna in quello di una cortigiana.

Già. Sarà un po' come ad Halloween, quando le

ragazze della mia età rendono sexy ogni sorta di costume, dalle infermiere alle puzzole.

Il mio umore si risolleva man mano che continuo a pensare in questa direzione. Quando non sarò in cosplay, potrei indossare quei pantaloncini che ho ritenuto troppo corti e stretti qualche anno fa, quando il mio fondoschiena ha deciso di avere uno scatto di crescita. Ho anche parecchi reggiseni sportivi carini e leggings sexy che potrei usare.

Inoltre, potrei andare a fare shopping. Dopotutto, ora ho un lavoro e sto per diventare milionaria.

Così deciso, prendo un Uber per Forever 21 e acquisto indumenti sexy. Compro persino della lingerie di pizzo, nel caso in cui mi senta abbastanza audace da imbattermi "accidentalmente" in Adrian mentre la indosso, per esempio, in cucina di sera.

Forse questo è un pensiero poco caritatevole, ma la signorina Miller considererebbe alcuni di questi cosiddetti indumenti intimi inadatti a una donna dalla benché minima moralità.

La buona notizia è che mi sento quasi felice quando ho finito di fare shopping. È per questo che le donne trovano quest'attività così divertente? Finora, trovavo divertente fare acquisti solo in libreria.

Carica di borse, torno a casa di Adrian, dove Leo mi viene incontro e annusa tutte le mie buste come se qualsiasi cosa abbia comprato fosse ovviamente per lui. Mentre mi dirigo in camera mia per posare la roba, continua ad annusarmi.

Oh, pazienza. Suppongo che mi cambierò davanti al cane per indossare il mio abito da zoccola vittoriana.

Mi ci vuole un po' di tempo, ma Leo mi osserva come se fossi un programma televisivo.

"Dov'è il tuo papà?" gli chiedo, quando il mio diabolico costume è completo.

Nessuna reazione.

"Adrian" specifico al cane. "È in casa?"

Al suono del nome del suo umano, Leo drizza le orecchie. Esce trotterellando dalla mia stanza e io lo seguo fino alla palestra.

"Ehi" dico, entrando... e poi rimango senza fiato di fronte al panorama in mostra, mentre mi viene l'acquolina in bocca (e in altri posti più innominabili).

Con indosso solo dei pantaloncini, Adrian sta facendo le trazioni alla sbarra.

I muscoli della sua schiena si flettono e si contraggono, sfidando la gravità, e la visione è così eccitante che valuto se fiondarmi in camera mia a masturbarmi. Prima che possa farlo, però, Leo abbaia.

Adrian termina la sua trazione e si gira.

Oh, mio Dio... Da davanti, è ancora più sexy (e mi sta totalmente, inequivocabilmente battendo al mio stesso gioco, un gioco che non sapeva nemmeno di fare).

Sul suo torso, scorrono goccioline di sudore che vorrei leccare e, se si volesse studiare l'anatomia, i suoi muscoli scintillanti sarebbero lo strumento perfetto.

A rischio di sembrare noiosa e poco avventurosa, la

signorina Miller oserebbe dire che tutta questa situazione è la definizione stessa di inappropriato.

"Ciao" mi saluta Adrian e, per qualche motivo, anche la sua voce è particolarmente deliziosa, roca, e mi ricorda il cioccolato di To'ak.

"Ciao" rispondo, incespicando su tutte quelle sillabe. "Il tempo era bello mentre tornavi a casa dal picnic?"

"Sì. Era bello e caldo. Ho visto un paio di nuvole. Una aveva la forma di un uomo vitruviano." Mi scruta da capo a piedi. "Questo è uno degli abiti vittoriani di cui mi avevi parlato?"

Annuisco.

Lui inclina la testa. "Non avevano niente di simile in *Bridgerton*."

Giusto, ma avevano qualcosa di simile in un'altra serie TV:

Harlots.

CAPITOLO 28

Adrian

Non so come si chiamino i capi d'abbigliamento indossati da Jane, ma vorrei ridurli tutti a brandelli e poi farle esattamente quello che lei ha suggerito qualche ora fa.

Però, non posso.

Non devo.

Avevo delle buone ragioni quando ho rifiutato e, se Yoda lascerà mai riaffluire il sangue al mio cervello, sono sicuro che ricorderò quali fossero quelle ragioni.

"A proposito di *Bridgerton*" dice Jane. "Dovremmo guardarlo, più tardi."

Spero che questo significhi che non è più arrabbiata con me. D'altra parte, quella serie le piace così tanto che la guarderebbe persino con Hitler. In ogni caso, acconsento. Poi, con molta disinvoltura, le chiedo: "Indosserai ancora quell'abito quando lo guarderemo?"

Se è così, sarà meglio che io giochi d'anticipo con Yoda e che mi faccia una doccia fredda, per sicurezza.

C'è un sorrisino sul volto di Jane quando considera la mia domanda?

Nah! Non avrebbe senso.

Infine, scuote la testa. "Questo vestito è troppo inamidato per camminarci, figuriamoci per sedersi su un divano."

Ringraziare la Forza, Yoda dovrà.

"Mi sono vestita così perché volevo guadagnare quel milione di dollari extra" aggiunge Jane, con un'aria stranamente colpevole.

"Avrai i tuoi soldi" la rassicuro. Saranno ben spesi, perché non capita tutti i giorni di avere un cambio di paradigma: fino a questo momento, non pensavo che le donne vittoriane potessero essere sexy. Oltre a essere puritane e bigotte, non si facevano la doccia e coprivano ogni centimetro del loro corpo. Ora, però, vorrei che io e Jane facessimo un gioco di ruolo, con lei nei panni di una gentildonna e io in quelli di…

"Ok" dice. "Torna pure ad allenarti."

Con un'alzata di spalle, lo faccio, anche se vedo nello specchio che lei non se ne va… probabilmente perché vuole sapere come si usano tutti gli attrezzi per quando sarà il suo momento di allenarsi. A tal fine, so che la cosa più educata sarebbe proporle di allenarci insieme, ma non credo che ci riuscirei senza un serio caso di palle blu.

Perciò, alleno la schiena come al solito, poi i tricipiti e, proprio mentre finisco l'ultima serie di esercizi, Jane sgattaiola via.

Mmm. Guardo Leo, che si sveglia dal suo ventesimo pisolino della giornata.

"Jane pensava che non mi fossi accorto che è rimasta lì per tutto quel tempo?" gli chiedo.

Leo inclina la testa.

Gli umani complicano troppo le cose. Fingi che sia una barboncina in calore e montala. Fila liscio come il burro di arachidi non croccante.

Vado sotto la doccia e faccio un po' di yoga a Yoda, nella remota possibilità che Jane si dimentichi di cambiarsi d'abito. E sono felice di aver preso questa precauzione, perché, quando la incontro in salotto, indossa un outfit ancora più sexy del precedente, con parecchia pelle chiara in mostra, tutta da leccare.

"Mi sono cambiata" dice, quando si accorge che la sto fissando. "Come avevi richiesto."

Non è esattamente come avevo richiesto, ma non posso dirglielo.

"Guardiamo la TV" propongo, buttandomi sul divano.

Lei si siede accanto a me e iniziamo a guardare Netflix, ma io sono tutt'altro che rilassato. In effetti, stare con Jane in questo modo è davvero dura, in molti sensi della parola. Non vedo l'ora che la serie finisca per poter restare un po' da solo con Yoda. Di nuovo.

"Cosa ne pensi?" mi chiede Jane quando scorrono i titoli di coda della seconda stagione.

"Credo di sapere perché i vittoriani avevano tutte quelle regole severe in tema di sesso."

Merda! Argomento sbagliato.

"Per motivi religiosi?" chiede Jane, concentrando tutta la sua attenzione su di me.

Scuoto la testa. "Mancanza di internet e, quindi, di porno."

Ops! Davvero, di solito ho un filtro maggiore tra la bocca e il cervello.

Jane stringe leggermente gli occhi e aggrotta il sopracciglio sinistro in modo interrogativo.

"Senza il porno, ci sarà stata meno masturbazione" le spiego, perché ormai mi sono inoltrato in questo discorso. "Senza masturbazione, la gente era molto più eccitata. Per questo, gli uomini impazzivano quando intravedevano una caviglia."

A proposito di caviglie, quelle di Jane sono estremamente delicate e graziose, tanto da indurmi a chiedermi se baciarle sarebbe...

"Poche persone usavano realmente Internet prima dell'inizio degli anni Novanta" ribatte lei. "Eppure, c'era tutta quella faccenda dell'amore libero negli anni Sessanta."

"Certo, ma allora esisteva già il porno" affermo, sembrando meno sicuro di me. "Su cassette o, prima ancora, sotto forma di fotografie."

"In epoca vittoriana, c'erano foto porno" dichiara Jane trionfalmente. "Quindi, addio alla tua teoria."

Mmm. Non dovevano posare per ore per le foto, a quei tempi? Scommetto che le povere ragazze si raffreddavano a stare nude per così tanto tempo. Comunque, Jane ha ragione. Sembra che la masturbazione non sia la chiave di *tutto*, anche se, al momento, mi sembra esserlo.

Yoda sta offuscando il mio giudizio.

Jane si alza, offrendomi la vista delle sue gambe formose. "Buonanotte."

Detto ciò, si allontana, lasciandomi seduto ad aspettare che Yoda si calmi abbastanza da permettermi di camminare.

Il giorno dopo, vado a prendere Jane per andare in municipio. Per tutto il tempo, lei non fa altro che parlarmi del meteo. Alla faccia della mia speranza che non fosse più arrabbiata per il mio rifiuto della sua generosa offerta!

Ad essere sincero, anch'io sono arrabbiato con me stesso. Forse, potremmo far funzionare la cosa in qualche modo. Forse, il rischio non è poi così grande.

No.

Devo essere forte.

Inoltre, Jane si è probabilmente sentita insultata, quindi è improbabile che mi dia un'altra possibilità con la sua GD.

A riprova di quest'ultimo punto, sulla via del ritorno, il meteo è ancora l'argomento principale di conversazione.

Per sondare il terreno, dico: "Le previsioni per domani sono particolarmente belle. Ti andrebbe di fare un altro picnic?"

Lei stringe le labbra. "Giornata impegnativa in biblioteca. Dubito che riuscirò a svignarmela."

Traduzione: è assolutamente ancora arrabbiata con me. A giudicare dalla sua reazione dell'ultima volta, i picnic sono la sua erba gatta.

"D'accordo" dico. Prima che possiamo tornare a discutere della velocità del vento, dell'umidità o dell'indice UV, aggiungo: "Ho deciso la data del matrimonio." In realtà, non ho ancora sentito i miei avvocati, ma voglio concludere l'accordo prima che Jane decida di essere così arrabbiata con me per il rifiuto della GD da volersi tirare indietro.

"Ah" commenta lei senza alcun entusiasmo. "Quand'è il grande giorno?"

"Il primo sabato del mese prossimo" rispondo, pensando che sia la prima data disponibile in cui la wedding planner riuscirà a organizzare un matrimonio. "Avrai abbastanza tempo per invitare chi vuoi alla cerimonia?"

Si acciglia. "Sono obbligata a invitare qualcuno?"

"Suppongo di no, ma questo dovrebbe sembrare un vero matrimonio."

Sospira. "Hai ragione. Inoltre, mia nonna non mi perdonerebbe se non ricevesse un invito."

"Abbiamo una wedding planner" la informo. "Si occuperà di cose come gli inviti. Basta che mi mandi un'email con i nomi e gli indirizzi dei tuoi invitati."

Lei prende il telefono, compila un elenco e me lo invia. Lo inoltro alla wedding planner e cerco di avviare una vera conversazione con Jane, solo per finire a parlare di nuovo del tempo.

La sera, quando Jane torna a casa, si mette dei leggings e un reggiseno sportivo che mi fanno impazzire, quindi sono quasi contento quando mi comunica che non vuole guardare la TV insieme. Sarebbe stata una squisita tortura se avesse detto di sì.

Tuttavia, il suo rifiuto dimostra senza ombra di dubbio che è arrabbiata con me e che, ieri sera, mi aveva raggiunto solo perché dovevamo ancora finire la seconda stagione di *Bridgerton*. Ora che quella è terminata, lei è troppo arrabbiata con me per guardare qualcos'altro insieme.

Mmm. Mi chiedo quanto mi costerebbe pagare Netflix per far accelerare le riprese della prossima stagione. Jane non sarebbe in grado di resistere…

Controllo. Pagavano sette milioni a episodio. Potrei permettermelo. Ripensandoci…

L'abbozzo di un'idea prende vita.

E se realizzassi una serie tutta mia, molto simile a *Bridgerton*? O meglio, perché non farne un film? Non ci sono molti film storici di buona qualità sul mercato. Se il mio film dovesse avere successo, potrebbe sempre essere trasformato in una serie TV. E, soprattutto, Jane non potrebbe resistere alla tentazione di parlarne con me.

Entusiasta, vado nel mio studio e inizio la mia ricerca.

Il giorno dopo, il mio rapporto con Jane non è ancora migliorato. Lei non vuole passare del tempo con me, anche se indossa un altro abito vittoriano che mi fa impazzire.

A proposito di cose vittoriane, dato che il mio film ispirato a *Bridgerton* è ancora in fase embrionale, non gliene parlo ancora. Ho molto lavoro da fare prima che sia qualcosa di cui valga la pena discutere. Anzi, ora che ho iniziato, una parte di me vuole mantenere il segreto e mostrarle il prodotto finito quando avrò terminato. In ogni caso, il film è ciò su cui mi concentro durante la settimana seguente, visto che Jane è determinata a evitarmi.

È chiaro che sia ancora arrabbiata con me. Tuttavia, ogni tanto, facciamo frammenti di conversazioni qua e là e, quando Piper viene a trovarmi, Jane passa del tempo con noi, il che mi fa pentire ancora di più per il mio rifiuto della sua GD.

Non si stava vantando quando mi ha detto di essere brava con i bambini.

"Tesoruccio" le sussurra, dondolando Piper avanti e indietro, mentre mia figlia le afferra i capelli con il pugnetto cicciottello. "Facciamo un bel ruttino e ti sentirai meglio, vero?"

Mentre io osservo con aria stupita, la mia bambina

capricciosa le sorride angelicamente e fa un ruttino da vera signorina, riuscendo in qualche modo a trattenere tutto il latte.

Sul serio, Jane è un'esperta di bambini o cosa?

Piper si rifiuta di fare il ruttino con me, oppure mi rigurgita addosso la metà delle volte.

"Devi insegnarmi come si fa" dico a Jane mentre mi porge mia figlia, dopo averle dato da mangiare, fatto fare il ruttino e cambiato il pannolino. "C'è un trucco per riuscirci, vero?"

Sorride. "Sì. Il trucco è avere una sorella molto più giovane e una mamma che insiste perché tu le faccia da babysitter. Ecco, ti faccio vedere."

Mi dimostra la sua tecnica con un orsacchiotto e io me la imprimo nella memoria, come faccio con tutto ciò che riguarda Jane in questi giorni. Non riesco proprio a togliermela dalla testa e non solo perché, la settimana prima del matrimonio, Yoda è pronto a unirsi al lato oscuro della Forza grazie ai suoi abiti, che sono pazzescamente sexy anche quando non sono vittoriani.

Le bibliotecarie non dovrebbero vestirsi in modo noioso? Perché la mia non lo fa.

Il mio nuovo progetto non è d'aiuto. Per capire meglio il genere del romanzo storico, ho acquistato una serie di libri che piacciono a Jane e li ho letti a raffica. Ho scoperto che questi libri sono pieni di scene sexy, la maggior parte delle quali ha come protagonista un'eroina vergine.

Sì, proprio così.

Ho rifiutato di partecipare a una GD e ora sto leggendo tutto sull'argomento, attività che ha su di me un effetto simile a quello che la lettura di libri di cucina avrebbe su un uomo molto affamato.

CAPITOLO 29

Jane

L'inferno viene talvolta rappresentato come un luogo in cui i desideri non vengono soddisfatti. Per esempio, i golosi sono circondati da cibo delizioso che non possono mangiare e gli ubriaconi nuotano in liquori che non possono consumare. Ora, io non sono una dipendente dal sesso, anzi, ma le settimane prima del matrimonio mi fanno sentire come tale... nella mia particolare versione dell'inferno.

A quanto pare, allenarsi non è l'unica cosa che Adrian fa a torso nudo. Non indossa la maglietta quando va al frigorifero di sera, né quando prende il sole sulla terrazza sul tetto, né quando gioca nella vasca delle palline con Leo. E non dimentichiamo il suo pelle a pelle a torso nudo con Piper, ovviamente.

Quest'ultimo è il motivo per cui sto iniziando a dimenticare il bruciore del suo rifiuto. Più tempo passo con la bambina e più mi innamoro di lei, il che mi fa pensare che Adrian abbia fatto bene a rifiutare la mia proposta di GD.

Tutta questa faccenda del matrimonio è per il bene di Piper e io ho quasi rovinato tutto, anche se lui ha detto di no.

Man mano che ci avviciniamo alle nozze, non ho nemmeno il tempo di pensare alla mia GD. Quando non sono al lavoro, la maggior parte del mio tempo è dedicata alla scelta dell'abito e ai contatti con la wedding planner (che sembra rimettersi all'opinione della sposa praticamente su tutto).

Prima che me ne accorga, arriva il giorno delle nozze. Mentre mi faccio sistemare i capelli, le unghie e il trucco da professionisti, le farfalle mi si materializzano nello stomaco e, quando indosso l'abito da sposa, ho un forte nervosismo... come se fossi una vera sposa.

Ma non lo sono.

Devo continuare a ricordarmelo mentre mi metto le lenti a contatto, cosa che faccio solo in occasioni speciali.

Sono così impegnata che non mi accorgo nemmeno quando la mamma, Mary e la nonna mi raggiungono nel camerino. Mi accorgo della loro presenza solo quando tutte e tre iniziano a singhiozzare.

"Chi è morto?" domando.

"Sei così bella" esclama Mary, tirando su col naso. "Come una principessa."

"Non sei più la mia piccolina" borbotta la mamma sopra un singhiozzo.

"E io sono una che si commuove ai matrimoni" afferma la nonna, soffiandosi il naso. "Lo sono sempre stata."

"Posso andare?" chiedo alla signora Dubois e al resto del team di restyling.

La signora Dubois mi guarda con il suo occhio supercritico e annuisce, anche se a malincuore. "Vorrei comunque avere sei mesi di tempo" dice, con pieno accento francese. "Ma, date le attuali limitazioni, hai un aspetto abbastanza decente."

Mary sbuffa. "Soprattutto se per 'decente' si intende 'da principessa Disney'."

"O da regina" aggiunge la mamma.

Resisto all'impulso di far notare che, in effetti, è stata la Regina Vittoria a far conoscere l'ormai familiare abito bianco alle innumerevoli spose che l'hanno seguita.

La porta si apre e la wedding planner si precipita dentro con un'aria impanicata, anche se questo sembra essere il suo stato di default. "La limousine è qui" dice tutto d'un fiato. "Abbiamo bisogno della sposa in chiesa. Subito."

"Fottuti dilettanti" borbotta la signora Dubois sottovoce. Notando lo sguardo di rimprovero di mia nonna, aggiunge: "Scusate il francesismo."

Mi lascio trascinare nella limousine e, quando l'auto è in viaggio, la mamma mi chiede: "Perché la chiesa di

San Giorgio? Non credo sia la più grande né la più significativa dal punto di vista architettonico."

Sorrido. "Se il matrimonio di oggi avesse un tema, sarebbe 'romanzo storico'."

"Ancora non capisco" dice la mamma.

Roteo gli occhi. "Se avessi letto i libri che ti ho consigliato, avresti notato che tutti i matrimoni di tendenza dell'élite si svolgevano nella chiesa di San Giorgio."

"Ma a Londra" ribatte la mamma.

Faccio spallucce. "Ho pensato che questo San Giorgio fosse più facile da prenotare con poco preavviso. O volevi prendere un aereo oggi?"

La mamma scuote la testa. "Qualsiasi cosa ti renda felice."

"A dire il vero, un matrimonio rapido e ordinario mi renderebbe felice" affermo. "Come quelli che fanno a Las Vegas o in municipio."

"Se lo facessi, non potresti avere un tema da romanzo storico" precisa la mamma.

Stringo le labbra. "Avremmo potuto fare un gioco di ruolo. Nei miei romanzi, si celebrano matrimoni veloci in continuazione. Se l'eroina è incinta, per esempio, l'eroe ottiene una licenza speciale dall'arcivescovo di Canterbury."

Ho svolto qualche ricerca in merito e, nel mondo reale, tale licenza veniva concessa raramente e non con leggerezza, a differenza di quanto avviene nei miei libri, dove ottenerla non è una cosa poi così speciale.

"Quindi, è lo sposo che vuole una cerimonia

elegante?" chiede la nonna. "Ai miei tempi, non funzionava così."

"Anche Jane la vuole" dice Mary con tono cospiratorio. "Vuole solo farci credere di essere al di sopra di queste cose."

La limousine si ferma in quel momento, il che è un bene, perché non ho una risposta arguta a questa affermazione.

"Non uscite dalla macchina" dico a tutte, quando si avvicinano alle portiere. "Dobbiamo aspettare la sicurezza."

"La sicurezza?" La nonna guarda fuori dal finestrino con un'espressione preoccupata.

Sospiro. "I tabloid sono interessati al nostro matrimonio... cioè, al matrimonio di Adrian. Ci saranno paparazzi fuori dalla chiesa e dall'hotel dove si terrà il ricevimento."

"Oh." La nonna sorride. "Com'è entusiasmante!"

Io non sono affatto entusiasta. Non so perché, ma mi sento a disagio sapendo che Adrian vuole realmente quelle foto affinché tutto il mondo sappia delle nozze. La sicurezza è solo per salvare le apparenze. I paparazzi scatteranno comunque moltissime foto di noi due. In effetti, l'ultima volta che io e Adrian abbiamo avuto un tête-à-tête non correlato al meteo, lui mi ha informata del fatto che la sua squadra di sicurezza ha scoperto che alcuni sedicenti giornalisti si sono infiltrati tra il personale del catering e si fingeranno camerieri e simili, per poter poi riferire del matrimonio.

La portiera della limousine si apre e io vengo accecata dai flash delle fotocamere, mentre la squadra di sicurezza ci scorta lungo un tappeto rosso fino alla chiesa.

Qualcuno mi copre il viso con un velo, così la mia visibilità diventa limitata.

"Ti accompagno io" mi dice la mamma in modo solenne, come se mi leggesse nel pensiero.

Entriamo nella sala principale della chiesa. Il luogo è gremito fino all'inverosimile, ma faccio fatica a distinguere gli invitati da dietro il velo, anche se mi sembra di riconoscere il sindaco della città, alcuni attori famosi e persino il miliardario che era recentemente finito sui giornali perché ha intenzione di fare un viaggio sulla luna.

Già. Questa è la versione moderna dell'élite.

Un'orchestra dal vivo inizia a suonare la marcia che segnala l'ingresso della sposa.

Il mio battito cardiaco sale alle stelle.

Il nome ufficiale di questo brano è "Coro nuziale" ed è tratto dall'opera *Lohengrin* di Richard Wagner (che ebbe il dubbio onore di essere uno dei compositori preferiti da Hitler). Fu suonato durante le nozze della figlia della regina Vittoria (anch'essa Vittoria) e, da allora, è stato associato ai matrimoni, nonostante il fatto che, nell'opera, venisse cantato quando la coppia entrava nella camera nuziale e non quando la sposa (Elsa, ma senza poteri legati alla neve) percorreva la navata. Vale la pena di ricordare anche che, nella suddetta opera, quando Elsa viene separata dal nuovo marito, muore di dolore.

Quindi, ecco: non so perché tutti usino questo brano, considerate le associazioni, ma, nel mio caso, mi sembra adatto.

So in anticipo che io e Adrian divorzieremo; quindi, è meglio che protegga il mio cuore per non fare la fine della povera Elsa.

CAPITOLO 30

Adrian

Accidenti a me! Persino con il velo che le oscura i lineamenti, Jane è splendidamente radiosa mentre percorre maestosamente la navata.

Il mio respiro accelera e devo ricordare a me stesso per l'ennesima volta che questo matrimonio non è reale.

È solo uno spettacolo per l'udienza imminente.

Le mie emozioni sono confuse a causa di quanto tutto sembri realistico.

Clic.

Ecco. Era qualcuno che scattava una foto, probabilmente uno dei paparazzi che pensano sia stata la loro furtività ad aiutarli a infiltrarsi a questo matrimonio e non la mia squadra di sicurezza che ha chiuso un occhio.

Guardo alla mia destra, dove la mia migliore guardia del corpo/tata tiene in braccio Piper, bloccando le fotografie con la sua schiena larga, come le ho ordinato di fare.

Io e Jane non abbiamo altra scelta se non quella di finire sui tabloid, ma la privacy di mia figlia non sarà violata.

Mi volto verso Jane proprio mentre lei mi raggiunge e vedo che sembra sopraffatta, il che mi fa venire voglia di annullare tutto e di abbracciarla.

Ma no.

Lo spettacolo deve continuare.

"Cari fedeli" esordisce il sacerdote. O è un vescovo? "Siamo qui riuniti oggi…"

Jane solleva il velo e vederla mi sembra come vedere un'alba durante un'apocalisse di vampiri.

Il vescovo continua il suo discorso. Ascolto solo per metà, finché arriviamo alla parte delle promesse, quando lui fa dire a Jane qualcosa che presumo abbia scelto lei stessa dal suo repertorio vittoriano.

Tra le altre cose, Jane promette di "obbedirmi", il che suona vagamente BDSM.

A Yoda piace.

"Può baciare la sposa" dichiara infine il vescovo.

Appoggiando una mano sulla schiena di Jane, la tiro verso di me e il suo profumo di guava con una sottile nota di begonia mi fa girare la testa.

Mentre ci guardiamo profondamente negli occhi, i suoi brillano e le fotocamere iniziano a scattare proprio mentre io chino la testa e reclamo la sua bocca.

La chiesa sembra scomparire. Le labbra di Jane sono morbide, arrendevoli, e sanno di fragola. Inoltre, lei sta ricambiando il bacio con una foga poco virginale e, forse, è per questo che lo approfondisco, invadendole la bocca con la lingua come mi piacerebbe fare con la sua...

Il vescovo si schiarisce la gola con rabbia.

Guastafeste!

Quando mi stacco da Jane, la folla in chiesa si scatena, applaudendo, acclamando e fischiando.

Tra questo bacio e la leggendaria suite per la luna di miele che abbiamo prenotato in albergo, nessuno avrà dubbi sul fatto che io e Jane consumeremo questo matrimonio.

Ma, ovviamente, non lo faremo. Devo ricordarlo a me stesso (e a Yoda).

"La carrozza è pronta" sussurra a gran voce la guardia di sicurezza che tiene in braccio Piper.

Do un bacio a mia figlia, rivolgo un cenno di saluto alla famiglia di Jane, poi prendo per mano la mia novella sposa e la conduco lungo la navata.

La gente ci riempie di petali di rosa mentre avanziamo. Non dovrebbero lanciare riso? Deve trattarsi di una cosa da romanzo storico, così come la carrozza trainata da cavalli, con un mucchio di vecchie pentole e padelle attaccate al paraurti posteriore.

"Puoi tenere d'occhio Piper?" chiedo alla mia nuova suocera, prima che segua la bambina e la sua guardia del corpo all'interno della limousine.

"Sarà un piacere" mi risponde con un ampio sorriso. "Godetevi il viaggio."

Sorrido a Jane. "Come ci si sente a essere la signora Westfield?"

Lei si inumidisce le labbra gonfie per il bacio, ma, prima che possa proferire una risposta, la carrozza inizia a muoversi, facendo un rumore orribile, che potrebbe assordare un cadavere.

"Mi dispiace" grida Jane sopra il clamore. "Le padelle mi sembravano una buona idea quando l'ho letto nei miei libri." O, almeno, credo che questo sia ciò che dice.

Continuiamo ad avanzare e molte persone ci guardano e ci scattano foto, il che è un vantaggio imprevisto del rumore. La cacofonia ha anche un altro vantaggio: attenua alcune delle emozioni suscitate da quel bacio fin troppo reale. Ho bisogno di essere più calmo, se voglio sopravvivere al primo ballo e al resto delle attività che abbiamo programmato.

Dopo quella che mi sembra un'ora di tortura per le orecchie, finalmente ci fermiamo.

"Wow!" esclama Jane. "Non stavi scherzando. Questo posto si adatta perfettamente al tema."

Il petto mi si gonfia di orgoglio. Il Palace Hotel è stato uno dei miei pochi contributi all'organizzazione del matrimonio. Ho svolto qualche ricerca e l'ho trovato in un elenco dei luoghi in cui si è svolto un vero e proprio matrimonio reale.

E la parte migliore è che ha proprio l'aspetto di un palazzo, come il nome lascia intendere.

Quando entriamo nell'atrio, Jane nota i facchini e sorride. Sorrido anch'io. Quei tizi indossano costumi in stile cosplay che includono mantelli, bicorni e pantaloni sgargianti.

"Se io fossi il proprietario, mi sarei fermato ai pappagalli" sussurro a Jane mentre osservo gli uccelli che riempiono l'atrio. "I pavoni sono un po' un cliché."

"Io adoro tutto quanto" dice lei, fissando a bocca aperta uno dei pavoni. "È la cosa più vicina a un matrimonio da favola che si possa avere."

Sono felice che lo pensi. Prenotare questo posto non è stata solo una questione di soldi. Bisogna richiedere il Palazzo con largo anticipo, cosa che io non ho fatto, quindi ho dovuto allettare la coppia che occupava la disponibilità di oggi con un matrimonio al Pikaia Lodge in Ecuador.

"Signor Westfield?" mi chiede uno dei tizi in bicorno.

Annuisco.

Il tizio solleva un walkie-talkie per chiamare Kevin, il fotografo che ho ingaggiato.

Jane ridacchia quando lo vede e anch'io sorrido. Sembra che Kevin abbia preso un po' troppo alla lettera il tema delle nozze, perché è vestito come una specie di duca e tiene persino un monocolo all'occhio quando esamina noi plebei.

Suppongo che approvi a malincuore ciò che vede, perché ci fa cenno di seguirlo.

Quando entriamo nella sala gigante dove si svolgerà il servizio fotografico, tutti coloro che avranno l'onore di comparire nell'album di nozze ci stanno già aspettando, compreso Leo, che è in piedi accanto al suo nuovo dog sitter (maschio).

Notando il grande schermo verde sul retro, Jane mi guarda con aria interrogativa.

"Così, potremo creare qualsiasi sfondo vogliamo" le spiego. "Non preoccuparti, avrà un aspetto talmente realistico che tutti penseranno che ci trovavamo in quel luogo."

"Uno degli sfondi può essere Hyde Park?" chiede Jane. Guardando il resto della nostra comitiva, spiega: "È il luogo in cui i membri dell'aristocrazia britannica si ritrovavano comunemente in epoca vittoriana."

Kevin guarda Jane con aria altezzosa attraverso il suo monocolo. "'Qualsiasi' sfondo include ovviamente Hyde Park e tutti gli altri parchi."

Mi schiarisco la gola con rabbia. "Kevin, non sei veramente un duca."

Con un'aria intimidita, il fotografo si intasca il monocolo e afferra la macchina fotografica. Con un tono molto più rispettoso, propone: "Perché non iniziamo con la famiglia della sposa?"

La nonna di Jane (come si chiama?) e sua sorella, Mary, si precipitano verso il punto indicato da Kevin. La madre di Jane, Georgiana, si avvicina a me, con la guardia del corpo di Piper alle calcagna. Con grande riluttanza, Georgiana rimette Piper tra le mie braccia.

"Sento che fa già parte della nostra famiglia" dice con un sospiro.

Stringo Piper al petto e provo un'ondata di emozioni contrastanti. L'amore e la soddisfazione vincono il mix, perché li sento così forti ogni volta che sono in presenza di mia figlia. Però, ci sono anche note di nostalgia e di invidia nel mio petto, perché Jane ha tutta la famiglia con sé, mentre Piper è l'unico membro della mia.

"Può comparire nelle foto con te" dico a Georgiana e mi costringo a offrirle nuovamente Piper.

Raggiante di felicità, Georgiana riprende la bambina e si riunisce ai familiari di Jane.

Leo trascina da me il suo nuovo dog sitter e poi, con fare rassicurante, infila il naso umido nel palmo della mia mano.

Non hai soltanto Piper. Hai anche me.

Sorridendo, accarezzo il mio migliore amico dall'aspetto simile a una pecora. A proposito di amici, Bernard, Warren e Michael stanno venendo verso di me.

Immediatamente, la mia autocommiserazione è passata. Gli altri ragazzi del collegio ci chiamavano "I quattro moschettieri" e il soprannome era adatto, perché ci siamo cacciati in tanti guai quanto i famosi personaggi di Dumas.

"Non posso credere che ti stai facendo incatenare le palle" mi dice Michael con voce abbastanza bassa da farsi sentire solo da noi quattro.

"E volontariamente, per giunta" aggiunge Bernard.

"E Jane dove avrà trovato catene così piccole?" continua Michael.

"Sospetto che abbia qualcosa con cui ricattarlo" Warren dice agli altri con finta preoccupazione.

"Oh, cazzo" mi dice Bernard in tono cospiratorio. "Sbatti le palpebre due volte se ti ha messo una bomba nel culo."

"O in qualsiasi altro buco" aggiunge Michael.

"Sei uno stronzo" gli dico. "Lo siete tutti e tre."

"È l'insulto più debole nella storia degli insulti" afferma Michael.

Gli altri uomini adulti si de-evolvono tornando a essere adolescenti quando si ritrovano così, a prescindere da quanti anni siano passati? Chiunque conosca questi tre come sono ora non crederebbe alle parole che stanno uscendo dalle loro rispettabilissime bocche.

"Aspetta un attimo" dice Michael con un ghigno. "È lei il sex robot che hai sempre voluto inventare?"

"Perché dovrebbe sposare il suo sex robot?" chiede Warren. "Il bello di un sex robot è che non hai bisogno di una moglie. Né di una fidanzata."

"Basta" dice Bernard. Con un tono più serio, mi chiede: "Ti stanno venendo i sudori freddi?"

"Sudori freddi?" esclama Michael. "Non è possibile! Scommetto che ha inventato degli speciali indumenti anti-sudore proprio per l'occasione e che li sta indossando in questo momento."

Ignoro il resto delle prese in giro e osservo il servizio fotografico, finché Kevin non chiede a noi quattro di avvicinarci allo schermo verde.

"Non combinate cazzate durante le foto" dico ai miei amici con un tono che spero trasmetta la mia capacità (e voglia) di prendere a calci nelle palle il colpevole.

O recepiscono il messaggio, o si ricordano chi sono realmente e si comportano con dignità quando inizia il servizio fotografico.

L'unico problema è che i loro sorrisi sono finti, ma a chi importa, giusto?

Improvvisamente, Leo strattona il guinzaglio, si libera del nuovo dog sitter e si dirige verso l'inguine di Kevin.

Poiché le palle ferite sono ancora in primo piano nella mia mente, rabbrividisco.

Solo che Leo non è interessato a provocare dolore a Kevin.

Beh, non dolore fisico, almeno.

Quello che fa il cane è dare una bella annusata. Un'annusata abbastanza forte da essere udita dai gatti del vicinato e da indurli a mettersi al riparo.

"Wow!" commenta Bernard. "Il cane ha tutta la testa lì dentro."

"Credete che il fotografo abbia del bacon nel culo?" chiede Michael.

"Raggruppatevi di nuovo" ordina Kevin a tutti e quattro, facendo finta di niente.

Ci scambiamo un'occhiata e poi obbediamo. Cioè, Leo è felice di continuare ad annusare e, se Kevin vuole un cane nell'inguine, chi siamo noi per giudicare?

Ah, non c'è bisogno di dire che i sorrisi nelle prossime foto sono piuttosto autentici.

Quando il servizio fotografico con gli amici è

terminato, ho compassione di Kevin e riporto Leo dal dog sitter, che verrà presto sostituito.

"Ok" dichiara Kevin, con una solennità che non ci si aspetterebbe da uno che ha appena perso la dignità facendosi sniffare da un grosso naso umido. "Ora, i novelli sposi."

Non appena i miei amici si allontanano, Jane viene al mio fianco, apparendo splendida e sopraffatta in egual misura.

"Mi piace iniziare le riprese degli sposi con la posa dello sguardo" dice Kevin. "È quella in cui la coppia si guarda profondamente negli occhi. È un ottimo riscaldamento per ciò che seguirà."

Obbedendo, incontro gli occhi di Jane e mi perdo immediatamente nelle loro profondità ambrate. Come da lontano, sento Kevin dire: "Capito. Perfetto. Ora, facciamo la prossima posa… il bacio."

CAPITOLO 31
Jane

Un altro bacio?

Con Adrian?

Non mi sono ancora ripresa da quello in chiesa: la cosa migliore che sia mai capitata alle mie labbra… e anche alle parti ad esse collegate.

Quel bacio è stato così sconvolgente che, da allora, ho dovuto continuare a ricordare a me stessa che questo matrimonio è finto. Ecco perché, se ci baciamo di nuovo, non credo che…

Le labbra di Adrian sfiorano le mie e le mie riflessioni vanno in cortocircuito. Sento solo la sua lingua penetrare dolcemente nella mia bocca, la sua mano sulla parte bassa della mia schiena, il suo fiato caldo…

"Girala più a destra" dice una voce (quella di Kevin?), ma nemmeno questo sembra rovinare il momento.

Adrian continua a baciarmi mentre mi sento

manipolare deliziosamente in una posizione più fotogenica.

"Ottimo" commenta Kevin. "Continuate così."

Adrian approfondisce il bacio e a me sembra di fluttuare fuori dal mio corpo, come se le mie labbra fossero l'unica parte fisica di me, mentre il resto diventa leggero come il fantasma di un palloncino di elio.

La signorina Miller (o, meglio, la signora Westfield) ritiene che questa effusione in pubblico sia una cosa inopportuna, anche se fatta con il proprio marito legittimamente sposato. A meno che, naturalmente, non si tratti dell'inizio di una cerimonia di unione nuziale per aggiungere legittimità al matrimonio, nel qual caso si dovrebbe procedere al più presto.

"Fatto" dice Kevin.

Adrian non si ferma e io nemmeno.

Nella stanza, si odono delle risatine.

Kevin si schiarisce la gola un paio di volte.

Con mia enorme delusione, Adrian si ritrae dolcemente.

Portandomi la mano alle labbra, riprendo fiato.

Mia madre e mia nonna mi fanno l'occhiolino, mentre mia sorella fa una smorfia di vomito. Uno degli amici di Adrian ci dice di tenere da parte un po' di passione per la prima notte di nozze.

A proposito di questi amici, sono attraenti quasi quanto lo stesso Adrian (e lui ha fissato uno standard molto alto). Che questa sia la prova che i ricchi, in segreto, stanno modificando geneticamente la loro prole per ottenere un bell'aspetto? È una cospirazione migliore di quella che vede Elvis camminare sulla luna al posto di Neil Armstrong.

"Va' a prendere una boccata d'aria" Kevin dice ad Adrian. "Io farò altri scatti a Jane da sola."

E così fa, prima scattando alcune foto di me che fingo di scrivere le mie promesse, poi altre in cui mi infilo le scarpe. Poi, viene portato un bouquet gigante e Kevin mi fotografa mentre lo fisso come una capra affamata.

Quando sfoggio il velo e lo strascico del vestito, mi sono un po' ripresa dal bacio e giusto in tempo, perché Kevin annuncia di volere che facciamo una cosa chiamata posa a V, che coinvolge Adrian.

"Mettetevi uno accanto all'altra" ci ordina. "Con i fianchi che si toccano."

Non appena obbediamo, il mio respiro diventa più affannoso.

"Toccatevi con la fronte" ci esorta Kevin.

Ha appena detto di toccarci…

Infatti. Adrian si china in avanti, mi guarda negli occhi con calore e mi prende la mano.

Oh, mio Dio… Sono ancora vergine? Con tutte le sensazioni che ho nelle mutandine, non ne sono più così sicura.

"Ora, facciamo un'altra posa" annuncia Kevin. "Jane, guarda in lontananza come se vedessi il vostro futuro insieme. Adrian, mettiti dietro di lei e avvolgila con le braccia. Poi, guarda verso lo stesso futuro."

Mia madre e mia nonna fanno "ooh" e "aah" mentre gli amici di Adrian dicono qualcosa di irriverente.

Quando le sue braccia mi avvolgono, mi sciolgo sul posto come la Malvagia Strega dell'Ovest.

"Ora, prendete il velo" ci dice Kevin. "E accoccolatevi sotto."

Questo è finto.

Tutto finto.

"Adrian, baciale la spalla e, poi, metteremo un balcone dietro di voi" dice Kevin.

Finto, mi ripeto.

Fronte contro fronte.

Finto.

Bacio sulla fronte.

Finto.

Bacio da dietro.

Finzione o meno, se Kevin non la smetterà presto, la prossima posa si chiamerà "Jane monta sopra Adrian."

CAPITOLO 32

Adrian

Com'è che si chiama questa posa? Pecorina rivolta verso il basso? Duro come una macigno? Stuzzica-cazzo?

Non ne ho idea, ma c'è la seria probabilità che mi ritroverò con il peggior caso di palle blu mai registrato da uno sposo nel giorno del suo matrimonio. Eppure, la tortura per eccitazione continua per quelle che mi sembrano ore. Alla fine, quando Yoda sta per esplodere, Kevin annuncia di avere tutte le foto che gli servono.

Perfetto. Ho il tempo di passare nella suite per la luna di miele e farmi un bagno ghiacciato?

No. La wedding planner arriva di corsa, ansimando, e ci informa che siamo in ritardo sui preparativi per il grande ingresso.

Prendo per mano Jane mentre veniamo accompagnati fuori dalla sala e poi ci "prepariamo", che era un eufemismo per dire: ascoltare una noiosa predica e aspettare. Alla fine, il DJ annuncia che il signore e la signora Westfield stanno per fare il loro ingresso insieme per la prima volta e noi entriamo tra applausi e sorrisi.

Quando ci sediamo ai nostri posti d'onore (fatti per assomigliare a troni, ovviamente), vedo Jane restare a bocca aperta. Ah. Se n'è accorta. Ho dovuto fare qualche telefonata, ma eccoli lì: alcuni degli attori del cast di *Bridgerton*, vestiti con i loro abiti della serie.

Prima che Jane possa riprendersi, il DJ prende la parola.

"E, ora, gli sposi faranno il loro primo ballo... il valzer."

Arrossendo, Jane mi sorride.

Mi alzo e le porgo la mano. Ben presto, con grande disagio di Yoda, cominciamo a ballare il valzer.

"Ho già detto che questo è un matrimonio da favola?" Jane mi sussurra all'orecchio dopo una giravolta.

"Forse una volta" rispondo sottovoce (e mi ci vuole tutta la mia forza di volontà per non mordicchiarle il delicato lobo dell'orecchio).

"Beh, lo è" ribadisce. "Quando mi sposerò per davvero, non mi prenderò nemmeno la briga di organizzare una cerimonia, perché non reggerebbe mai il confronto con questa. Andrò semplicemente in municipio e stop."

Detesto l'idea che si sposi con qualcuno che non sono io. Cosa c'è di sbagliato in me? Qualunque cosa sia, è un problema grave perché, oltre a essere geloso, sussurro: "I paparazzi in incognito stanno scattando delle foto. Ti dispiacerebbe se ci dessimo un altro bacio per le telecamere?"

Cosa sto facendo? Non ho prove che i paparazzi stiano davvero scattando foto in questo momento. È quasi come se stessi cercando di…

Jane si inumidisce le labbra, arrossisce e annuisce.

Cazzo!

Mi sporgo verso di lei.

Si alza in punta di piedi.

La folla tace.

Ci baciamo. Come le due volte precedenti, è trascendente. Meglio di qualsiasi sesso io abbia mai fatto.

La mia percezione del tempo vola fuori dalla finestra. Non ho idea di quanto a lungo la bacio, esplorando ogni curva setosa della sua bocca, assaporando la morbidezza delle sue labbra, inspirando il suo alito dal dolce profumo. Solo quando la musica del valzer si ferma e tutti applaudono fragorosamente, esco di colpo dal mio stato di trance e mi stacco da Jane.

"Oddio" ansima lei. "Ho bisogno di un drink."

"Ottima idea." La conduco di nuovo ai nostri troni, stappo una bottiglia di champagne e ne verso un flûte ciascuno.

"E ora" annuncia il DJ, "il testimone terrà un discorso."

Testimone? Mi chiedo chi…

Naturalmente.

Michael balza in piedi.

Tracanno il mio flûte, me ne verso un altro e ripeto l'operazione.

"Mi piacerebbe raccontare una storia su quanto sia premuroso Adrian" annuncia Michael.

Dannazione! Non di nuovo quella storia. Mi scolo un altro bicchiere di champagne e riempio il flûte di Jane. Forse, se sarà ubriaca, non presterà molta attenzione a ciò che sta per accadere.

"Ai tempi della scuola, andavamo spesso a trovarlo in camera sua" continua Michael. "È così che ho trovato quello che, da allora, ho denominato 'il taccuino' (*The Notebook*), anche se vi prego di non confonderlo con l'omonimo film stucchevole. Nel taccuino, Adrian annotava accuratamente le cose che piacevano e non piacevano alle ragazze con cui usciva." Tira fuori il telefono. "Conservo ancora le foto delle pagine più belle e vorrei condividerle con tutti, ma soprattutto con Jane."

Mentre Michael procede, Jane mi si avvicina e sussurra: "C'è qualcosa di vero?"

Annuisco tristemente. "È l'inventore che è in me, suppongo. Cerco sempre il modo migliore per fare le cose. Il più efficiente. Il…"

Una risata fragorosa soffoca le mie parole successive.

Naturalmente. Michael è arrivato al punto del diario in cui ho scritto le mie attente riflessioni sul tema del sesso anale.

Con mio grande sollievo, Warren strappa via il microfono a Michael.

"Quest'uomo è un impostore" afferma Warren. "In realtà, sono io il testimone di Adrian e, per questo, ho una storia ancora più bella da raccontare."

Dannazione! Cosa potrebbe…

Ah. Racconta di quella volta in cui mi sfidò a inventare qualcosa di originale (omettendo la parte in cui eravamo strafatti) e di come io risposi alla sfida elaborando un processo per produrre tessuto dalla caseina del formaggio.

Jane inarca un sopracciglio.

"È vero" confermo. "Infatti, ho fatto una maglietta con un formaggio particolarmente puzzolente e l'ho regalata a Warren."

Jane ride mentre Warren conclude la storia con: "Quindi, ora, se delle mucche malvagie provenienti dallo spazio divorassero tutto il cotone del mondo, grazie ad Adrian, potremo ancora indossare i calzini."

Prima che possa raccontare un altro aneddoto, Bernard prende il microfono, si annuncia come *vero* testimone di nozze e racconta a tutti che sono l'inventore della tutina-mocio, un indumento che i bambini possono indossare mentre gattonano e che pulisce il pavimento nello stesso tempo.

"Ha intenzione di farla indossare a Piper." Indica il punto in cui mia figlia è seduta sulle ginocchia di Georgiana. "Ma io sostengo che finirà per spendere più soldi per le fatture della sua psicoterapia di quanti ne potrebbe mai risparmiare su una signora delle pulizie."

Jane aggrotta le sopracciglia.

"Questa se l'è inventata" dico. "Però, una volta, ho

davvero attaccato un normale mocio alla sua tuta da ginnastica, quando era così ubriaco che strisciava a quattro zampe."

Lei sorride.

Prima che Bernard possa iniziare a raccontare un'altra storia, qualcuno toglie l'audio al microfono.

Finalmente, cazzo!

"Ringraziamo tutti i testimoni" dice il DJ, infondendo un pesante sarcasmo alle sue parole. "Ora, per favore, andate a ballare, prima che sia il momento di gustare i vostri piatti preferiti della colazione nuziale."

Jane sospira. "'Colazione nuziale' è il modo in cui veniva chiamato il ricevimento di nozze in epoca vittoriana."

Mmm. Se la colazione nuziale non è letteralmente una colazione, a Jane potrebbero dispiacere alcuni dei piatti a sorpresa che ho aggiunto alla portata principale, come le uova alla Benedict e il French Toast.

La musica inizia a suonare ed è un remix della colonna sonora di *Bridgerton* in stile discoteca.

"Ti va di ballare?" Jane mi chiede timidamente.

Non posso rifiutare questa offerta, il che significa che Yoda soffrirà.

Dopo essermi scolato lo champagne, mi alzo in piedi e porgo la mano a Jane. "Mia signora."

Lei mi prende la mano. "Ora che siamo sposati, ci è permesso essere meno formali. Soprattutto in privato."

"Ottimo" replico, mentre la conduco al centro della

pista da ballo. "Finalmente posso chiamarti Jelly Bean. O preferisci Janilla? Magari J-Bone?"

"In tal caso, il tuo soprannome sarà Applesauce" replica lei. "O Rio. O Adieu. O Audrey. O semplicemente Drey. Forse persino Dr. Drey?"

La faccio volteggiare. "Hai vinto tu. Sarai semplicemente la mia Jane."

"Mi piace." Le sue guance diventano rosa. "E tu sarai il mio Adrian."

Sul serio, Yoda? *Persino questo* ti fa effetto?

Non appena il remix si interrompe, parte una canzone di Céline Dion, perciò balliamo un lento. Poiché, a questo punto, non ho più scuse per baciare Jane, combatto la strana voglia di farlo.

"Hai fame?" le chiedo, dopo un paio di canzoni.

Lei si morde le labbra invitanti. "Da morire."

Tornati al tavolo, assaggiamo le portate del menù e troviamo tutto delizioso.

La famiglia di Jane ci raggiunge, con Piper ancora in braccio a Georgiana e la guardia del corpo/tata alle calcagna.

Le do un bacio sulla guancia da cherubino (a Piper, intendo).

"La piccolina può fare la nanna con me?" mi chiede Georgiana.

Annuisco. "A patto che tu sia disposta a dormire nella sua cameretta."

La nonna di Jane aggrotta le sopracciglia. "A casa tua?"

"Esatto."

"Non è lì che si svolgerà la prima notte di nozze?" chiede la nonna di Jane, con la fronte sempre più aggrottata.

"Abbiamo una suite per la luna di miele" le spiega Jane con orgoglio. "In questo hotel."

"Una suite per la luna di miele!" La nonna di Jane mi fa un occhiolino inquietantemente lascivo. "Spero che abbia un'altalena."

Intende un'altalena sessuale, vero? Anche Jane deve pensarla così, perché le sue guance assumono un colore più intenso.

"Un'altalena?" Mary chiede con curiosità. "Perché mai la suite dovrebbe avere…"

"Credo che questo sia il momento di andarcene" dice Georgiana con severità; poi, conduce via la madre, senza troppa delicatezza.

"Ma, sul serio" chiede Mary. "A cosa serve l'altalena?"

Jane tracanna un flûte di champagne. "Te lo spiegherò quando sarai molto, molto più grande."

"Bleah, no" replica Mary. "Non voglio rovinarmi il concetto di altalena, mai."

Mentre la mia cognatina si allontana, il DJ annuncia che la torta è pronta per essere tagliata, perciò io e Jane andiamo a fare gli onori di casa.

Come da tradizione, avvolgo la mano sopra quella della sposa e, non a caso, ho voglia di rinunciare alla torta per mangiare qualcosa che promette di essere ancora più dolce.

La fica di Jane, nel caso non fosse chiaro.

Ma non posso. Per dei motivi. Buoni motivi, anche se non riesco a ricordare esattamente quali.

Dopo aver tagliato ufficialmente la torta, conduco Jane di nuovo al tavolo e tutti ci avventiamo sul dessert.

Ho quasi finito la mia fetta, quando la famiglia di Jane torna con Piper e la sua guardia del corpo.

"È stato davvero divertente" dice Georgiana. "Ma si sta facendo tardi e la piccola ha cominciato ad agitarsi."

"Ah sì?" Mi avvicino a Piper e le do un bacio sulla fronte. Anche se ora ha un sorriso fanciullesco, so che potrebbe ricominciare ad agitarsi da un momento all'altro, quindi saluto calorosamente Georgiana e tutti gli altri. Non appena se ne vanno, i miei compagni moschettieri vengono da noi e ci informano che stanno per congedarsi anche loro.

"È già ora che andiate a nanna?" non posso fare a meno di prenderli in giro.

"Spettacolo di burlesque" ribatte Warren. "A meno che non stiate per metterne in scena uno qui?"

Roteo gli occhi.

"A te cosa interessa, comunque?" mi chiede Bernard. "Dovresti pensare solo alla consumazione di questo matrimonio."

Jane diventa rossa come un barbabietola.

"A meno che non l'abbiate già fatto" interviene Michael. "Dopo il servizio fotografico?"

Ho detto barbabietola? Facciamo vino rosso.

"Divertitevi al presunto spettacolo di burlesque" auguro loro e sposto la mia attenzione sulla persona successiva che sta per salutarci.

Ben presto, la festa si conclude, con le probabili spie giornalistiche come uniche persone rimaste.

In tal caso, ecco qualcosa per loro di cui scrivere.

Alzandomi in piedi, grido: "Ok, gente! Noi ci avviamo verso la suite per la luna di miele."

Così facendo, sollevo Jane tra le braccia e, mentre la gente applaude, esco trionfalmente dalla stanza.

CAPITOLO 33

Jane

"Mettimi sul letto" dico senza fiato quando Adrian mi porta nella suite per la luna di miele, oscenamente lussuosa. "Non mi fido a stare in piedi."

Già. Mi traballano le ginocchia e non solo a causa dell'ebbrezza causata dallo champagne. Sono in overdose di dopamina e ossitocina ed è tutta colpa di Adrian. Era già abbastanza grave quando mi toccava, o ballava con me, o mi sorrideva, ma essere trasportata in questo modo, premuta contro il suo petto duro come la roccia e avvolta dalle sue braccia forti, mentre respiro il suo delizioso profumo maschile, mi fa sentire sull'orlo dello svenimento in senso molto reale.

Il letto dev'essere extra large: un quadrato di due metri e mezzo per lato, che potrebbe ospitare comodamente una dozzina dei più alti giocatori dell'NBA... persino se dovessero fare un'orgia con le loro controparti femminili più alte della WNBA.

Molto delicatamente, Adrian mi deposita sul bordo del letto, proprio sopra un migliaio di petali di rose.

Sì, petali... e non sono gli unici accessori da luna di miele sparsi per la stanza. Ci sono abbastanza candele da creare un grave rischio di incendio, abbastanza cioccolatini da far venire il diabete persino alla persona più sana e abbastanza palloncini a forma di cuore da sollevare un elefante obeso.

È tutto iper-romantico e al di là dei miei sogni erotici più sfrenati per la mia GD.

Per dirla in un altro modo, è l'universo che mi provoca con il fatto che, stanotte, resterò vergine.

Inspirando, percepisco un odore di incenso che, unito all'aroma dei fiori, mi fa girare la testa ancora più velocemente.

Adrian fa per raddrizzarsi, ma i nostri occhi si incrociano.

Oh-oh.

Devo distogliere lo sguardo.

Non posso.

Per Giove, non riesco proprio a staccare gli occhi da lui.

La mia infatuazione dev'essere evidente, ma nemmeno lui distoglie lo sguardo. Anzi, ha un'espressione rapita e un muscolo della sua mascella si contrae, implorandomi di leccarlo e, poi, di mordicchiare quello zigomo marcato, prima di...

La signora Westfield crede fermamente che non ci si debba prendere certe libertà, nemmeno con il proprio marito.

Sopraffatta da un impulso irresistibile, mi aggrappo

alla sua cravatta come un koala si aggrappa a un albero di eucalipto. Il mio cervello impartisce al mio braccio il comando sfacciato di tirare giù Adrian, ma, prima che tale braccio possa eseguire il suddetto comando, Adrian fa la sua mossa (probabilmente perché, altrimenti, perderebbe la licenza di libertino).

La sua bocca scende in picchiata come un rapace e le sue mani si avvicinano al corpetto del mio vestito.

Sì!

Tutti i pensieri fuggono via dalla mia testa e mi perdo nel bacio, consapevole solo della dolcezza della torta nuziale nel suo alito e di un profumo decisamente maschile, che è puramente caratteristico di Adrian.

Il rumore della seta e del pizzo che si strappano rimbomba nella stanza.

Mi ha strappato il corpetto!

Come nei migliori romanzi rosa.

Santi numi! Potrebbe essere? Avrò finalmente la mia GD?

Sembra proprio di sì.

Adrian approfondisce il bacio; la sua lingua penetra la mia bocca, dandomi un preludio dell'atto coniugale, mentre le sue mani scivolano verso il mio corpetto distrutto, liberandomi i seni e facendo fremere i miei capezzoli per l'aria fresca.

Per favore, per l'amore di tutto ciò che è sacro nell'istituzione del matrimonio, fa' che continui! Se si ferma, impazzirò.

Lui non si ferma. Mi bacia il collo, poi scivola giù,

catturandomi il capezzolo duro come un diamante nella sua bocca lussuriosa.

Un gemito mi sfugge dalle labbra.

Con un basso ringhio gutturale, Adrian mi strappa l'abito di dosso con diversi strattoni impazienti, prima di sollevare la testa per fissarmi.

Deglutisco, sentendomi deliziosamente esposta sotto il suo sguardo vorace. Il fatto che lui sia completamente vestito non fa che intensificare la sensazione. La mia pelle si scalda e un rossore mi ricopre tutto il corpo.

"Sei stupenda" sussurra Adrian con voce roca (o così credo, perché poi trascina la lingua lungo il mio ventre, confondendo gli ultimi residui del mio cervello).

Con la mente annebbiata, mi chiedo dove sia diretta quella lingua. E, poi, lo so. È quello che i miei libri definirebbero "il mio posto più segreto."

Sta per…

Sì. Dando al mio clitoride la più sensuale delle leccate, Adrian procede con le sue tenere cure, ognuna delle quali estorce un gemito alla mia bocca.

Uno tsunami si forma nelle mie parti intime.

Ansimando, gli afferro i capelli e lo avvicino al mio sesso. "Sì, sì!" La tensione che si sta accumulando dentro di me è così forte, così travolgente, che passano solo pochi secondi prima che lo tsunami si abbatta su di me.

Con un grido, vengo, arricciando le dita dei piedi mentre l'estasi calda mi scorre lungo la spina dorsale.

Ansimando, apro le palpebre pesanti.

Uhm. Sono forse svenuta per un secondo?

L'ultima volta che ho controllato, Adrian era vestito, ma ora è deliziosamente nudo… e la sua virilità è più grande e più dura che in tutte le mie fantasie, tanto che sento un fremito non spiacevole al centro della mia femminilità.

E sì, "virilità" e "femminilità" stanno a indicare rispettivamente cazzo e fica.

"È stato fantastico" ansimo.

Le sue labbra fremono di orgoglio maschile. "Mi fa piacere."

Tendo la mano verso il suo cazzo, ma, quando le mie dita ne sfiorano la pelle vellutata, Adrian si ritrae.

"Voglio ricambiare il favore" gli spiego timidamente.

I suoi occhi brillano e la sua voce è roca. "Per quanto mi piacerebbe, preferisco essere dentro di te."

Gulp! Come può quest'unica frase farmi passare dalla sazietà sessuale al suo completo contrario?

"Ammesso" continua lui, "che l'onore di occuparmi della tua GD sia ancora sul tavolo. Capirei se…"

"Sì" sussulto. "Puoi avermi sul tavolo."

Sorride maliziosamente. "Per la tua prima volta, che ne dici di usare un letto?"

Annuisco con fin troppo entusiasmo.

"Sai che potrebbe farti male, vero?" mi chiede Adrian. "Farò del mio meglio per essere delicato, ma…"

"Sì. Sono pronta." Lancio un'occhiata preoccupata al

suo bellissimo (e, auspicabilmente, non troppo grande) strumento di deflorazione.

Ciò che sto guardando si contorce… e, forse, mi fa l'occhiolino.

"E sai cosa aspettarti, in generale?" Adrian continua sottovoce.

"Ho visto molti porno" affermo con una sicurezza che non provo.

Ehi, la mia preparazione è migliore di quella di tutte le eroine dei romanzi storici, che si facevano un'idea del sesso dagli animali della fattoria o da imbarazzanti chiacchierate con le loro madri e altre signore sposate. Per esempio, Daphne di *Bridgerton* non sapeva nemmeno del metodo del coito interrotto, né dello sperma in generale. Una sola eiaculazione l'avrebbe istruita (per non parlare di un video di bukkake, in cui le attrici quasi affogano in quella roba).

"La vita reale può essere diversa dal porno" afferma Adrian, con gli occhi corrugati per il divertimento. "Ma, in ogni caso, hai qualche richiesta o suggerimento?"

"Niente soffocamento, per favore" dico seriamente. "E, magari, non schiaffeggiarmi la faccia con l'uccello… per questa volta. Ah, e se il tuo atteggiamento verso il sesso anale è cambiato da quando avevi scritto nel tuo diario, saltiamo anche quello per oggi, almeno per quanto riguarda il mio sedere."

Lui annuisce solennemente, anche se le rughe intorno ai suoi occhi si fanno più profonde. "Intesi." Il suo sguardo diventa più serio. "Dovresti anche sapere che sono sano."

Merda! Avrei dovuto chiedergli questo prima di tutto. "Anch'io sono sana" sbotto. "E sai già della mia spirale."

Adrian risponde baciandomi di nuovo il collo. Poi, le sue dita mi sfiorano i capelli, rovinando la mia acconciatura. Inspiro bruscamente quando il suo cazzo preme contro il mio ventre e sento un calore accumularsi pochi centimetri al di sotto.

La sua bocca ripercorre il percorso di prima, lungo il mio addome e giù fino al clitoride.

Un momento. Pensavo che…

Lui insinua di nuovo il viso tra le mie pieghe e la facoltà di pensiero si allontana dalla mia mente. Godendo del piacere che si sta accumulando dentro di me, mi contorco sotto di lui, desiderando lo sfogo sempre di più.

La sua lingua esperta continua.

Le mie mani stringono le lenzuola. Ci siamo. Un altro orgasmo da record sta per…

Ma no. Adrian si stacca proprio quando sono all'apice. Ora, la punta del suo cazzo si trova dove la sua lingua era un secondo fa, stuzzicando la mia entrata e facendomi impazzire in egual misura.

Prima che io possa emettere un grido di frustrazione, Adrian cattura le mie labbra in un bacio rovente.

Il calore dentro di me si intensifica. Non avrei mai immaginato che assaggiare i miei stessi umori sarebbe stato così eccitante, ma lo è... e, ora, ho così tanto bisogno di avere Adrian dentro di me che potrei urlare.

Come se percepisse la mia disperazione, Adrian mi penetra dolcemente e c'è un momento in cui il piacere si mescola al dolore, ma il piacere vince rapidamente (probabilmente, a causa di tutte le endorfine che hanno avuto effetto sui miei recettori degli oppiacei). Tutto ciò che voglio è raggiungere quell'orgasmo sfuggente che mi aveva stuzzicata ed ecco che inizia a crescere di nuovo, più velocemente di quanto ritenessi possibile.

"Così" grugnisce Adrian, spingendosi più a fondo. "Vieni con me. Adesso."

Che scelta ho? I miei muscoli interni fremono intorno al suo cazzo e io affondo le unghie nella sua schiena, mentre vengo alla spinta successiva.

Adrian geme di piacere e si struscia su di me. Devo averlo stretto nel modo giusto, perché sento la calda umidità del suo sfogo mentre un'altra scossa di piacere esplode dentro di me.

Wow! È stato... wow.

Non riesco a muovermi né ad aprire gli occhi.

Scommetto che c'è un'espressione beata sul mio volto non più vergine.

Sento Adrian scendere dal letto.

Pazienza.

Lui torna e preme un panno caldo e umido sulle mie parti intime.

Già. Questa è beatitudine e continua ancora quando Adrian avvolge il corpo intorno al mio.

Sarà il mio cervello assonnato, ma riesco quasi a

visualizzare il nostro finto matrimonio trasformarsi in qualcosa. Qualcosa di reale. Qualcosa in cui io possa sentirmi così ogni giorno.

Se potessi, imbottiglierei questo momento per sempre, ma, ahimè, mi addormento.

CAPITOLO 34
Adrian

Quando Jane si addormenta tra le mie braccia, l'enormità di ciò che è appena accaduto mi colpisce come una palla del cannone a trentatré canne che DaVinci inventò, ma non costruì mai.

Sono andato a letto con Jane. Per essere precisi, l'ho sverginata. Se questa fosse l'epoca di cui le piace leggere, la cosa più onorevole da fare sarebbe sposarla, ma l'ho già fatto.

Dannazione! È stato il miglior sesso della mia vita. E non è un'iperbole: è stato davvero il migliore. La chimica bruciante che ha sobbollito tra noi per tutto questo tempo è stata, semmai, una promessa inferiore alle aspettative. Il sesso vero e proprio è stato molto meglio di qualsiasi cosa la mia mente avesse immaginato durante i miei appuntamenti solitari con il mio pugno. E ho dovuto trattenermi a causa della sua verginità. Non riesco nemmeno a immaginare quanto sarà bello tra di noi una volta che...

No. Non possiamo. Non dovremmo. La sua GD, come l'aveva definita lei, non sarebbe dovuta accadere; ma, dal momento che è accaduta, l'unica cosa che posso controllare è ciò che succederà dopo, che dovrebbe essere nulla. L'udienza richiede tutta la mia concentrazione e Jane è una distrazione troppo allettante. Peggio ancora, una sola mossa sbagliata da parte mia potrebbe mettere a repentaglio la ragione stessa del nostro finto matrimonio.

Provo una dolorosa stretta al petto mentre mi districo delicatamente dal corpo morbido e minuto di Jane, prendo un accappatoio ed esco silenziosamente sul balcone gigante.

L'aria fresca non mi è d'aiuto. Sento ancora un'inquietante combinazione di senso di colpa, rimorso e, cosa peggiore di tutte, desiderio ardente.

Voglio ancora Jane. La voglio così tanto che riesco a sentirne il sapore. Ma non posso fare questo a Piper. Non posso rischiare di perderla.

A proposito di Piper... Tiro fuori il telefono e una parte della tensione si scarica dalle mie spalle quando accedo all'applicazione del baby monitor e la vedo. Sta dormendo, da bambina qual è.

Proprio questo è il motivo per cui devo frenare qualsiasi cosa stia succedendo tra me e Jane.

Con un sospiro, apro l'email da parte di Bob con i documenti che devo esaminare per l'udienza. Dopo un'ora molto lunga, sono felice che le circostanze della vita non mi abbiano costretto a intraprendere una carriera nel sistema giudiziario, ma sono grato a coloro che sono disposti a fare questo tipo di lavoro.

Inoltre, sento ancora una voglia struggente di abbracciare Jane.

Contemplo l'idea di sgattaiolare in un'altra stanza per evitare la tentazione, ma decido che non sarebbe giusto nei suoi confronti. Non voglio che si senta come se questa fosse stata un'avventura di una notte.

In silenzio, torno a letto e mi distendo il più lontano possibile da lei sul materasso gigante. Tutto ciò che vorrei è ridurre la distanza tra noi, ma non sarebbe saggio.

Ho bisogno di dormire. E, soprattutto, devo lasciar dormire lei.

Discuteremo di tutto domattina.

CAPITOLO 35

Jane

Il mio primo pensiero al risveglio è chiedermi se gli eventi della notte scorsa fossero reali, perché era tutto troppo simile a un sogno.

Sbircio attraverso le ciglia.

Mi trovo nel letto gigante, nella suite per la luna di miele, con Adrian dall'altra parte del letto. E sono indolenzita nella…

La signora Westfield consiglierebbe di non nominare zone così delicate, nemmeno nei pensieri privati di una gentildonna.

Tutto ciò significa che, se la mia GD era un sogno, sta continuando.

"Sei sveglia?" Adrian sussurra, avvicinandosi di più.

Mi giro verso di lui. "Lo spero."

Mi scosta una ciocca di capelli dietro l'orecchio. "Come ti senti?"

Mi mordo il labbro. "Con mia grande delusione, come al solito."

Lui inarca un sopracciglio. "Con delusione?"

Faccio un finto sospiro. "Ho sempre pensato che mi sarei sentita diversa dopo aver perso la verginità."

Lui inclina la testa. "Diversa in che senso?"

"Più vecchia. Più matura. Più saggia."

"Ah. E non ti senti così?"

"Penso che, forse, dovremo ripetere quello che abbiamo fatto ieri sera ancora qualche decina di volte, prima che tutte queste cose facciano effetto."

Il suo buon umore evapora e lui sembra decisamente a disagio. "Jane… non sono sicuro che sia una buona idea."

Le sue parole mi colpiscono come una secchiata di ghiaccio, dimostrando senza ombra di dubbio che questa è la cruda realtà, non la fantastica terra dei miei sogni di GD.

"Andare a letto insieme non è una buona idea?" mi sento domandare, anche se non sono sicura del motivo per cui mi sto punendo in questo modo.

Lui si ritrae. "Mi dispiace. Speravo che ne avremmo parlato più tardi. Con calma."

Con calma? Non c'è modo su questa Terra che io possa pensare a questo con calma. Non dopo che ho stupidamente iniziato a credere che la notte scorsa significasse qualcosa. Che potesse esserci una speranza per noi due.

Il mio stomaco diventa di pietra e un'ondata di nausea mi assale.

Come ho potuto essere così ingenua? Così virginale? Avrei dovuto ricordarmi che, per un libertino come lui, fare sesso è come fare un bello starnuto. Ma, anche in quel caso, perché negarmi una cosa così insignificante per lui come uno starnuto?

Poi ci arrivo e sono felice di essere sul letto, perché le mie gambe sono troppo deboli per sostenere il mio peso.

"Pensi che ieri sera sia stato un errore?" per metà chiedo e per metà affermo. Dev'essere così. È di questo che si tratta. Lui è un attraente playboy miliardario e io sono semplicemente una ragazza qualunque, che probabilmente è stata anche una noiosa scopata. Per lui, fare sesso con me è stato probabilmente come fare uno di quei mezzi starnuti che, a volte, si fanno quando il naso prude: del tutto insoddisfacente.

In effetti, è già un miracolo che si sia abbassato a fare sesso con me. Probabilmente, è stato a causa della sua castità auto-imposta, unita alla sua indole dissoluta e all'atmosfera romantica delle nozze.

O, forse, è stato più calcolatore nel portarmi a letto. Forse, farà in modo che le lenzuola insanguinate finiscano nelle mani di qualche paparazzo, per assicurarsi che il mondo sappia che il nostro matrimonio è stato consumato, come nel Medioevo. Questo varrebbe pure uno spiacevole starnuto. O, forse, temeva che, all'udienza, avrebbero controllato il mio imene per assicurarsi che il nostro matrimonio non fosse finto. O…

Adrian mi solleva delicatamente il mento con le dita. "La scorsa notte non è stata un errore, ma, se continuiamo a essere intimi, ci ritroveremo in una vera relazione e le relazioni, spesso, finiscono. Se ciò dovesse accadere, che ne sarebbe dell'udienza per Piper?"

Un'altra secchiata gelida in faccia. Ora, oltre che rifiutata, mi sento anche una mocciosa egoista. Quella bambina merita di avere un padre fantastico come Adrian nella sua vita, mentre io mi preoccupo solo del mio fragile ego e della mia libido iperattiva.

Eppure... Se lui la pensa così, non avrebbe dovuto occuparsi della mia GD. È ingiusto. Tratta il suo cane meglio di così; me l'ha detto lui stesso: qualcosa a proposito del fatto che non si possa sentire la mancanza del sesso se non lo si ha mai provato.

"Hai ragione" gli dico. "Non dovremmo farlo più." Vorrei poter aggiungere che è perché io non vorrei farlo in ogni caso, ma non sono così brava a mentire.

C'è un barlume di dispiacere nei suoi occhi? No. È solo una mia pia illusione.

Improvvisamente, mi sento decisamente troppo nuda, così mi trascino la coperta fino al mento e gli chiedo: "Puoi lasciarmi un po' di privacy?"

Con un sospiro, lui si alza dal letto, offrendomi una visione completa del suo corpo straordinario. Poi, prende un accappatoio e nasconde tutto, il che sembra un crimine contro la natura.

"Ecco, tieni." Mi lancia un altro accappatoio, poi mi volta le spalle.

Non devo piagnucolare. Sarebbe peggiore che essere di nuovo nuda davanti a lui.

Indosso l'accappatoio e cerco di controllare le mie turbolente emozioni.

Come se non avesse appena distrutto il mio mondo, Adrian ordina una colazione gourmet in camera. Vado a farmi la doccia e, quando riemergo dal bagno, il cibo è già arrivato. Ha un bell'aspetto e un ottimo profumo, ma sa di paglia mista a fogne, forse a causa del groppo di lacrime che mi è rimasto in gola. La conversazione durante il pasto è praticamente inesistente, a causa dello stesso groppo. Non sono sicura di quale sia il problema da parte sua, ma non importa. Ho intenzione di trattare il nostro rapporto, così com'è, come un puro accordo di lavoro, quindi non c'è bisogno che chiacchieriamo.

Chi avrebbe mai detto che le mie imbarazzanti interazioni con la signora Corsica mi sarebbero tornate utili? Appena finita la colazione, chiedo ad Adrian quando torneremo a casa.

"Quando vuoi" risponde.

Stringo le labbra. "Perché non andiamo adesso?"

Anche se siamo ufficialmente sposati, Adrian non mi porta in braccio oltre la soglia quando arriviamo a casa. Invece, andiamo ognuno per la propria strada e non pranziamo né ceniamo insieme: è una mia scelta e mi ci attengo.

Quella notte, mi addormento piangendo. Il giorno dopo, quando ci incontriamo, parliamo di nuovo del meteo. È l'interazione più civile che riesco a gestire, ma persino quella è gravosa. Continuo a evitare Adrian per quanto la convivenza nello stesso attico mi consenta e passano diversi giorni nello stesso modo: teso, ma civile.

Poi, giovedì, Adrian entra nella sua biblioteca mentre sto leggendo e mi informa che *Queen Charlotte* è uscito su Netflix e che dovremmo guardarlo insieme.

"No, grazie" rispondo con fermezza.

Pensa forse che possiamo tornare a essere amici? Non esiste!

Lui inclina la testa. "È uno spin-off di *Bridgerton*. Pensavo fosse la tua serie preferita."

"Voglio prima leggere il libro. Non l'hanno ancora pubblicato."

In realtà, muoio dalla voglia di guardare la serie, ma ho intenzione di dirgli che la salterò perché il libro non mi è piaciuto… per poi guardarla di nascosto da sola, o dopo che il nostro accordo sarà terminato.

Lui fa una smorfia e viene verso di me. "Senti, Jane… non voglio che continuiamo a comportarci come estranei."

"Non vuoi?" gli chiedo con amarezza. "Ma non è più prudente così? Se parliamo di qualcosa di sostanziale, potremmo litigare e, se il litigio si aggravasse abbastanza, potrebbe compromettere l'udienza."

È meschino, lo so, ma la logica è identica alla sua.

"D'accordo" dice con un sospiro e se ne va.

I giorni successivi a quella conversazione sono quanto di più opposto alla beatitudine della luna di miele. Non parliamo nemmeno più del meteo, ma soltanto dell'udienza, che si sta avvicinando rapidamente.

Le uniche note positive nella monotonia delle mie giornate sono le visite di Piper, ma persino quelle si tingono di dolore perché, ormai, sono innamorata della bambina e so che non la vedrò più quando Adrian non avrà più bisogno di me.

Ah, e ho menzionato il fatto che vederlo fare il bravo papà è il più potente afrodisiaco?

È così e questo non aiuta la situazione.

I minuti si dilatano in ore e giorni e, infine, arriva la sera prima dell'udienza. Mi aspetto che sia monotona come tutte le notti precedenti, ma un grido lontano mi sveglia verso le tre del mattino.

Che diavolo? Leo avrà combinato una delle sue marachelle?

Sopraffatta dalla stessa curiosità che, solitamente, fa uccidere le donne nei film horror, indosso una vestaglia e apro la porta della mia camera per sbirciare nel corridoio.

Vorrei non averlo fatto.

C'è Sydney.

Alias: la madre della bambina di Adrian. Alias, l'ultima persona che mi aspettavo di vedere al di fuori dell'udienza di domani.

Ha le tette al vento, mentre lotta per infilarsi il vestito, e i capelli in disordine.

Anche se il mio cervello non ha ancora fatto il salto

di consapevolezza, le mie vene si riempiono di azoto liquido.

La situazione non fa che peggiorare.

Adrian, completamente nudo, arriva di corsa nel corridoio. Vedendomi, si blocca di colpo. La sua voce è strozzata. "Jane… non è come sembra."

Prima che lui possa aggiungere altro, sbatto la porta.

Il cuore mi martella nel petto e trattengo un urlo che, probabilmente, manderebbe in frantumi un vetro se lo lasciassi sfogare.

Si ode una bussata alla porta, seguita dalla voce tesa di Adrian. "Dobbiamo parlare."

"Non voglio parlare" riesco in qualche modo a ribattere.

"Ti prego" dice. "Volevo…"

Facendo ricorso a tutta la mia forza di volontà, gli dico in tono uniforme: "L'udienza è domani. Ho bisogno di dormire." Come se potessi dormire dopo quello che ho appena visto!

C'è un attimo di silenzio. "Hai ragione" dice infine lui. "Però, dopo, dovremo parlare."

Certo che sì. Probabilmente, è solo sollevato dal fatto che ho ancora intenzione di andare all'udienza.

E lo farò: per Piper, non per lui. Ci andrò, anche se l'unica cosa che voglio è chiudere questa farsa per potermene tornare a casa a Staten Island, mangiare la zuppa di pollo della mamma e piangere per una settimana.

Inutilmente, mi rimetto a letto, con i pensieri che mi ronzano in testa come vespe agitate.

Non è come sembra.

Sembra che abbiano fatto sesso e che le cose si siano scatenate. Cos'altro potrebbero fare nudi, insieme, di notte?

Stringo forte gli occhi, ma questo non fa che peggiorare le immagini che mi balenano nella mente. Immagini ispirate a tutti i porno che ho visto, ma con Adrian e la sua ex al posto di attori dal cazzo grosso. Non che il suo sia piccolo.

Aspettate, a cosa diamine sto pensando?

Uff, devo smetterla con queste inutili riflessioni. Lui non mi deve nulla. La nostra non è una vera relazione, nonostante la mia GD, che, come abbiamo già stabilito, è stata l'equivalente di uno starnuto insoddisfacente.

In faccia a me.

Però, fa male. Mi sembra un tradimento... ben più delle sue parole nella mattina dopo il matrimonio. Almeno, in quel caso, aveva affermato di agire nell'interesse di Piper. A meno che... Sarà andato a letto con Sydney per verificare che l'udienza sia ancora necessaria? Come a dire che, se il sesso fosse andato bene, forse avrebbero potuto far funzionare le cose?

No, non ha molto senso.

Forse, l'ha fatto come copertura dai rischi? Se così fosse, potrebbe anche essere stata una mossa intelligente, in un certo senso psicopatico. Ricordare a Sydney il paradiso che è il suo cazzo e, poi, se l'udienza non va come vuole lui, può semplicemente invitarla a tornare e lei verrebbe… è solo umana.

Maledizione!

La gola mi si stringe con lo stesso grido che avevo trattenuto.

È possibile che siano andati a letto insieme per tutto questo tempo? È questo il vero motivo per cui lui non voleva farlo con me?

So (e detesto l'idea) che l'hanno fatto almeno una volta, visto che Piper ne è la prova.

Ma perché preoccuparsi dell'udienza, se hanno una vita sessuale continua? Non sarà che il sesso tra loro è di qualche tipo strano o malsano? Una dipendenza che li porta a scopare con odio o qualcosa del genere? Che sia questo il motivo delle urla?

O, peggio, è possibile che lei gli piaccia solo per il sesso, ma che lui odi la sua compagnia?

Potrebbe essere. Con me, ha un atteggiamento esattamente opposto. O, almeno, sembrava che la mia compagnia gli piacesse quando eravamo in buoni rapporti.

Forse, tra me e lei, ha trovato la partner perfetta?

Il pensiero mi restringe i polmoni, rendendomi difficile respirare.

A questo punto, so una cosa con certezza: dormire è solo una lontana illusione.

~

"Parleremo dopo l'udienza" mi dice Adrian quando lo incontro vicino all'ascensore.

"Certo." Mi strofino gli occhi arrossati. "Come vuoi."

Non chiarisco se si riferisca al suo sesso sfrenato con Sydney o a qualcos'altro. In ogni caso, non sono ancora nelle condizioni di fare qualcosa che si avvicini a un discorso.

Entriamo nell'ascensore e, non appena lui preme il pulsante per l'atrio, inizia a leggere un documento stampato, senza dubbio relativo all'udienza.

Per tutto il tragitto in limousine, continua a leggere gli stessi fogli e anch'io cerco di prepararmi, come meglio posso.

Quando entriamo in aula, individuo subito mia madre, che è qui per dare sostegno morale ad Adrian (tuttavia, mi domando se sarebbe venuta ugualmente, se le avessi raccontato della guerra fredda post-GD e di ieri sera). Mi siedo accanto a lei, ignoro Adrian quando prende posto e ascolto il procedimento.

Alla mia sinistra, la mamma fissa Tristan, il padre di Sydney. Prima che io possa dirle che quell'uomo è off limits e spiegarle il perché, lei guarda Juliet, la madre di Sydney, e poi Sydney stessa. Per tutto il tempo, l'espressione della mamma è estremamente strana.

Per un attimo, mi chiedo come mai, ma non ho il tempo di soffermarmici, perché guardare Sydney fa riaffiorare tutti i sentimenti di ieri sera. Stringo i denti fino a farmi male alla mascella e chiudo le mani a pugno sulle ginocchia.

Nel frattempo, gli avvocati fanno il loro lavoro, iniziando dalla parte di Adrian. Sostengono che lui sia un buon padre e un onesto cittadino, che ha rinunciato ai suoi modi dissoluti. Il giudice è difficile da interpretare, ma credo che se la beva. Quando la controparte inizia a parlare, Sydney ci lancia un'occhiataccia che mi fa venire i brividi.

È troppo sicura di sé. Quasi come se stesse già gongolando. Ma perché…

"Per favore, guardate lo schermo" dice uno degli avvocati di Sydney in quel preciso momento.

Lo facciamo tutti, ma io sono probabilmente la prima a capire cos'è ciò che sto vedendo… e tutto il mio corpo si irrigidisce.

Sullo schermo, appare il contratto segreto che ho firmato. Lo stesso che specifica che il mio matrimonio con Adrian è finto… il che è esattamente ciò che l'avvocato sottolinea subito dopo.

Le persone si voltano verso di me con espressioni consapevoli. "Ah, questo spiega tutto" sembrano dire i loro volti. "Ecco perché un uomo come lui avrebbe sposato una donna come te. Per una farsa."

Il mio viso brucia e lancio un'occhiata furtiva ad Adrian. Mi sta fissando con un'espressione estremamente tradita. Evidentemente, pensa che io abbia dato a Sydney il documento, anche se non ho fatto nulla del genere.

La mia mente corre alla ricerca di risposte. Me ne viene in mente soltanto una: gli avvocati di Sydney devono aver hackerato l'account dell'app che avevo creato e sono entrati in possesso del documento. Non che Adrian ci crederà.

Suppongo che, alla fin fine, non abbia importanza, perché le cose stanno così: ho mandato tutto all'aria. Adrian non otterrà l'affidamento di Piper e la colpa è mia.

Sento il fortissimo impulso di correre via, ma, invece, come se mi fossi trasformata in uno zombie, mi alzo in piedi tremando ed esco dall'aula barcollando.

So che è da codardi, ma non voglio vedere l'espressione sul volto di Adrian quando si renderà conto di quanto sia grave la situazione. Né voglio sentirmi dire che non vuole vedermi mai più.

Questa parte è ovvia.

Con la coda dell'occhio, vedo mia madre (e, per qualche motivo, anche Tristan) balzare in piedi e corrermi dietro.

Che diavolo? Forse il padre di Sydney ha solo bisogno di andare al bagno?

Ma no.

Mentre esco in strada, vedo la mamma afferrare il gomito di Tristan mentre lui mi urla di fermarmi.

Discutono ferocemente di qualcosa, perciò mi precipito verso di loro, pronta a difendere mia madre da qualsiasi problema abbia questo tizio.

Quando arrivo a portata di udito, loro si ammutoliscono e assumono un'aria colpevole.

Sul serio? Cosa diavolo c'è sotto? Con tutto quello che è successo, l'ultima cosa di cui ho bisogno è uno strano mistero.

"Cosa sta succedendo?" domando.

Tristan esamina il mio viso come se non avesse mai visto una faccia fino ad oggi. "Sei… la figlia di Georgiana?"

"Ehm, sì."

Lui mi scruta ancora più intensamente. "E hai ventitré anni e quattro mesi?"

E quattro mesi? Cos'è, siamo tornati all'asilo?

"Non farlo" gli dice la mamma. "Prima, lasciaci parlare."

"Non fare cosa?" domando. "C'è qualcosa tra voi due?"

È la soluzione più logica, ma…

"Mi dispiace" dice Tristan a mia mamma. Poi, si rivolge a me. "Sono tuo padre."

CAPITOLO 36
Jane

R imango lì, ammutolita, e combatto l'impulso di scappare via, perché c'è un limite a ciò che una donna può sopportare in così poco tempo e io l'avevo già oltrepassato da molto prima di questa notizia bomba.

Può darsi che Tristan stia mentendo?

Lancio un'occhiata a mia madre. È pallida e non sta nemmeno negando. Il che significa che è la verità.

Questo sconosciuto è mio padre.

Ma lo è davvero?

Stringendo i denti, esamino il volto di Tristan come lui ha fatto con me per tutto questo tempo.

Per tutti i diavoli! Abbiamo caratteristiche in comune, quindi potrebbe proprio essere la verità. Ma…

"Come?" chiedo, senza sapere a chi. A questo punto, sento uno strano torpore, come se qualcun altro stesse parlando per me.

"È andata come ti ho raccontato. Ci siamo conosciuti in un locale notturno" mi dice la mamma.

"Ed è successo solo una volta" interviene Tristan, che sembra un po' sulla difensiva.

"Il numero di volte non ti avrebbe reso meno sposato" gli dice la mamma. Rivolgendosi a me, aggiunge: "E aveva anche una figlia in arrivo."

Una figlia. Mi stringo il petto mentre il mio cervello sopraffatto fa finalmente il collegamento.

Tristan è anche il padre di Sydney, quindi dev'essere lei la figlia che aspettava. Se tutto questo è vero, Sydney è la mia sorellastra. Abbiamo effettivamente in comune gli occhi color ambra, i capelli scuri e il viso piccolo: l'avevo notato quando l'ho conosciuta, ma non ne avevo colto il significato, ovviamente.

Fa molto telenovela. Un ragazzo si è messo tra me e la mia sorellastra. Alla faccia delle sorelle prima degli uomini!

Poi, un'altra cosa mi colpisce: questo fa di Piper mia nipote.

Mi piace questa consapevolezza. Molto. Spiega anche alcune cose, come il motivo per cui la bambina mi è sembrata carne della mia carne nel momento in cui l'ho incontrata. Perché lo è. Condividiamo il dodici e mezzo per cento del nostro DNA.

D'altra parte, è così dolce che l'avrei amata comunque.

"...giuro che non sapevo che fosse minorenne" sento Tristan dire e questa chicca mi riporta alla conversazione. "Mi aveva detto di avere diciotto anni."

"Tutte le donne mentono sulla loro età" ribatte la mamma, sulla difensiva. "E tu avresti potuto verificare."

Lui annuisce. "Avrei potuto fare molte cose in modo diverso, all'epoca."

"Puoi dirlo forte" sbotta la mamma. Si rivolge a me. "Quando gli dissi che ero incinta, mi diede dei soldi… per restare in silenzio e abortire."

"Aspetta." Faccio fatica a riprendere fiato. "Mi hai sempre detto di non aver più rivisto mio padre dopo quell'avventura di una notte. Di non sapere il suo nome." Tristan trasalisce a quest'ultima affermazione, ma io continuo. "Non potevi sapere di essere incinta la mattina dopo quella notte."

La mamma fulmina Tristan. "È per questo che volevo prima parlarle." Rivolgendosi a me, dice: "Mi dispiace di averti mentito. Tra il fatto che fosse sposato e che mi avesse esortata ad abortire, pensavo che saresti stata meglio senza di lui."

Tristan mi guarda seriamente. "Non l'avevo esortata, avevo solo suggerito quell'opzione e mi dispiace molto per questo. Dato che Georgiana era minorenne, temevo di finire in prigione e, come abbiamo già detto, avevo una bambina in arrivo."

Mi sfrego le tempie pulsanti. "Quindi… fino ad oggi, pensavi che io non esistessi?"

Non che questo mi induca a perdonarlo, ma…

Lui fa una smorfia. "Mi sentivo in colpa per il modo in cui mi ero comportato con tua madre, così, un paio di anni dopo, la rintracciai per scusarmi."

"Più che altro, per assicurarti che sarei stata zitta" borbotta la mamma.

"Ed è allora che seppi che aveva deciso di tenerti" continua Tristan. "Così, mi offrii di aiutarla in qualsiasi modo possibile, ma lei mi disse che non mi voleva nella tua vita e io decisi di rispettare la sua volontà."

"Più che altro, ha deciso di non svegliare il can che dorme" corregge la mamma.

Tristan sospira. "Forse è vero, ma, con il passare del tempo, me ne sono pentito, ogni anno di più."

Mi scuoto dallo stordimento che mi attanaglia. "Chiaramente, non abbastanza per rintracciarmi e parlare con me." Indico l'aula. "Se volevi sapere come *dovrebbe* comportarsi un padre, basta guardare quanto Adrian si sta dando da fare per essere presente nella vita di sua figlia."

Tristan fa un passo indietro. "Non ero sicuro di cosa ti avrei detto se mi fossi avvicinato a te."

"Che te ne pare di: 'Ciao, io sono il donatore di sperma'?" rispondo a denti stretti.

Tristan sbatte lentamente le palpebre. "Suppongo di meritarmi questo appellativo. E hai ragione. Non importa cosa ti avrei detto. Il semplice fatto di contattarti era importante e io ho rovinato tutto. Sono stato un codardo e mi dispiace anche per questo. Ma, quando ti ho vista oggi e mi sono reso conto che ti avevo già incontrata, non sono più riuscito a trattenermi."

Il mio petto si stringe. "Ed eccoci qui."

La mamma cattura il mio sguardo. "Mi dispiace di

non averti raccontato tutta la verità su di lui. Ti prego, non odiarmi. Pensavo che quello che ho fatto fosse per il meglio."

"Non potrei mai odiarti" le dico, anche se sono parecchio arrabbiata con lei in questo momento. A malincuore, ammetto: "Non sono sicura di come mi sarei comportata io al tuo posto."

"Questione irrilevante" dice orgogliosamente la mamma. "Tu non sei rimasta incinta da adolescente."

"Spero che non odi nemmeno me" mi dice Tristan. "E che tu prenda in considerazione l'idea di imparare a conoscermi... in qualsiasi modo ti faccia sentire a tuo agio."

Qualcuno ha alzato il riscaldamento fuori? "Dovrò pensarci" riesco a rispondere.

"Grazie" dice lui, con tanta serietà che sento una fitta di qualcosa che non merita.

"A una condizione" aggiungo, sorprendendo persino me stessa.

"Spara" dice.

"Fa' in modo che io possa far parte della vita di Piper, indipendentemente da come andranno le cose lì dentro." Indico l'aula.

Se potrò rivedere Piper, il cuore mi farà un po' meno male.

Tristan esita solo un istante prima di promettermi: "Farò tutto quello che è in mio potere affinché ciò accada. Però, questo vale unicamente per te. Se le cose non dovessero andare a favore Adrian, non credo che Sydney gli permetterebbe di..."

Sussulto quando mi viene in mente una terribile consapevolezza. "Quando Adrian saprà che io e Sydney siamo parenti, penserà che l'ho aiutata… soprattutto, se io potrò vedere Piper e lui no."

"Dubito che penserà questo" dice la mamma.

Ha un'eccessiva considerazione del suo finto genero.

Mi rivolgo a Tristan. "Sai come ha fatto Sydney a ottenere quello stupido documento?"

Stavolta, lui esita più a lungo. "Anche se te lo dico e tu corri lì dentro a rivelarlo, non cambierà il risultato" afferma infine.

"Ovviamente" replico. "Ormai, il danno è fatto."

Lui si sposta da un piede all'altro. "L'aiuto è arrivato da un'addetta alla sicurezza scontenta, che lavorava nell'edificio di Adrian. Sostiene di aver dato una mano a Sydney perché lei e il marito hanno dovuto ricominciare da capo in un nuovo posto di lavoro a causa tua, ma credo che fosse affamata di soldi. In ogni caso, ha dato a Sydney la password che tu avevi impostato per accedere all'edificio e le ha suggerito che non sei attenta con le parole d'ordine in generale. La speranza era che tu avessi usato la stessa password con l'applicazione che Adrian ama usare per tutti i suoi documenti legali… e così è stato."

Ah. Dannazione! È stata Susan. Mi aveva anche rimproverata per aver usato parole riconoscibili, ma io non ho affatto cambiato le mie abitudini e ho continuato a usare la stessa identica password per quella stupida applicazione. Mi ero anche completamente dimenticata del fatto che Susan avesse dovuto trovarsi un nuovo lavoro perché io ho fatto una scenata dopo aver visto una statua di lei, nuda, nella galleria di Adrian.

"Ti prego di tenere presente che tutto questo è successo prima che io sapessi chi eri" afferma Tristan, "e che Sydney sta solo cercando di fare ciò che pensa sia meglio per sua figlia."

Sta paragonando le azioni di mia madre a quelle di Sydney? No, questo significherebbe che disapprova la sua stessa figlia. A meno che…

"Tutto questo è troppo" dico, soprattutto a me stessa.

"Tieni." Tristan mi porge il suo biglietto da visita e io impiego quelli che mi sembrano dieci minuti per decidere se infilarmelo in una tasca o nella borsa (ecco quanto sono sopraffatta, a questo punto).

"Possiamo parlare?" mi chiede la mamma.

Scuoto la testa. "Ho bisogno di stare da sola." E non solo a causa dell'uomo accanto a noi. L'uomo rimasto in aula è di gran lunga più responsabile.

La mamma fa una smorfia. "Capisco. Sono qui se hai bisogno di me."

Deglutisco, con gli occhi che mi bruciano, e corro verso il taxi giallo più vicino.

Quando il tassista mi chiede dove andare, gli dico di portarmi a casa.

"E dov'è casa tua?" mi chiede, con un misto di gentilezza ed esasperazione.

"Portami al traghetto di Staten Island" rispondo.

Dopo aver preso il traghetto, prenderò un autobus, dato che non ho ancora milioni nel mio conto in banca e, ora, probabilmente, non li avrò mai.

Ma non mi importa del denaro. Lo darei via tutto pur di cancellare questa giornata disastrosa. Ed ecco cosa mi infastidisce di più dell'intera faccenda: la persona con cui vorrei disperatamente discutere di tutto questo è Adrian.

CAPITOLO 37
Adrian

Guardo Jane uscire dall'aula e mi rendo conto di aver rovinato tutto. Per un attimo, ho pensato che potesse avermi tradito e lei deve avermelo letto in faccia.

Dopo quell'istante, ho capito che non lo avrebbe mai fatto, indipendentemente da quanto fosse arrabbiata per le mie azioni precedenti. Ahimè, ormai è troppo tardi. Dovrei correrle dietro, ma non posso. Piper ha bisogno di me qui, all'udienza.

In effetti, mi sono già perso qualcosa di ciò che Bob stava dicendo, anche se credo che il succo fosse: "Un'informazione come quella può essere ottenuta solo tramite un hackeraggio illegale, il che non depone a favore del carattere di Sydney."

"Questo non rende autentico il suo matrimonio" ribatte qualcuno, anche se con terminologia più legale.

Balzo in piedi, spinto da un impulso incontrollabile. "Non importa come sia iniziata la mia relazione con

Jane. Man mano che imparavamo a conoscerci, mi sono sinceramente innamorato di lei e, ora, ho intenzione di tenerla come mia moglie per sempre."

Mentre le parole lasciano la mia bocca, mi rendo conto che è la verità.

Il motivo per cui il suo trattamento del silenzio mi fa così male è che amo Jane e detesto il fatto che sia infelice.

Beh, non più. Troverò un modo per sistemare le cose tra noi.

Con la coda dell'occhio, noto che Sydney è impallidita. Ne deduco che creda alla mia dichiarazione e che questo la liberi dalle ultime fantasie che ha covato, quelle in cui noi due finiamo magicamente insieme nonostante tutto.

"Se il mio matrimonio è il fattore decisivo per l'affidamento" continuo, "sono disposto a firmare un documento in cui dichiaro che, se io e Jane dovessimo mai divorziare, Sydney..."

"Il mio cliente sta solo scherzando" interviene Bob.

È un bene che mi abbia fermato. E se Jane...

"Non ha importanza, comunque" afferma il giudice. Guarda verso gli avvocati di Sydney. "C'è altro?"

Loro rispondono che non c'è nient'altro.

"In tal caso, il mio verdetto è il seguente" dichiara.

Con il cuore che mi martella in gola, ascolto così intensamente da poter udire il brontolio dello stomaco di qualcuno in prima fila. Poi, mentre il giudice parla, una sensazione di assenza di peso pervade il mio corpo, non diversa da quella che provo quando mi trovo in una camera di privazione sensoriale. Inoltre, sono così felice di ciò che sento che vorrei ballare una giga perché, se spogliata di tutto il legalese, la sentenza è esattamente ciò per cui ho lavorato duramente: l'affidamento paritario al cinquanta per cento.

Cioè, potrò essere pienamente presente nella vita di Piper.

Un ampio sorriso si allarga sul mio volto e quasi abbraccio Bob, ma poi ridimensiono il gesto a una stretta di mano. Non sono mai stato così euforico. Un vero e proprio calore irradia il mio corpo.

Nella mia eccitazione, mi volto per baciare Jane, solo per ricordarmi che se n'è andata.

Cazzo!

La mia felicità si affievolisce.

Come ho fatto a dimenticarmene? Jane se n'è andata ed è ancora più arrabbiata con me di prima.

"C'è bisogno di me qui?" chiedo a Bob.

"No. Abbiamo finito. Congratulazioni, signore. Possiamo negoziare ogni cosa con la controparte senza che lei sia present…"

Senza aspettare il resto, corro fuori dall'aula… dove mi imbatto in Georgiana, che sta parlando con Tristan, tra tutti.

Molto strano.

"Hai visto Jane?" le chiedo.

"Ha preso un taxi giallo" risponde Tristan.

Se avessi più tempo, gli chiederei perché tiene traccia dei movimenti di Jane, ma, per come stanno le cose, mi limito a guardare Georgiana per avere conferma.

Lei annuisce.

"Dov'è andata?" chiedo.

"A casa." Georgiana agita il telefono. "Mi ha mandato un messaggio. È a metà strada per il traghetto di Staten Island."

Tiro fuori il cellulare e mando un messaggio all'autista della mia limousine per farmi venire a prendere, aggiungendo '911' alla fine per sottolineare la massima urgenza.

"La cosa migliore è intercettarla al terminal dei traghetti" continua Georgiana. "Il prossimo parte all'una e mezza."

Controllo l'orologio e mi acciglio. Possiamo farcela a malapena se infrangiamo tutti i limiti di velocità.

Con le gomme che stridono, la limousine si accosta al marciapiede.

Salto dentro e prometto all'autista un bonus a sei zeri se arriveremo a destinazione in tempo. Forse era troppo, perché la limousine si lancia in avanti e voliamo per le strade trafficate di Manhattan come se stessimo girando *Fast and Furious*.

Chiamo Jane.

Non risponde.

Le mando un messaggio.

Stesso risultato.

Prima che me ne accorga, ci fermiamo con uno stridore di gomme davanti al Whitehall Terminal; mi fiondo fuori dalla limousine e corro su per le scale mobili, saltando i gradini.

Dannazione! Jane non si vede da nessuna parte e sono le 13:32, il che significa che il traghetto sta già imbarcando.

Tiro fuori il telefono e chiamo disperatamente Jane ancora una volta.

Nessun risultato. Tento di fare un passo verso le persone che stanno salendo a bordo, ma le mie gambe si rifiutano di muoversi. Queste appendici sanno perfettamente che un traghetto è un tipo di barca... che va *sull'acqua*.

Stringo i denti. È una cosa a cui ho cercato di non pensare durante il tragitto in auto, ma ora non ho scelta. Se non farò qualcosa, Jane si imbarcherà e so che, probabilmente, è un pensiero irrazionale, ma sono convinto che, se la lascerò salire sul traghetto da sola, la perderò... come ho perso i miei genitori.

O, forse, non è poi così irrazionale. Ricordo che, quando avevo sette anni, sentii parlare dell'incidente di un traghetto di Staten Island, in cui morirono molte persone e altre rimasero ferite.

No. Salverò Jane, anche a costo di inseguirla a nuoto.

Mi costringo a fare un passo verso quel dannato traghetto. Poi, un altro. Poi, un altro ancora.

Perché mi sto muovendo così lentamente? L'imbarcazione partirà presto.

Sforzando i miei muscoli e la mia sanità mentale, ricordo a me stesso che, là fuori, ci sono persone che corrono verso edifici in fiamme e proiettili volanti, mentre il mio problema sembra essere una barca attraccata.

Il discorso di incoraggiamento non funziona particolarmente bene. Il mio respiro accelera ancora ad ogni passo e, quando salgo sulla barca maledetta, ansimo tanto che sembro il mantice di una fucina.

Guardandomi intorno freneticamente, spavento alcuni passeggeri, ma non vedo Jane.

"Jane!" grido con voce rauca.

Altre persone mi guardano con sospetto, ma io le ignoro e grido di nuovo il suo nome.

Dietro di me, iniziano i preparativi per lo sganciamento della barca e il cuore mi sale in gola.

Sono arrivato troppo tardi. Il traghetto sta per partire, il che significa che io e Jane stiamo per condividere qualsiasi terribile destino ci attenda.

Se solo potessi trovarla prima che…

"Adrian?"

Alzo la testa di scatto.

Jane mi sta fissando dal secondo piano della barca. "Cosa ci fai qui?"

Sì! L'ho trovata. Aggirando tutti gli altri passeggeri, arrivo al secondo piano tutto d'un fiato.

Afferrando Jane per il polso, la tiro verso l'uscita del traghetto.

"Cosa sta succedendo?" mi chiede, ma mi permette di continuare a trascinarla. "Dove stiamo andando?"

"Non c'è tempo" rispondo a denti stretti,

trascinandola al primo piano e… in quel momento, me ne accorgo.

Ci siamo già staccati dal molo e… stiamo nuotando.

No. Galleggiando.

No. Muovendo.

In qualunque modo lo si chiami, significa che è ufficialmente troppo tardi. Le mie gambe diventano di gelatina e piombo su un sedile vicino. Jane si siede accanto a me e la sua espressione indignata si trasforma in preoccupazione.

"È la paura dell'acqua?" mi chiede.

Riesco a fare un piccolo cenno di assenso. "Mi serve solo un secondo."

La barca inizia a muoversi seriamente. Mi si rivolta lo stomaco e comincio a sentire la testa che gira e, poi, il mal di mare.

Ah, già. Avevo completamente dimenticato che soffro il mal di mare sulle barche, anche se proprio questo è il motivo per cui non ero con i miei genitori il giorno in cui…

"Oddio" esclama Jane quando nota la mia faccia, indubbiamente verde. "Rilassati" mi sussurra e mi abbraccia. "Il tragitto dura solo venticinque minuti."

Venticinque minuti? Mi sembra che passino giorni di agonia e, se conoscessi dei segreti di Stato di cui qualcuno ha bisogno, li rivelerei pur di far attraccare la barca da qualche parte. Ovunque.

Poiché non conosco alcun segreto, mi limito a soffrire. Ma faccio un voto solenne a me stesso: se, per miracolo, riusciremo a sopravvivere a tutto questo, comprerò un'azienda farmaceutica e inventerò qualcosa di molto più forte della Xamamina per le anime sfortunate che non possiedono jet privati e limousine e, quindi, non possono evitare questo orribile mezzo di trasporto.

"Dobbiamo scendere" mi dice Jane, come se la sua voce provenisse dalla riva. "Altrimenti, torneremo indietro."

Ci siamo fermati? Finalmente! Mi alzo sulle gambe traballanti e lascio che Jane mi aiuti a raggiungere la terraferma, dove mi sdraio su una panchina e faccio del mio meglio per riprendere fiato.

Nel giro di pochi minuti, mi sento un uomo nuovo, il che significa che, subito dopo, mi sento un idiota per come ho gestito l'intera situazione.

Credo che sia giunto il momento di andare da uno psicologo e affrontare la mia fobia dell'acqua. Se Jane dovesse cadere in un lago o salire su una nave da crociera...

Jane mi stringe la mano. "Ti senti bene?"

Mi volto verso di lei, concentrandomi sul suo splendido viso e sulla preoccupazione nei suoi occhi color ambra.

"Ora, va molto meglio" rispondo ed è quasi vero. Ho superato il viaggio in barca, ma essere così vicino a Jane risveglia in Yoda certi desideri.

"Vuoi allontanarti dall'acqua?" mi chiede.

Voglio baciarla per questo... o, semplicemente, baciarla e basta. "Sì, per favore."

Mi tiene ancora la mano mentre ci affrettiamo

verso il primo taxi disponibile, ma trasalisco interiormente quando dà all'autista l'indirizzo della sua casa d'infanzia. Quella destinazione implica che non vuole tornare a casa mia, un posto che speravo cominciasse a vedere come nostro.

A meno che non creda che, arrivando al ponte di Verrazzano, perderei il controllo come ho fatto sul traghetto?

Si spinge gli occhiali più in alto sul naso, un gesto che non dovrebbe essere così sexy. "Riesci a parlare, adesso?"

"Sì" rispondo. "Sto benissimo."

Una menzogna. Calmo, Yoda non è.

"Ottimo" dice Jane e mi stringe di nuovo la mano. "Mi dispiace che Sydney sia entrata in possesso del contratto."

Apro la bocca per rispondere, ma lei mi zittisce con un dito (inducendomi a domandarmi quanto troverebbe offensivo se glielo leccassi, o succhiassi, o…)

"Mi dispiace anche di essere scappata quando l'hanno mostrato sullo schermo" continua Jane. "È solo che, quando ho visto che mi guardavi in quel modo, io…"

"Basta" le dico con fermezza e il suo dito si allontana dalla mia bocca. "Sono io a dovermi scusare. L'unica cosa che posso dire a mia discolpa è che ho capito subito che tu non c'entri nulla."

"Invece, c'entro" ammettte lei. "Ho usato una pessima password e Sydney ha…"

"No. Non è colpa tua." Poso l'altra mano sopra il suo

piccolo palmo. "E, comunque, è irrilevante, perché ho ottenuto l'affidamento di Piper nonostante il documento."

Lei spalanca la bocca, il che mi fa venire ancora più voglia di baciarla. "Non ti ho mandato tutto all'aria?"

"*Sydney* non mi ha mandato tutto all'aria" la correggo. "Comunque, è così."

Lei stringe gli occhi. "Allora, perché non me l'hai detto subito? Mi sono biasimata per tutto questo tempo."

"Ho provato a chiamarti. E a mandarti messaggi."

Tira fuori il telefono, lo guarda e fa una smorfia. "Mi dispiace. Se avessi risposto, avrei risparmiato a te quell'orribile viaggio in barca e a me stessa un po' di dolore."

"Non preoccuparti" le dico. "Ma, a proposito di perdono, voglio scusarmi per un'altra cosa."

Impallidendo, Jane si ritrae. "Con chi vai a letto non è affar mio."

Mi acciglio. "Con chi vado a letto?" E, poi, ci arrivo. "Ti avevo detto che non era come sembrava. Non è successo niente tra me e Sydney."

Jane sospira. "Non mi devi una spiegazione. Il nostro matrimonio è falso e…"

"Non è successo niente" scandisco le parole con la massima fermezza possibile. "In qualche modo, Sydney è riuscita a entrare nell'edificio al di fuori dell'orario previsto per le visite di Piper. Poi, si è spogliata e mi ha svegliato in un tentativo estremo di seduzione, ma le ho chiesto di andarsene. Ci siamo scambiati parole arrabbiate. Tutto qui. Lo giuro."

"Oh, wow." Poi, Jane sgrana gli occhi. "Penso che, anche in quel caso, potrebbe aver usato la mia stupida password."

"Ah. Giusto." Sorrido per togliere peso alle mie parole successive e aggiungo: "Forse, *dovresti* usare password diverse, in futuro."

Lei annuisce vigorosamente. "È quello che stavo facendo durante il tragitto in taxi verso il traghetto. Stavo cambiando tutte le mie password."

Mi scosto e la guardo negli occhi. "Ora che questo è risolto, quello per cui voglio davvero scusarmi sono le cose che ti ho detto dopo la nostra prima notte di nozze."

Le sue labbra si schiudono. "Cosa intendi?"

Le prendo la mano nella mia. "Ho detestato che ci comportassimo da estranei nelle ultime settimane. Non posso sopportare di sapere che è tutta colpa mia. Non avrei mai dovuto…"

L'auto si ferma e mi rendo conto che siamo vicini alla casa di Jane. Ma di chi è quella limousine? Ho forse dimenticato di aver detto al mio autista di venire a prendermi qui?

L'amnesia conseguente alla barca è sicuramente qualcosa di cui discutere col mio futuro psicologo.

"Continuiamo a parlare dentro?" Jane indica casa sua.

Annuisco e pago il tassista.

Scendo, apro la portiera per Jane e, proprio mentre

lei scende sul marciapiede, noto un grosso problema sulla nostra strada.

A uscire dalla limousine è Sydney.

Ha gli occhi gonfi e l'espressione triste.

Cazzo!

Quanto pensa che io sia un cattivo padre per dover essere così sconvolta?

Sydney fa un passo minaccioso verso di noi e i suoi occhi non sono fissi su di me, ma su Jane. C'è qualcosa di molto strano in quello sguardo prolungato e non mi piace per niente. Tra il fatto di sembrare così instabile in questo momento e il fatto che si sia presentata nuda a casa mia ieri sera, non mi stupirei se tirasse fuori una pistola e sparasse a Jane... e poi pretendesse che io la sposassi.

Beh, al diavolo! Dopo essere sopravvissuto al viaggio in traghetto, questo è niente.

Frapponendomi tra Jane e Sydney, chiedo gelidamente a quest'ultima: "Che cosa ci fai qui?"

CAPITOLO 38

Jane

Prima che Adrian mi blocchi la visuale, ho la possibilità di guardare bene Sydney per la prima volta… e mi rendo conto di quanto ci assomigliamo. Questa constatazione mi suscita ogni sorta di emozioni impossibili da districare. La principale, stranamente, è la voglia di conoscere un po' meglio questa donna, nonostante l'avessi odiata a morte recentemente.

A differenza di Tristan, che ha scelto di non far parte della mia vita, Sydney non ha avuto scelta e sembra che, nel suo modo contorto, desideri avere una famiglia.

"Non posso credere che tu te ne sia andato subito dopo la fine dell'udienza" dice ad Adrian con tono di scherno. "Proprio quando era ora di organizzare insieme un programma di visite, che sostenevi di volere così disperatamente."

"Sono andato a cercare Jane" ribatte lui. "Che è rimasta ferita per la tua bravata, aggiungerei."

"Oh, per favore! Non siamo più in tribunale, quindi non devi fingere che il vostro matrimonio sia davvero reale."

Questo mi ferisce sul serio, perché è la verità.

La schiena di Adrian si irrigidisce. "Sei incredibile. Prima, tu…"

"Basta!" esclamo, uscendo dalla mia paralisi. Spostandomi da dietro Adrian in modo da poter vedere il volto di Sydney, chiarisco: "Sto parlando a tutti e due. Sul serio. Ora, condividete l'affidamento di un piccolo essere umano meraviglioso, quindi dovete imparare a comportarvi da adulti e subito."

Adrian ha l'aria intimidita come il suo cane-pecora e, a suo merito, anche Sydney appare un po' castigata.

"Non sono venuta qui per litigare" dice in tono più calmo, guardando me. "E nemmeno per parlare con lui."

"Allora, perché sei venuta?" Adrian le chiede di nuovo. "E come fai a sapere dove vive Jane?"

"Il controllo dei precedenti, ovviamente" risponde lei, roteando gli occhi. Riportando la sua attenzione su di me, dice a bassa voce: "Tua madre mi ha detto che sei venuta qui dopo le rivelazioni di mio padre."

Ah! Allora, Tristan le ha raccontato tutto. Non è un buon tempismo, a mio parere. Ma, d'altra parte, se lui avesse avuto un ottimo tempismo, probabilmente farebbe già parte della mia vita.

"Cosa c'entra Tristan?" chiede Adrian.

Merda! Non ho avuto modo di dargli la grande notizia.

Ignorandolo, Sydney mi guarda con aria interrogativa. "Pensi che sia vero?"

"Che sia vero cosa?" chiede Adrian.

"Tu stanne fuori" gli dice Sydney di botto. Con più calma, aggiunge: "Per favore. È una cosa tra me e Jane."

Poso una mano rassicurante sulla spalla di Adrian. "Lasciaci parlare. Ti spiegherò tra poco." A Sydney, dico: "Anch'io non ho ancora elaborato completamente la notizia, ma credo che *sia* vero... soprattutto, quando ti guardo."

Ci fissiamo a vicenda ancora un po'. Sento la spalla di Adrian irrigidirsi ancora di più sotto la mia mano; quindi, prima che lui possa lanciare altre frecciatine a mia sorella, gli spiego di botto: "Tristan è il donatore di sperma. Scusa se non ho avuto modo di dirtelo mentre venivamo qui. Stavo per..."

"Cosa?" Adrian ha l'aria di uno il cui cervello stia per esplodere.

"Mio padre è suo padre" gli dice Sydney con tono pungente. "Siamo sorellastre. Non vedi quanto mi assomiglia? È chiaro che hai un tipo di donna che ti piace." Guarda me. "E lo intendo come un complimento."

Immagino che, se si ha un'alta considerazione di sé quanto Sydney, affermare che io e lei siamo lo stesso "tipo" *sia* effettivamente un complimento.

"Di cosa sta parlando?" chiede una vocina alle mie spalle.

Oh, cavoli! Mi giro e vedo Mary in piedi, con lo zaino sulle spalle e gli occhi spalancati come due monetine.

Giusto. La scuola è già finita.

"Chi è lei?" mi domanda Sydney, sgranando gli occhi a sua volta.

"Perché ha detto di essere tua sorella?" mi chiede Mary.

Oh, merda! Immagino che non ci sia modo di prepararla psicologicamente alla notizia.

"Mary, lei è Sydney, la mamma di Piper" dico con tono misurato. Mi volto verso Sydney. "Questa è la mia sorellina, Mary. Come me e te, io e Mary abbiamo un genitore in comune... ma non è Tristan."

Gli occhi di Mary brillano per l'eccitazione e, in un sol fiato, mi chiede: "Hai saputo chi è tuo padre? È fantastico! Ed è anche il padre della mamma di Piper? Questo significa che tu sei la zia di Piper! Significa che anch'io sono la zia di Piper?"

Guardo Sydney per avere un aiuto su quest'ultimo punto. Tecnicamente, Piper e Mary non condividono alcun DNA, ma non ho il coraggio di spiegarglielo.

Con mio grande stupore, Sydney solleva gli angoli delle labbra in un sorriso e (per qualche ragione sconosciuta, parlando con linguaggio da bambini) dice: "Certo, tesoro. Puoi essere la zia onoraria di Piper."

"Forte!" esclama Mary. "Ma perché mi parli come se fossi una bambina? Ho dieci anni."

"E va verso i quaranta" aggiungo.

Sydney, ora, sorride appieno. Con voce normale, le

chiede: "Se tu sei la zia onoraria di Piper, io posso essere la tua sorella onoraria?"

"Sì!" risponde Mary senza esitazione.

Sydney mi guarda, con la sua solita alterigia mitigata dall'incertezza. "Per te va bene, vero?"

Esito, poi annuisco. Perché… che diavolo? Qualunque siano i problemi della mia sorellastra appena scoperta, sembra che i bambini le piacciano e che sia brava con loro.

O, almeno, così credo. Se fosse stata una cattiva madre per Piper, Adrian avrebbe probabilmente assunto degli assassini anziché degli avvocati.

Decido di porgere un ramoscello d'ulivo a mia volta. "Per me va bene se mia madre è d'accordo."

In quel momento, una Cadillac nera si ferma lungo il marciapiede e la mamma ne esce.

Perché è ovvio.

"Wow!" esclama Mary. "Parli del diavolo e arriva con un Uber nero!"

Quando la mamma si avvicina a noi, non sembra sorpresa di vedere Sydney né Adrian qui (oppure è una brava attrice).

"Mamma." Mary indica Sydney. "Posso essere la sua sorella onoraria?" Con un'aria imbarazzata, si rivolge alla futura sorella onoraria e aggiunge: "Puoi ripetermi come ti chiami?"

"Sydney. Come la città in Australia."

"Forte! Io sono Mary, nel caso l'avessi dimenticato. Come Marianne Dashwood, di *Ragione e sentimento*."

La mamma scuote la testa. "Mary è il nome di tua nonna."

"Davvero?" Mary inclina la testa. "Come mai non lo sapevo?"

"Perché ne hai solo una" ipotizzo. "Se ne avessi due, dovresti distinguerle con un nome o un soprannome."

"Sono abbastanza sicura di averlo menzionato" dice la mamma. "Ma torniamo alla questione della sorella onoraria." Si rivolge a Sydney. "Lo prenderò in considerazione se, in cambio, tu mi permetterai di essere la nonna onoraria di Piper."

Mentre Sydney esamina mia madre, mi ricorda la signora Corsica. "Possiamo imparare a conoscerci un po', prima?" propone, dopo una lunga pausa.

"Stavo proprio pensando la stessa cosa" concorda la mamma. "Ti va di entrare per un tè?"

Sydney annuisce e tutti entrano in casa, lasciando me e Adrian a guardarci con aria sconcertata.

La signora Westfield deve applaudire la scelta del tè come rinfresco per un tête-à-tête civile.

"Dovremmo andare da qualche altra parte?" mi propone Adrian. "Ho ancora bisogno di parlarti."

"Che ne pensi della mia stanza?" indico in su. Ho sempre desiderato portare un ragazzo sexy in camera mia, ma non ne ho mai avuto l'occasione.

Adrian sorride. "A tua madre dispiacerà?"

"No, ma faremo meglio a non dirglielo, altrimenti ci fornirà preservativi e consigli sessuali non richiesti."

La sua espressione diventa dissoluta. "Vuoi farmi entrare di nascosto in camera tua?"

Sorrido come una svitata. "Pensavo che non me l'avresti mai chiesto."

E così, noi due, adulti in piena regola, saliamo le scale in punta di piedi e poi entriamo di soppiatto in camera mia, anche se la conversazione ad alta voce in cucina rende superflua la furtività.

"Lo sapevo!" Adrian indica tutti gli scaffali rigonfi di libri. "Romanzi storici, giusto?"

"Sì, ma questa non è l'unica cosa che mi definisce" affermo con finta severità. "Scommetto che non sapevi di questo." Sollevo il pinguino di peluche con cui dormivo... fino a *molto* poco tempo fa. "Il signor Tuxedo non ha alcun legame con quei libri."

"Non mi sognerei mai di condensarti in un'unica cosa" afferma Adrian. "Ma, anche se lo facessi, non sarebbero i libri. Sarebbero le tue guance arrossate."

Grandioso! Le mie infide guance scelgono questo momento esatto per diventare rosse, come se volessero aiutare Adrian a sottolineare il suo punto di vista.

"Sì, quelle." Si china verso di me e mi dà un bacio su una delle guance infuocate con le sue labbra fresche e morbide. Ritraendosi per guardarmi, aggiunge dolcemente: "Ma credo di voler cambiare la mia risposta. Se dovessi definirti in base a un'unica cosa, sarebbe il tuo sorriso da Monna Lisa. No. Sarebbe quanto sei brava con Piper. Anzi, no. Sarebbe..."

Lo afferro per le spalle, mi sollevo in punta di piedi e unisco le labbra alle sue, in parte per farlo tacere, ma soprattutto perché lo voglio davvero, davvero tanto.

Lui ricambia il mio bacio con fervore, ma, dopo

circa un minuto, si stacca dolcemente, anche se il calore arde ancora nei suoi occhi. La sua voce è roca. "Scusa, ma devo ancora confessarti una cosa."

Guardo le sue labbra con desiderio. "Se si tratta di quello che mi hai detto dopo la prima notte di nozze, ti perdono. Credo che tu avessi ragione, in realtà. Valeva la pena essere prudenti per il bene di Piper. Ma, ora che l'udienza è andata a tuo favore, forse possiamo…"

Adrian mi culla il viso tra le mani, scombussolandomi il cervello a tal punto da farmi dimenticare come si fa a parlare.

Credo di vedere ciò che sta per dire nei suoi occhi, prima che le sue labbra si muovano; poi, pronuncia tre parole: "Io ti amo."

Il mio cuore si trasforma in un coniglietto sotto steroidi.

"L'ho capito all'udienza" continua. "Ma credo di provarlo da molto tempo. Avevo solo paura di lasciarmi andare…"

"Anch'io ti amo" dico, uscendo dal mio torpore. "Amo i tuoi occhi da libertino, il tuo ghigno da dissoluto, la tua inventiva. E (non per volerti copiare) amo il modo in cui ti comporti con Piper. No. Amo…"

Stavolta, è lui che bacia me e, in questo bacio, mettiamo tutte le cose che non abbiamo ancora avuto modo di dirci, come il fatto che anch'io odiavo quando non ci parlavamo. O il fatto che sognavo di baciarlo di nuovo e non solo di baciarlo, ma anche di…

Come se mi leggesse nel pensiero, Adrian inizia a

spogliarsi e poi spoglia me, il tutto senza interrompere il bacio.

Quando siamo nudi, mi sussurra: "Questa volta, non dovrebbe farti male."

E ha ragione. Non me ne fa.

È come la scena più bella di ogni romanzo d'amore che io abbia mai letto, solo infinitamente più eccitante, perché si tratta di lui.

UN ANNO DOPO

Il cinema è pieno di VIP, ma a me interessa solo mio marito, seduto alla mia destra. Sì, Adrian e io abbiamo deciso di rimanere sposati, quindi ora lui è *davvero* mio marito, non soltanto agli occhi della legge.

Mi prende la mano e, tra questo e l'inizio del film, il mio battito cardiaco sale alle stelle. Adrian ha lavorato instancabilmente a questo progetto, ma me lo ha tenuto nascosto per permettermi di godermi la visione del film stasera. L'unica cosa che mi ha anticipato è che sono stata io a ispirarlo e che pensa che potrebbe piacermi. Ah, e che ha scritto personalmente la sceneggiatura, ha composto la colonna sonora, ha disegnato alcuni dei costumi e ha realizzato un'intera lista di altre cose.

In altre parole, sono più esaltata di un bambino dopo una gara di tiramisù.

Guardo con aria affascinata lo svolgersi della prima

scena. Se l'obiettivo di Adrian era quello di soddisfare gli spettatori come me, ci è riuscito in pieno.

L'ambientazione è l'Inghilterra della metà del 1830 (uno dei miei periodi preferiti) e il film narra di una grande storia d'amore, che lo rende un romanzo storico. Gli amanti in questione sono Ada Lovelace e Charles Babbage, personaggi storici reali, anche se la relazione è romanzata. Charles era un geniale inventore eccentrico, che (e questa è una storia difficile da credere, ma vera) sviluppò il progetto di un computer meccanico: una macchina che, purtroppo, non fu mai costruita (altrimenti, i video di gatti sarebbero potuti diventare il passatempo preferito degli esseri umani un centinaio di anni prima). Ada era una matematica di talento e l'unica figlia legittima di Lord Byron. Poiché lei scrisse i programmi per la macchina di Charles, oggi è considerata la prima programmatrice di computer al mondo. Proprio così. Fu la prima in un campo in cui le donne occupano tuttora solo il trenta per cento dei posti di lavoro e lo fu in un'epoca in cui le donne erano considerate incapaci di imparare la matematica, con i loro deboli e piccoli cervelli femminili.

Inutile dire che, al momento dei titoli di coda, ho le lacrime agli occhi. Balzo in piedi, applaudo e il resto del pubblico si unisce a me.

"Sei un genio!" dico ad Adrian con fervore.

Lui mi sorride. "Ti è piaciuto davvero?"

"Sì!" rispondo. "Ora, è il mio film preferito."

Prima che lui possa replicare, un giornalista che si

presenta come critico cinematografico del *New York Times* inizia a parlare ad Adrian di quanto gli sia piaciuto il film.

Non appena il giornalista finisce, il sindaco si congratula con Adrian per il lavoro ben fatto e, poi, uno degli attori si ferma a ringraziarlo per avergli dato la possibilità di partecipare a un progetto così straordinario. Si aggiungono altre persone e la cosa va avanti per quasi un'ora.

Quando arriviamo all'ingresso, tutti i nostri conoscenti ci stanno già aspettando: manca solo Piper, perché portare una bambina alla prima di un film è contrario alle Convenzioni di Ginevra.

"Era veramente guardabile" dice Bernard.

"Per essere un film senza inseguimenti ed esplosioni" lo corregge Michael.

"Ehi, è la migliore storia d'amore sdolcinata che io abbia mai visto" interviene Warren. "Non che ne abbia viste molte."

"Voi tre siete pazzi" dice Mary, senza staccare lo sguardo dal telefono. "Questo film è stato il migliore di tutti i tempi. Non lo pensi anche tu, sorella?"

La "sorella" in questione è Sydney, che va molto d'accordo con Mary. Forse, questo c'entra col fatto che Mary ha raggiunto l'età preadolescenziale in quest'ultimo anno ed è attratta dalle vibrazioni da ape regina di Sydney. Io e la mamma siamo grate a Sydney perché, finora, è riuscita a dissuadere Mary dal farsi i capelli rosa (cosa sei, un personaggio dei cartoni animati?), il piercing al naso (sembreresti una mucca) e un tatuaggio di un delfino (non sei mica un marinaio).

"Hai fatto un ottimo lavoro" Sydney dice ad Adrian con esagerata gentilezza.

"Grazie" le risponde lui e posso dire che sta facendo del suo meglio per sembrare amichevole, il che è ancora un lavoro in corso per questi due. Un lavoro difficile. Tuttavia, il fatto che lei sia qui, oggi, è la prova che sta facendo uno sforzo.

Per quanto mi riguarda, vado abbastanza d'accordo con la mia nuova sorellastra, considerando che ha cercato di andare a letto con mio marito solo un anno fa. Mi è d'aiuto il fatto che lei abbia iniziato a frequentare qualcuno di nuovo, che sia una buona madre per Piper... e che vada d'accordo con la mia stessa madre.

Diavolo, credo che, tra qualche anno, potrei persino trovarla simpatica.

"Un ottimo lavoro?" esclama la mamma. "L'eufemismo del secolo! Questo era un film da Oscar."

"Sono d'accordo" interviene Tristan. "Anche da Golden Globe. Quella colonna sonora era un'opera di alta arte."

Sorrido con gratitudine all'uomo che vedo sempre meno come un donatore di sperma. Come nel caso di Sydney, il motivo principale per cui mi sono avvicinata a lui è che adora Piper. Attualmente, io e Tristan facciamo un brunch mensile e sto pensando di aumentarlo a bisettimanale, ma non gliel'ho ancora detto.

"Sono d'accordo con tutti gli elogi" interviene la signora Corsica. "E sicuramente terremo questo film nel repertorio della biblioteca, quando sarà disponibile."

In realtà, intende dire che *io* lo terrò nel repertorio della biblioteca. Di recente, mi ha informata del fatto che ha intenzione di andare in pensione e che mi raccomanderà come colei che le subentrerà al trono.

"Grazie a tutti per essere venuti a sostenermi" dice Adrian. "Ci vediamo alla festa?"

Quando tutti rispondono affermativamente, Adrian mi afferra per il polso e mi trascina fuori dal cinema, tra la folla di paparazzi, e poi dentro la limousine.

Mentre l'auto parte, lui versa un bicchiere di champagne a entrambi, ma io non bevo il mio. Invece, catturo il suo sguardo. "La tua sorpresa sarà difficile da battere" dico, "ma ci proverò."

Adrian mi guarda con curiosità. "È un abito nuovo?"

Sorrido. "Anche. Ho comprato qualcosa con molto pizzo. Sotto, indosserò una sottoveste. Ma questo non è paragonabile al tuo film, anche se è correlato alla mia sorpresa."

"Ti piace un po' troppo stuzzicarmi" afferma Adrian.

È vero. Ho iniziato la nostra vita sessuale come una vergine, ma, grazie alle nostre performance da due (e, occasionalmente, tre) volte al giorno, le mie abilità a letto assomigliano a quelle di una cortigiana esperta, ora, e stuzzicare fa parte del gioco.

La signora Westfield ritiene che ci sia un limite oltre il quale il dovere coniugale diventa un comportamento lascivo. Un limite che, in questo caso, è stato superato undici mesi e tre settimane fa.

"D'accordo" gli dico. "Guastafeste. Ti do un indizio: la sorpresa ha a che fare con una certa spirale che ho tolto di recente."

Adrian sgrana gli occhi e mi strappa di mano il bicchiere di champagne, come se pensasse che potrei berlo per sbaglio. "Vuoi dire che…"

"Esatto. Sono incinta." È da una vita che volevo dirlo. "A quanto pare, quel film non è l'unica cosa straordinaria che hai creato ultimamente."

Sorridendo, Adrian mi abbraccia calorosamente, mentre mi dice quanto la notizia sia emozionante e mi ripete quanto mi ama. Infine, lasciandomi andare, dice: "Quando il film è piaciuto a tutti, non pensavo che oggi potesse andare meglio di così, ma tu hai appena migliorato la giornata in modo esponenziale."

Le sue parole mi fanno sentire leggera e raggiante. "Sei pronto a scrivere altre storie per bambini?" gli chiedo. "O userai le stesse, sostituendo solo il nome e le sembianze di Piper con quelle del tuo bambino futuro?"

"Ne scriverò di nuove." Si china e mi bacia la pancia attraverso il vestito. "Sarà un'opera d'amore."

Premo il pulsante che chiude il divisorio della limousine (un indizio non troppo velato di quello che ho in mente).

Gli occhi di Adrian si fanno pesanti. "Qui, adesso? E l'abito?"

"Quello, caro marito, è a ore di distanza." Gli sbottono il colletto della camicia.

"Ottima osservazione" commenta e mi libera prontamente del vestito.

Allora, lo bacio: un bacio appassionato e avido, che promette cose a venire.

Cose meravigliose.

Cose sconce.

Cose eccitanti.

E, mentre lui ricambia il bacio, assaporo la sua promessa di amore eterno.

Grazie per aver partecipato al viaggio di Jane e Adrian! Per assicurarti di non perderti mai una nuova uscita, iscriviti alla newsletter su mishabell.com/it.

Se sei impaziente di scoprire altri libri di Misha Bell, gira la pagina per leggere le anteprime degli altri libri che ti faranno sbellicare dalle risate!

Estratto de Il miliardario scontroso

DI MISHA BELL

Juno

Quando sono in ritardo per un colloquio di lavoro e rimango bloccata in ascensore con un brontolone fastidiosamente sexy e ossessionato dall'Antica Roma, l'ultima cosa che mi aspetto è che lui sia il miliardario proprietario dell'edificio. Non mi aspetto nemmeno di rischiare di ucciderlo... accidentalmente, è ovvio.

Certo, non ottengo il posto di curatrice delle piante per cui avevo fatto domanda, ma ricevo un'offerta interessante.

Lucius ha bisogno di ingannare il pubblico (e sua nonna) facendo credere loro di avere una relazione, mentre io ho bisogno di soldi per le tasse universitarie per laurearmi in botanica. Il nostro accordo è vantaggioso per entrambi... cioè, fino a quando non inizio a provare dei sentimenti.

Se l'essere un'amante dei cactus mi ha insegnato qualcosa, è questo: se ci si avvicina troppo, c'è una buona probabilità di finire feriti.

Lucius
Dopo l'incidente in ascensore, mi rimangono tre cose: la mia borraccia d'acqua preferita piena di pipì, una reazione allergica potenzialmente letale e le foto di me con la mia "ragazza" scattate dai paparazzi, che rendono mia nonna la donna più felice del mondo.

Naturalmente, il mio prossimo passo è ricattare (volevo dire "convincere") questa ragazza (indubbiamente carina) a fingere di uscire con me. In questo modo, mia nonna rimarrà felice e, come bonus, potrò tenere a bada le cacciatrici di dote.

Sfortunatamente, la mia acerrima nemesi, ovvero la biologia, si fa sentire e la parte del nostro accordo relativa al "non fare sesso" diventa sempre più difficile da rispettare. Peggio ancora: più sto con Juno, più il mio aspetto gelido accuratamente impostato si scioglie.

Se non sto attento, Juno abbatterà completamente le mie barriere.

"Mi stai dando della stupida?" sbotto. Chiunque

potrebbe avere difficoltà con questi maledetti pulsanti, non solo una persona affetta da dislessia.

Lui guarda i pulsanti con aria significativa. "Stupido è chi lo stupido fa."

Digrigno i denti dolorosamente. "Sei uno stronzo. E hai guardato *Forrest Gump* una volta di troppo."

Le sue labbra si appiattiscono. "L'origine del detto non proviene da quel film. Deriva dal latino: *Stultus est sicut stultus facit.*"

Roteo gli occhi. "Che razza di *stultus* presuntuoso citerebbe il latino?"

L'acciaio nei suoi occhi è così freddo che scommetto che la mia lingua ci resterebbe appiccicata, se cercassi di leccargli il bulbo oculare. "Non saprei. Forse *l'idiota* a cui piace tutto ciò che riguarda l'Antica Roma, compresi i numeri romani."

Resto a bocca aperta. "Hai preso tu questa decisione?" Indico i pulsanti dell'ascensore.

Lui annuisce.

Merda! Probabilmente mi ha sentita prima, il che significa che sono stata io a dare inizio agli insulti. In mia difesa, lui ha fatto effettivamente una scelta idiota.

Esalo un respiro frustrato. "Se sei così esperto di numeri romani, avresti potuto dirmi quale premere."

Lui incrocia le braccia sul petto. "Non me l'hai chiesto."

Mi innervosisco di nuovo. "Chiedertelo? Avevi l'aria di uno che avrebbe potuto staccarmi la testa a morsi solo per il fatto di esistere."

"Questo perché mi hai fatto ritardare..."

L'ascensore si ferma di colpo e le luci intorno a noi si abbassano.

Entrambi fissiamo le porte.

Rimangono chiuse.

Lui si volta verso di me e stringe gli occhi con aria accusatoria. "Che cosa hai premuto adesso?"

"Io? E come? Sono di fronte a te. Purtroppo!"

Scuotendo la testa in modo irritante, va verso il pannello con i pulsanti e io devo farmi da parte prima di essere travolta.

"Probabilmente hai premuto qualcosa prima" borbotta. "Perché saremmo bloccati, altrimenti?"

Perché è illegale soffocare le persone? Solo pochi secondi con le mani sulla sua gola sarebbero un esercizio calmante.

Invece, guardo la sua schiena, che mi impedisce di vedere cosa stia facendo (ammesso che stia facendo qualcosa). "Il povero ascensore si sarà probabilmente suicidato per colpa di questi numeri romani. Sapeva che, quando qualcuno vede lettere come L e XL, pensa a taglie di magliette per uomini di Neanderthal come te. E non farmi parlare di quel pulsante XXX, che è un chiaro riferimento al porno. Crea un ambiente di lavoro ostil..."

"Puoi stare zitta, così vedo di tirarci fuori di qui?" sbotta.

Le sue parole mi riportano alla realtà della situazione: è passato più di un minuto e le porte sono ancora chiuse.

Caro saguaro, sono davvero bloccata qui? Con questo tizio? E il mio colloquio?

"Silenzio, finalmente!" dichiara lui con tono soddisfatto e si sposta di lato, così lo vedo premere insistentemente il pulsante "aiuto".

"È un miracolo che non sia scritto in latino" non riesco a trattenermi dal commentare. "O in lingua klingon."

"Pronto?" dice nell'altoparlante sotto il relativo pulsante, con voce carica di irritazione.

Nessuna risposta, nemmeno statica.

"C'è qualcuno?" La sua irritazione sta chiaramente raggiungendo nuove vette. "Sono in ritardo per una riunione importante."

"E io sono in ritardo per un colloquio" aggiungo, nel caso facesse qualche differenza.

Lui si blocca e inarca un sopracciglio folto, guardandomi. "Un colloquio? Per quale posizione?"

Raddrizzo la schiena. "Sono sicura che quelli come te non se ne accorgono, ma le piante di questo edificio non si curano da sole."

Aspettate. Ho parlato troppo? Lui potrebbe forse sabotare il mio colloquio (ammesso che questo inconveniente dell'ascensore non l'abbia già fatto)? Che cosa fa qui, comunque? Progetta ridicoli ascensori? Non può essere un lavoro a tempo pieno, giusto?

"Un'abbraccia-alberi" mormora sottovoce. "Non fa una piega."

Che stronzo! Non ho mai abbracciato un albero in vita mia. Sono troppo impegnata a parlare con loro.

Lui riporta la sua attenzione accigliata sul pulsante "aiuto", anche se ora penso che avrebbero dovuto etichettarlo come "nessun aiuto."

"Pronto? Qualcuno mi sente?" grida. "Rispondete subito o siete licenziati!"

Roteo gli occhi. "È una buona idea fare lo stronzo con le persone che potrebbero salvarci?"

Lui esala un respiro udibile. "Non fa differenza. Il pulsante dev'essere difettoso. Non oserebbero ignorarmi."

Tiro fuori il mio fidato cellulare, un semplice e grazioso Nokia 3310. "Qualcuno si dà troppe arie?"

Lui mi fissa le mani con espressione incredula. "Ecco perché l'ascensore si è bloccato. Ha attraversato una curvatura temporale che ci ha trasportati nel 2008."

Mi acciglio per la mancanza di ricezione sul mio Nokia. "Questa versione è stata rilasciata nel 2017."

"Sembra ancora più stupido di un manichino da crash test decerebrato." Estrae con orgoglio un iPhone dalla tasca. "*Questo* è l'aspetto che dovrebbe avere uno smartphone."

Lo schernisco. "Quello è l'aspetto di una distrazione costante. Comunque, se il tuo iNonSmartPhone (marchio registrato) è così eccezionale, dovrebbe avere ricezione, giusto?"

Lui lancia un'occhiata allo schermo, ma si capisce che sa già la verità: nemmeno il suo prezioso cellulare ha segnale.

Tuttavia, non riesco a trattenermi. "Vedi? Il tuo

telefono geniale è altrettanto inutile. L'unica cosa che sa fare è trasformare le persone in zombie dipendenti dai social media."

Nasconde il dispositivo, come un genitore protettivo. "Oltre a tutte le tue qualità accattivanti, sei anche tecnofobica?"

Valuto se tirargli il mio Nokia in testa, ma decido che non vale la pena sborsare sessantacinque dollari per sostituirlo. "Solo perché non voglio essere distratta non significa che sia tecnofobica."

"In realtà, il mio telefono è ottimo per bloccare le distrazioni." Si rimette le cuffie sulle orecchie. "Vedi?" Preme play e sento vagamente una canzone heavy metal.

"Molto maturo" mimo con la bocca.

"Scusa" mi risponde a voce esageratamente alta. "Non riesco a sentire nessuna distrazione."

Benissimo. Come vuole lui. Almeno ha buoni gusti in fatto di musica. Io e il mio cactus siamo grandi fan dei Metallica, che credo sia proprio il gruppo che lui ascoltando.

Comincio a camminare avanti e indietro.

Sono bloccata e sono in ritardo. Se il problema dell'ascensore non si risolverà entro i prossimi due minuti, posso dire addio al nuovo lavoro e, di conseguenza, ai soldi per le tasse universitarie. Niente soldi per le tasse universitarie significa niente laurea in botanica, che è stato il mio sogno negli ultimi anni.

Per tutti i succhi di saguaro! È una prospettiva davvero terribile.

Lancio un'occhiata furtiva al figo (cioè... allo stronzo).

Cosa direbbe di una persona dislessica che vuole laurearsi? Probabilmente che avrei bisogno di un'università che usi i libri da colorare. In realtà, anche i libri da colorare non mi sarebbero molto utili: non riesco mai a stare dentro quegli stupidi bordi.

Sospiro e distolgo lo sguardo, sempre più preoccupata. A parte infrangere i miei sogni, cosa succederebbe se l'ascensore rimanesse bloccato per un pezzo?

Il problema più immediato è il mio crescente bisogno di fare pipì, ma (paradossalmente) la preoccupazione a lungo termine sarà quella di trovare liquidi da bere.

Mi chiedo... se si ha abbastanza sete, il corpo riassorbirebbe l'acqua dalla vescica? Inoltre, potrei fare come MacGyver e creare un filtro per recuperare l'acqua nell'urina usando gli oggetti che ho con me? Magari attraverso il pelo del gatto?

Rabbrividisco, ma solo in parte per l'aria condizionata pazzesca che, in qualche modo, mi arriva persino qui dentro. Nel breve termine, sarebbe molto meglio se facesse caldo anziché freddo; così suderei i liquidi e non avrei l'urgenza di fare pipì, anche se credo che morirei di sete prima. Lancio un'occhiata d'invidia al robusto sconosciuto. Scommetto che ha una vescica grande come un dirigibile. Ha anche una borraccia di acciaio inossidabile, probabilmente piena d'acqua, che molto probabilmente non condividerà con me.

Inoltre, c'è anche la questione del cibo. Non ho nulla di commestibile con me, a parte una scatoletta di cibo per gatti… e, in teoria, il gatto stesso.

No. Preferirei mangiare questo sconosciuto piuttosto che la povera Atonic.

Come se fosse un sensitivo, lo stomaco dello sconosciuto brontola.

Accidenti! Massiccio e cattivo com'è, questo tipo probabilmente mangerebbe il gatto. E poi mangerebbe me… (e non nel senso divertente).

Sono davvero, davvero fregata.

Volete continuare a leggerlo? Visitate www.mishabell.com/it.

Estratto de *La dog-sitter del miliardario*

DI MISHA BELL

Lilly

L'opportunità di mandare al diavolo il miliardario la cui banca si è presa la mia casa d'infanzia? Sì, grazie! Quello stronzo avido e arrogante pensa che io sia qui per sostenere un colloquio di lavoro per la posizione di addestratrice (alias, balia) del suo cane, ma non sa cosa lo aspetta.

Che importa se Bruce Roxford è alto, muscoloso e bello? Niente mi impedirà di cantargliene quattro, nemmeno il suo adorabile cucciolo di chihuahua, la folle somma di denaro che mi offre per l'ingaggio né i suoi splendidi occhi blu profondo…

La combinazione di tutte queste cose messe insieme, però? Sono nei guai.

Bruce

Lilly Johnson è in ritardo di cinque minuti per il colloquio previsto e io non ho mai assunto un dipendente in ritardo. Però, prima che possa mandarla via, il mio cucciolo di chihuahua si innamora di lei.

Sì, soltanto il chihuahua.

Questa donna è poco professionale, difficile, irriverente e... , per qualche motivo, non riesco a togliermela dalla testa.

Quindi, ovviamente, l'ho assunta come addestratrice del mio cane a tempo pieno. Quanto può essere cattiva l'idea?

Come diavolo fa a essere sexy? Tutto in Bruce Roxford è freddo come il ghiaccio, dagli occhi blu artico al cipiglio gelido delle labbra. Persino i suoi capelli scuri e lisciati all'indietro hanno una lucentezza fredda blu-nera, invece delle solite tonalità calde del marrone.

"Sì?" mi chiede, senza aprire maggiormente la porta di casa.

Perché si comporta come se i suoi addetti alla sicurezza non gli avessero annunciato chi sono? Per non parlare del fatto che abbiamo un appuntamento (e non è che ci siano persone a caso che vanno e vengono per la sua enorme tenuta).

Facendo del mio meglio per non rabbrividire dal freddo che lui emana, dico: "Sono Lilly Johnson."

Nessuna risposta.

"L'addestratrice di cani."

Silenzio.

"Sono qui per un colloquio con Bruce Roxford."

Ciò che non aggiungo è che il colloquio è solo un pretesto per fare una bella sfuriata a quel bastardo senza cuore. La sua banca si è presa la mia casa d'infanzia; quindi, quando ho visto il suo annuncio di lavoro, secondo cui cercava qualcuno nel mio campo, ho capito che era destino.

Forse dovrei insultarlo subito?

No. Mi sbatterebbe la porta in faccia e mi farebbe scortare via dalla sicurezza. Ho bisogno di averlo come pubblico passivo. Prima di vederlo di persona, avevo pensato di chiuderci a chiave in una stanza e di leggergli il biglietto che ho accuratamente composto per l'occasione. Così facendo, non avrei dimenticato nessun insulto e nessuna accusa. Tuttavia, ora che mi trovo faccia a faccia con questo enorme esemplare maschile dalle spalle larghe, sono meno sicura di voler rimanere da sola con lui, soprattutto in una situazione ostile.

Lui piega il braccio muscoloso davanti al viso e aggrotta le sopracciglia guardando il suo orologio A. Lange & Söhne. "Sei in ritardo. Arrivederci."

Le parole mi colpiscono come chicchi di grandine.

"In ritardo di cinque minuti" ribatto, orgogliosa di quanto sia ferma la mia voce. "C'era traffico e…"

"Il traffico è un fatto della vita prevedibile quanto le tasse." Inizia a chiudermi la porta in faccia.

Faccio un grosso respiro. Non c'è tempo per leggergli tutto il mio discorsetto. Dovrò accontentarmi di una versione veloce.

Prima che io possa sfogare la mia rabbia, una macchia di pelo nero sfreccia fuori dalla piccola fessura tra la porta e lo stipite.

Un porcellino d'India?

No. Sta scodinzolando e mi lecca le scarpe.

Ah, giusto. È un cagnolino (il che ha senso, considerato l'annuncio).

Il mio cuore sussulta. Si tratta di un chihuahua a pelo lungo e, per giunta, bellissimo, con un manto setoso nero come la pece, pelo bianco sul petto, un musetto che mi ricorda un orsacchiotto e macchie marroni sopra gli occhi che sembrano curiose sopracciglia. Inoltre, l'assenza di guaiti e di morsi alle caviglie mi fa pensare che questo possa essere il membro più amichevole della sua particolare razza.

Mi accovaccio e gli accarezzo il pelo paradisiaco. "Ciao. Tu chi sei?"

Il cucciolo si ribalta, rivelando di essere un bravo *maschietto*, non una femminuccia.

Un dolore dolce-amaro mi stringe il petto mentre gratto la piccola chiazza senza peli sulla sua pancia. Sono passati cinque anni da quando ho perso Roach, l'amore canino della mia vita, e anche lui era un chihuahua (solo molto più grande di questo, meno amichevole con gli estranei e con il pelo liscio).

Ancora oggi, ogni volta che mi imbatto in un nuovo esemplare di questa razza, un pizzico di tristezza offusca la mia gioia di conoscere un cane. Per fortuna, poche persone fanno addestrare formalmente i chihuahua, poiché sono piccoli, quindi non ho mai dovuto rinunciare a un cliente per questo motivo. In ogni caso, la gioia ha presto la meglio, quando muovo le dita per grattare il petto soffice del cucciolo e lui inizia a sembrare sotto l'effetto dell'eroina.

"Ti piace, vero, tesoro?" sussurro.

Come al solito, la mia immaginazione mi fornisce la risposta del cane (che, per qualche motivo sconosciuto, viene pronunciata con la voce incredibilmente profonda di James Earl Jones, alias Darth Vader):

Se mi piacciono i massaggi alla pancia? È come chiedere se mi piace ululare alla luna. O leccarmi le palle. O mangiare un...

Da qualche parte, molto sopra di me, sento qualcuno fare un sospiro esasperato.

Oh, merda! Avevo dimenticato dove mi trovo. Mi succede spesso quando ci sono di mezzo i cani.

Raddrizzandomi in tutta la mia statura (che, a dire il vero, è di appena un metro e mezzo), fisso con aria di sfida gli occhi blu del mio nemico, che ora sembrano più ampi, come buchi per la pesca in un lago ghiacciato.

"Come hai fatto?" mi chiede.

Mi scosto nervosamente una ciocca di capelli dietro l'orecchio. "Fatto cosa?"

Lui indica il chihuahua scodinzolante. "Colosso non è mai amichevole. Con nessuno."

Allora, forse, è un tipico esemplare della sua razza. Sorrido, incapace di trattenermi. "Colosso? Quanto peserà, un chilo circa?"

"Uno e mezzo" precisa lui con un'espressione ancora severa. "Hai della pancetta in tasca?"

Sentendomi sotto processo, tiro fuori le tasche per mostrargli che sono vuote. "Non do mai da mangiare pancetta ai cani. Persino i tipi più sicuri contengono troppi grassi e troppo sodio, per non parlare di altri aromi che…"

"Ok" mi interrompe imperiosamente.

Lo guardo sbattendo le palpebre. "Ok cosa?"

"Il lavoro è tuo."

~

Volete continuare a leggerlo? Visitate
www.mishabell.com/it.